主編：陳大為、鍾怡雯

華文散文百年選

臺灣卷

壹

編輯體例

一、時間距度：以一九一八年為起點，到二〇一七年結束。

二、地理範圍：以臺灣、香港、馬華、中國大陸等四個創作質量較理想，而且學術研究成果已具規模的華文文學區域為編選範圍。歐美、新加坡等東南亞九國的華文文學，不在選文範圍內。

三、選文類別：以新詩、散文、短篇小說為主，在特殊情況下，節錄長篇小說當中足以反映全書敘事風格，而且情節相對獨立的章節。

四、編選形式：以單篇作品為單位，透過編年史的方式，讓不同時代作品依序登場，藉此建構一地文壇的百年文學發展脈絡。百年當中，總會有幾個時期的整體創作質量，或直接受到政治局勢左右，或受二戰的戰火波及，而導致嚴重的崩壞；但也總會有那麼幾個時代人才輩出，而且出版業興盛，每個「十年」（decade）的選文結果因此不盡相同，不過至少會有一兩篇重要的作品負責呈現那個「十年」的文學風貌，或文學浪潮。在此一理念下建構起來的百年文學地景，應該是相對完善的。

五、選稿門檻：所有入選作家必須正式出版過至少一部個人作品集，唯有發表於一九五〇年以前的部分單篇作品得以破例。

六、選稿基礎：主要選文來源，包括文學大系、年度選集、世代精選、個人文集、個人精選、期刊雜誌、文學副刊、數位文學平臺。至於作家及作品的得獎紀錄、譯本數量、銷售情況、點閱與按讚次數，皆不在評估之例。

七、作家國籍：華人作家在過去百年因國家形勢或個人因素，常有南遊北返，或遷徙他鄉的行述，部分作家甚至產生國籍上的變化。在分卷上，本書同時考慮「原國籍」、「新國籍」、「異地定居」、「長期旅居」等因素（不含異地出版），彈性處理，故某些作家的作品會分別出現在兩個地區的卷次。

目次

壹

總序

華文文學·百年·選

《華文文學百年選》是一套回顧華文文學百年發展的大書，書名由三個關鍵詞組成，涵蓋了全書的編選理念。

先說華文文學。在中港臺三地以外的華人社會，華文是一顆文化的種籽，從華文小學到華文中學，從華語到華文課本，「華」字的存在跟空氣一樣自然，一般百姓不會特別去思量它的命名有何不妥。華語文不但區隔了在地的異族語文，其實也區隔了文化中國這個母體，它暗示了一種「海外」獨有的、在地化的「非純正中文」或「非純正漢語」，日子久了，發酵成像土特產一樣的腔調。

在一九八〇年代進入中國學術視域的「華文文學研究」，不包括中國大陸的境內文學，因為那是「中國文學研究」，臺港澳文學後來跟海外華文文學融為一體，統稱為華文文學。當時臺灣學界不重視這個領域，命名權自然被中國學界整碗端去，先後成立了研究中心、超大型國際會議、專業學術期刊，甚至主動撰寫各國文學史，由此架設起一個龐大的研究平臺，「世界華文文學」遂成囊中之物。華文文學自此獲得更多的交流與關注，學科視野變得更為開闊，我們對東南亞華文文學的研究，確實獲利於此平臺，中國學界的貢獻不容抹煞。不過，「海外」華文文學詮釋權旁落的問題十分嚴重，除了馬華文學有能力在一九九〇年代奪回詮釋權，其他地區至今都沒有足夠強大的本土研究團隊跟中國學界抗衡，發不出自己的聲音。世界華文文學研究平臺，是跨國的學術論壇，也是話語權的戰場。

近十餘年來，有些學者覺得華文文學是中共中心論的政治符號，必須另起爐灶，重新界定了「華語語系文學」，它的命名過程很粗糙且漏洞百出，卻成為當前最流行的學術名詞。它建基於學理和心理上的「雙重反共」，在本質上並沒有改變任何東西，沒有哪個國家或地區的華文文學創作和研究從此改頭換面。

再度把鏡頭轉向廿一世紀的中國大陸，情況又不同了。原本屬於海外華人專利的「華語」，被中國民間商業團體改了體質，撐大了容量，成了現代漢語全球化的通行證，華語吞噬了漢語的概念版圖，一個懷抱天下的「華語世界」在中國傳媒界裡誕生。其中最好的例子是「華語電影傳媒大獎」（十七屆）、「華語音樂傳媒大獎」（十七屆）和「華語文學傳媒大獎」（十五屆），全都是包含中國在內的影音文學大獎；如果再算上那些五花八門的全球華語詩歌大獎，即可發現華語在非官方的日常使用領域中，正逐步取代漢語或普遍話，尤其在能見度較高的國際性藝文舞臺。

我們以華文文學作為書名，兼取上述華文和華語的慣用意涵，把中國大陸涵蓋在內（一如我們主辦的「亞太華文文學國際學術研討會」），強調它的全球化視野。這種視野同樣體現在馬來西亞「花蹤世界華文文學獎」（九屆），卻在臺灣逐步消失。鎖國多年的結果，曾為全球華文文學中心的臺灣離世界越來越遠。

這套書的最大編選目的，不是形塑經典，而是把濃縮萃取後的華文文學世界，以編年史的形式帶進臺灣書市，學生和大眾讀者可以用最小的篇幅去了解華文文學的百年地景——展讀中國小說家如何歷經五四運動、京海之爭、十年文革、文化尋根，和原鄉寫作浪潮的衝擊，如何在新世紀開創武俠、科幻、玄幻小說的大局；或者細讀香港文人從殖民到後殖民，從人文地誌到本土意識的敘述；以及歷代馬華作家筆下的南洋移民、娘惹文化、國族政治、雨林傳奇。當然還有自己的百年臺灣文學脈動。

現代百年，真的是很長的時間。

這百年的起點，有幾種說法。在我們的認知裡，現代白話文的源頭來自白話漢譯《聖經》及晚清傳教士的衍生寫作，當時有些讚美詩的中文／中譯，已經是相當成熟的「歐化白話」，胡適不過借用現成的歐化白話來進行新詩習作，從這角度來看，《嘗試集》比較像是一筆重要的文學史料或遺產。真正對中國現代文學寫作具有影響力並產生經典意義的，是一九一八年魯迅發表的〈狂人日記〉，此文正式揭開中國現代文學乃至全球現代漢語寫作的序幕，是歷久不衰的真經典。故本書以一九一八年為起點，止於二〇一七年終，整整一百年。

百年文學，分量遠比想像中的大。

我們在過去二十年的個人研究生涯中，花了一半的心力研究中國當代小說、散文和詩歌，另一半心力則投入臺灣、香港、馬華新詩及散文，有關新加坡、泰國、越南、菲律賓的研究成果不及一成，北美和歐洲則止於閱讀。上述研究成果，以及我們過去編選的二十幾冊新詩、散文、小說選，都是這套大書的基石，編起來才不至於太吃力。經過一番閱讀與評估，我們認為只有中、臺、港、馬四地的文獻資料是相對完整的，文學史的發展軌跡十分清晰，在質量上足以獨自成卷，而且我們長期追蹤它們的發展，不時選取新近出版的佳作來當教材，比較有把握。歐美的資料太過零散，東南亞其餘九國都面臨老化、斷層、衰退的窘境，即使有很熱心的中國學者為之撰史，甚至編選出文學大系，但質量並不理想。我們最終決定只編選中、臺、港、馬四地，所以不冠以世界或全球之名，只稱華文文學。

最後談到選文。

每個讀者都有自己的好惡，每個學者都有自己的一部（沒有寫出來的）文學史，大家總是對別人編的選集產生異議。文學本來就是主觀的。為了平衡主編自身的個人口味與好惡，我們初步擬好隱藏其後的文學史發展架構，再從各種文學大系、年度選集、世代精選、選出部分被各地區的主流論述認可的經典之作；接著，從個人文集與精選、期刊雜誌、文學副刊、數位文學平臺，挖掘出能夠跟前者並肩的佳作。我們既選了擁有大量研究成果的重量級作家，和中流砥柱的實力派，同時也選了被主流評論忽略的大眾文學作家與文壇新銳。在同水平作品當中，我們會根據教學經驗挑選一些適合課堂討論，或個人研讀與分析的作品。至於作家的得獎紀錄、譯本數量、銷售情況、點閱與按讚次數、意識形態、族群政治等因素，皆不在評估之例。

編這麼一套工程浩大的選集，確實很累。回想埋首書堆的日子，其實是快樂的——重溫了一路陪伴我們成長的老經典，發現了令人讚歎的新文章。我們希望能夠把多年來在教學和研究方面累積的成果，轉化成一套大書，它即是回顧華文文學百年發展的超級選本，也是現代文學史和創作課程的理想教材，更是讓一般讀者得以認識華文文學世界的一流讀物。

陳大為、鍾怡雯

二〇一八年一月八日　中壢

引領風潮

放眼華文文學的版圖，臺灣散文無疑是非常特殊的存在，無論散文作家或散文出版品的質與量，所開發出的次文類品項之完備，在華文世界都屬異數。現代散文勃興於五四，在現代白話文學史的源頭，散文以文類之母的方式出現，它是新思想的傳播文體，同時肩負著建立現代文學美學範式的責任。散文歷經雜感、雜文、小品文到散文的命名過程，到了國民黨渡海來臺，一九六〇年代再以現代散文之姿出現，再到一九八〇年代歷經都市散文的思索，它比中國大陸的散文更能體現「散文」這個文體的自由，以及與時俱變的特質。

對於古典散文，我們有所謂「扣緊時代的脈動」，或者「有所為而為」，「文章合為時而著」等描述，時至今日，臺灣的散文內容和形式不斷擴張和變化，印證了散文的古典意義，同時也見證時代的脈動。這種實用的文體具有強大且全方位的敘述功能，特別適用於局勢動蕩不安的時代，或者看來平靜，實則波濤暗湧的時局。換而言之，直面現實的能力，一直是散文的重要特質。這個特質放在臺灣散文史的發展脈絡裡值得注意，乃是因為在散文的大文類底下，發展了諸多次文類，自一九七〇年代以降，臺灣散文進入多元發展的時期，從傳統的原鄉和懷舊主題、自然生態的書寫、佛法與哲理的闡釋、現代都市文明的觀察、社會亂象的批判、運動與旅行的記述、飲食文化的描述，到個人的神思與冥想，如今散文底下可以自成類型的寫作包括生態散文、自然寫作、佛法散文、運動散文、旅行書寫、飲食散文等等，其中報導文學和傳記都已獨立出去，自成一類。

散文的起始著重散文美學的內部建構，近三十年的散文發展，卻以外放的模式，跟時代以及地域產生很強的互動和辯證關係。它體現了強烈的流動性和廣大的包容性，涵蓋的次文類愈來愈多，從農業時代進入主體價值崩解的全球化時代，三十年來散文的質和量急速上升，這期間衍生／開發出的次文類遠遠超過前七十年的創作總量，同時影響了整個華人世界的散文創作。

一九八〇年代以後，散文以類型聚集的方式，體現了思潮的急速湧動，以及時代的劇烈變革。臺灣的自然寫作、旅行文學、飲食書寫以及地誌書寫等，均引領全球華人的寫作風潮。當然我們也可以反過來說，臺灣散文的多元發展，跟臺灣社會的多元和自由開放有關。雜文這種針砭時弊，訐直敢言的文類，除了思想的深度和視野的開闊之外，更需要自由的土壤。

散文沒有邊界，除了小說和詩之外，其他類敘事體皆可收入，因此「百年」選的時間長度成為最大的挑戰。從最早的雜感到美文，說理到抒情，無論小擺設或匕首投槍，又或者一九六〇年代有所謂學者散文，將西洋隨筆所具有的特質（無關乎理論），集學問議論為一體，識見深刻，時露幽默之趣者，都是臺灣散文重要的成果。我們對散文的認知，無論文類表徵或美學特質的描述，基本上都建立在「閱讀的默契」或者「武斷的判斷」上；說不清楚散文是什麼，該包括什麼，也因此要為散文史建立一個相對完整的發展脈絡，十分困難。在定義上，散文理當包含傳記和報導文學，實質選文裡，則無法容納這麼大這麼廣的篇幅。

這部散文選基本上仍然可以讀出從賴和以降的時代脈動，此外，個人化的抒情和敘事逐漸成為時代的潮流。尤其是女性作家在近二十年開發出獨特的散文寫作風格，是臺灣散文史最不能忽略的現象。從五四以來，女性作家的書寫一直在男性的書寫視野之下，廬隱固然在現實生活中有追尋自我的勇氣，卻未能在書寫上特立獨行。生活跟寫作顯然是兩回事，那還牽涉到現實跟文字之間的距離。散文是跟個性緊密結合的文類，胡蘭成有所謂散文單是寫性情的說法，雖非放諸所有散文皆準，大體上卻最接近散文的特質。所謂「文如其人」，實最適用於散文。日本小說家柳美里曾有「寫作有愈寫愈讓自己的影子逐漸稀薄」的感觸，這或許正是散文創作者最能深刻感受的。當作者凝視（自己的）生活或自身，或對世界發出提問，皆離不開「我」，「我」被抽絲剝繭被一再書寫，焉能不薄？散文是一種帶著自戀自棄的書寫，強調「自戀自棄」並非視散文為「肚臍眼」文學，而是特別強調其主觀的書寫特質，當這種特質被推到極致，便是催生風格的要因。女性作家尤其能夠突出這種特質，特別是歷經一個世紀的探索，女性作家累積的能量前所未有。

散文在一個多元化、全方位開展的社會，以及高度媒體化的時代，面臨更多的可能和挑戰。現代散文的作者可以潛入歷史與文化衍生的每一個切面，去追索群體或個體的記憶，也可以在部落格或臉書，宅記自身的生活、零碎的情感片段。只是，當作家的生活越來越虛擬，跟土地和生活徒手作戰的經驗愈來愈少，臺灣散文的未來，將面臨來自它內部的嚴峻挑戰。

這本選集終於塵埃落定，要特別感謝《文訊》雜誌、美國《世界日報》、國家人權博物館、東海校友室，以及施懿琳教授在聯繫作者授權方面的鼎力相助。

鍾怡雯

二〇一八年八月一日

竹篦先生（選摘）

賴和

我在書房裡得到一種觀念，到現在還忘不了，就是對於先生的駭怕，或者可說是厭惡，比如看見查大人一樣，心裡常覺不安，不曉得什麼時候要挨打，皮肉時時顫戰地預備著。

當時有名的先生，多很注重竹篦，可以說名聲是出在竹板之上，竹板愈厚，打人愈痛，愈能得到世間的信任，名聲也就愈高，學生也就吸集得愈多。先生的教法，就只有竹板，捨棄竹板就失去教誨的權威似的，無奈何學生們了，先生的尊嚴也就在竹板面上。學生們說話要挨打，離開座位要挨打，字簿上畫畫花鳥也要挨打，背書不熟忘記講解，自然更該挨打！總之一切皆以竹板統治之，任是愚鈍的刁頑的，在竹板之下也就聰明溫馴了，讀不會嗎？打！一次打撲之後，什麼多算明白了，好似先生的智慧，由竹板的傳導而始注入學生腦中。打就是教育的根本原理，教育哲學就建設在竹板之上，所以先生的尊重竹板，還比較在孔子以上。

後來進去學校，覺這裡的先生，意外和善，不似書房先生常以冷面孔向人，我對先生的觀念，也就改變一些，同時我的心裡也私自把先生的資格否定，第一因為不大打人，第二也因為不須束修。

但是以後一年一年，先生調換，同時先生的態度，也漸威嚴起來，也就愛打起我們來。我是在書房裡被挨打慣的，起初也不覺有特別的苦痛，後來漸漸受不住了，又覺得打的程度，常超過我們的過錯，有時候並以什麼緣故該受打撲，自己不明白的事也曾有過，這已使我們不平，尤且日本先生的打撲，一些都無有能使我們悔過的效果，因為在打撲之下，感不到教誨的情味，所以憤恨的空氣，漲滿在我們一級個個的腦中，有一天不曉得由何人發議，當授業要開始的時候，我們一齊跪到公園，不去上課，有了這一次重大的騷擾，校長也就追究原因起來，聽到我們的訴說，便和我們約束，包管我們不再受到打撲，我們纔回到教室裡。這一次我們小小的心腔，險些被勝利的歡喜所漲破。

——本文節自〈無聊的回憶〉

作者簡介

——賴和（1894-1943），一生剛好橫跨日本殖民臺灣五十年。本名賴癸河，一名賴河，出生彰化，筆名有懶雲、甫三、安都生、灰、走街先等。日據時代臺北醫學校出身，懸壺濟世，並參與臺灣新文化運動反抗日本殖民統治，曾二度入獄。先生行醫之餘，多從事文學，並以白話漢文創作小說而盛名垂世，號稱「臺灣新文學之父」。

大都會的珍風景

——請惜卿妹來坐電車的信

余若林

惜卿妹：

和你別後未曾寫信給你問安，老是抱歉得很！願你別要恨我太沒有人情吧！

今天得了個空兒想要寫一封信給你，可是東思西想，想沒有趣味兒的東西可以告訴你：你親我愛的佛話，恐怕你也聽得討厭了吧？倘若繼續地寫那些，廢餐忘寢，兩地情緒，又恐難免自討吃了一頓的心酸頭沉！我在想「倒不如寫些平凡的東西給你為舒適」。

惜卿妹！讓我先來告訴你，大都會的珍風景吧！

自到了這兒，我感覺最有人生味的莫過於坐電車這個玩意兒，因為我之所欲，定必是你之所好，所以才敢寫信叫你來在這裡坐々電車：只是怕你來罵我還脫不掉孩子的頑皮咧！

惜卿妹！倘若我不把坐電車的哲學原理講給你聽，沒有把內中的趣味兒告訴你，你是永久不知道這裡頭的藝術味吧。

這裡是東洋第一的大都會，在住和往來人們的多和華麗殿堂，店鋪，五色的電光，妖豔的女都，戴角帽的學生，別有天堂似的戲院跳舞廳等々，你大概都想像得到，只有這個坐電車的玩意兒，恐怕局外者不能知其詳細吧？你靜々地聽！讓我來把這個根本問題告訴你，可是我又要躊躇，我要希望你別要真的到這裡來：因為我懼怕這裡還有像我這樣的人們！怕我了不得！恐你感到不高興也不一定，提先告訴你，你若不怕還有像我這樣的人們在，你就來享受了這種的清福。

我每天在電車中至少有一點多鐘的光景，你在想「閱報，讀小說，小盹」還有什麼事情可幹？假若你簡直地把這個事情猜得對，那末，我也不用來告訴你了！

說起大都會的風景便連有摩登的女郎，這不外乎人們的通常心裡。怎麼你們女子偏要裝到那樣一見令人魂消魄散，醉生夢死！你們那梨花口紅，雪花膏，美麗的臉龐，身上幾件的寶貝都是迷魂劑，都是驚魂散，甜蜜與薰芳；莫怪天下的痴男子到處掛起「女性大歡迎」的招牌。

那學校裡的功課給我得討厭，可是又不得不去聽！跑咖啡館，逛跳舞場是要錢，我雖是有錢也不願意去逛，交際女朋友，我又感覺太近危險性！因為有你的存在，我的良心上不敢再去幹那些犯條。現在我感覺最快樂的是跑到公園裡，坐在長凳上讀小說。或是走入電車中瞧美麗的姑娘，因為電車中的姑娘們都是陌生人，是好是壞，不過是半個鐘頭或是一個鐘頭的姻緣。我想了這樣的辦法是最神聖的，而且容易可以親近她，頃刻間的姻緣，不會生出悲戀苦戀投水服毒的情死事件。一上了電車便瞧一瞧裡頭有美麗的姑娘沒有，若是在我身邊的是同性的學生弟兄或是老人家坐著，我便讓他們一個闊，很不願和他們坐在一起，我站起來請了帶小孩子的婦人們或是老伯叔們請坐：我這樣的辦法，他們哪裡知道我是個狡猾的學生？他們倒要嗚（嗚）謝！車中的人們大都說我是個「知書識禮」的好學生，我自己也感覺得高興極了。若是有美麗的姑娘和我坐在一起，我就不敢再去讀小說，裝起很用功的態度翻讀教科書，隨著電車的搖擺，讓我的肉和她的肉儘管摩擦，有時我偷々地使個眼色瞪了她，假若她給了你一回的秋波，你們就要假如疲倦了的打盹，別要去睬了她！

妹々！你想々吧！這樣的巧當可不是含著了無限的幽默和超神聖的情緒？百尺竿頭更進一步，漸々地帶睡眼再把她釘上去，若是她肯賜我一個微笑，那兒的快活和安慰，是這枝禿筆也難以形容的了！勇敢些瞧一瞧沒有人們察覺的剎那，把指頭放在她的腿上輕々兒按了一下，有時你們會意想不到，她竟然跟了我下車！大都會的摩登女郎。膽子比男子的，恐怕大一點。假若她和你下車問了你「好漂亮的，你要上哪兒去？」的話，要找什麼話去答她才好？

——假若你接了這封信，讀了有趣味，你要趕快地來嘗一嘗這個清福，我也可以多用功去念書，在電車中，只管你釘我，我釘你，擰腿打笑，你來瞧一瞧這幾天長了鬍鬚，我可以嘗々你的香粉味。快々地來呀！恐怕大都會的風景又要變了！

祝你快樂

作者簡介

——余若林（1915-2002），本名林為富，號嵐映，筆名有景嵐、竹客、余若林、林荊南、哲也、蕉翁等，彰化竹塘人。東京高等實務學校畢業後，於一九三五年左右開始發表作品。一九四一年十二月一日，創辦漢文雜誌《南國文藝》，企圖透過該雜誌維繫戰爭時期的新漢文文藝創作。一九五〇年因政治案件入獄二百餘日，後獲平反，出獄後擔任《詩文之友》等古典詩刊的主編。在戰後的文學活動雖以古典詩文為主，亦有長篇自傳小說《窮與罪》的撰述。

元旦的一場小風波

張我軍

我想寫一點關於祖母的事，已經有好幾年了，然而始終未曾動筆寫過一字。最近《藝文》雜誌社來函徵求關於新年的文字，不由得又想起此事來；因為我和祖母之間，曾於三十多年前的一個元旦發生過一場小風波故也。

那時候，我大約不過只有六、七歲的樣子；照這樣算起來，祖母當時已經是七十歲的老人了。窮苦人的子女，素常時問父母要來的零錢只是幾個小制錢，多亦不過一個銅板而已。過年時所得的壓歲錢，記得大概也不過是兩三毛錢罷了。但是那一年，大姨母上我家來過年，她彷彿比我家富有，一下子就給了我一塊洋錢。我是怎樣地高興，現在還可以設想得出來——雖然當時應該是不懂得怎樣去花那一塊洋錢的。

第二天便是大年初一了。興高采烈地抱著那一塊洋錢，一清早便跑到祖母那裡去拜年。祖母是過了一輩子窮日子的人，素日連一個銅板都看得很大，何況是一塊錢呢？這是我長到十幾歲才明白的，老人家怕我把洋錢玩丟了，記不清是用了什麼方法，竟把一塊洋錢騙到她手上去。

玩了一會兒，我忽而想起我的洋錢來，逼著祖母還我的錢。祖母當然是不給的。於是乎我就拿出小孩子唯一的法寶，大哭起來了。哭了還不給，於是乎亂撞亂跳連哭帶嚷了。這樣還是不給，於是乎我就破口大罵起祖母來了。

大約這是全中國的習慣，哪一家子新年不忌哭？尤其是罵人最要不得，因為挨罵的人是絕不會答應的。然而我一來因為太傷了心，二來因為素日受著祖母的溺愛，所以竟大發頑童的本性，大年初一便在祖母那裡大哭大鬧並且大罵起來了。和祖母同院居住的三伯父雖然大不高興，但是在十二分溺愛著我的祖母面前，究竟是一點辦法也沒有。

再看祖母是怎麼樣呢？不管我怎樣哭鬧怎樣撒潑，老人家一點也不改變素日那一份慈愛而且鎮靜的態度，極力安慰我，一再只是說「孩子孩子你別哭，回頭一定還你錢！」直到我真急了，破口大罵起來，老人家還是那麼樣的，臉上毫無怒容，只說了一句「你罵奶奶，小心雷響！」

冬季沒有雷，就是六、七歲的孩童也知道的。但是辱罵長上是不孝大逆，雷公專為管教這種人而存在的：因為從小就受了這樣的教育，所以經祖母一提醒，童心中也真有些害怕似的，記得是就那麼樣我就不罵不鬧也不哭了。祖母坐在板凳上，我站著讓老人家摟在懷裡，這情景，此刻還歷歷如在眼前。那時，我對於祖母一句雷響的應酬是「雷把我劈死，您不用哭才好哪！」我對於祖母對我的溺愛是怎樣地意識著，是怎樣地自沉願於溺愛之中，由於這句撒嬌的回答便可以概見了。

元旦祖孫之間的一場風波，結果由雷公充了魯仲連和平解決了。後來那一塊洋錢究竟怎樣地發落了，我始終沒有想起來。

我自從二十歲前後以來，不曉得為什麼，竟是和夢結了不解之緣。夜夜一入睡鄉，同時便入了夢鄉；睡個午覺也夢，打個瞌睡也夢。而夢中邂逅次數最多而且最真切的人物，除了我的父親便是我的祖母。這幾年來，也許是因為日日的生活切迫無暇追憶往事，也許是因為死別的年數過久，心目中的祖母的映像褪淡了，已經不常入夢，夢也不那麼真切了。

然而我對於祖母的感情，隨著年齒加多益發濃厚起來。十七歲那年祖母去世的時候，我摟著屍體足足哭了一天一夜；直到現在，一想起當時的情景，還阻不住兩道熱淚由眼角奔湧出來哩！

祖母活了八十歲，她的一生為人可以拿「刻苦耐勞謙和慈愛」八個字概括。她在我們張家，據我所知道，並未曾享過幾年福。然而她從未有一句怨言，對人永遠是那麼謙和，對子孫始終是那麼慈愛，而對我這麼一個頑皮的孫兒，最是無條件地疼愛。我常常地感著不能由我的力量使老人家享受幾年人世的幸福，實在是一件終身的憾事！同時又常常想著，隨時隨地老人家的靈魂都像生前疼愛我那樣在保佑我。所以自從我成家以後，每逢有得意的事或悲哀的事，頭一個便要想起祖母來。而得意時感著悵惘，悲哀時可以得到安慰。

我那可憐的，慈愛的祖母，如果還活著的話——事實上我此刻還想著如果還活著多好呀——今年該是一百零六歲了。她去世至今已經二十六年，換言之，已經過了二十六個元旦了。每逢元旦，我總要想起三十幾年前這場小風波，覺著萬分的難受和懺悔！

今天是冬至日，我家照例要供祖先，所以加重地勾起我懷念祖母的心情。祖母在世時嗜魚甚於肉，所以每次供祖先時，供品中只有魚是不能缺的——雖然結果還是一樣嗜魚的我自己受實惠的。今天除照例多備了兩條魚以外，還寫了這篇短文紀念祖母。

作者簡介

——張我軍（1902-1955），原名張清榮，筆名一郎、速生、野馬、以齋等。臺灣新文學運動的開拓、奠基者。一九二六年始陸續發表小說〈買彩票〉、〈白太太的哀史〉、〈誘惑〉。作品有力地揭露與批判了黑暗時代，有「臺灣文學清道夫」、「臺灣的胡適」盛稱。

談酒

臺靜農

不記得什麼時候同一友人談到青島有種苦老酒，而他這次竟從青島帶了兩瓶來，立時打開一嘗，果真是隔了很久而未忘卻的味兒。我是愛酒的，雖喝過許多地方不同的酒，卻寫不出酒譜，因為我非知味者，有如我之愛茶，也不過因為不慣喝白開水的關係而已。我於這苦老酒卻是喜歡的，但只能說是喜歡。普通的酒味不外辣和甜，這酒卻是焦苦味，而亦不失其應有的甜與辣味；普通酒的顏色是白或黃或紅，而這酒卻是黑色，像中藥水似的。原來青島有一種叫作老酒的。顏色深黃，略似紹興花雕。某年一家大酒坊，年終因釀酒的高粱預備少了，不足供應平日的主顧，倉卒中拿已經釀過了的高粱，鍋上重炒，再行釀出，結果，大家都以為比平常的酒還好，因其焦苦和黑色，故叫作苦老酒。這究竟算得苦老酒的發明史與否，不能確定，我不過這樣聽來的。可是中國民間的科學方法，本來就有些不就範，例如貴州茅台村的酒，原是山西汾酒的釀法，結果其芳冽與回味，竟大異於汾酒。

濟南有種蘭陵酒，號稱為中國的白蘭地，濟寧又有一種金波酒，也是山東的名酒之一，苦老酒與這兩種酒比，自然無其名貴，但我所喜歡的還是苦老酒，可也不因為它的苦味與黑色，而是喜歡它的鄉土風味。即如它的色與味，就十足的代表它的鄉土風，不像所有的出口貨，隨時在叫人「你看我這才是好貨色」的神情；同時我又因它對於青島的懷想，卻又不是遊子忽然見到故鄉的物事的懷想，因為我沒有這種資格，有資格的朋友於酒又無興趣，偏說這酒有什麼好喝？我僅能藉此懷想昔年在青島作客時的光景：不見汽車的街上，已經開設了不止一代的小酒樓，雖然一切設備簡陋，卻不是一點名氣都沒有，樓上燈火明濛，水氣昏然，照著各人面前酒碗裡濃黑的酒，雖然外面的東北風帶了哨子，我們卻是酒酣耳熱的。現在懷想，不免有點悵惘，但是當時若果喝的是花雕或白乾一類的酒，則這一點悵惘也不會有的了。

說起鄉土風的酒，想到在四川白沙時曾經喝過的一種叫作雜酒的，這酒是將高粱等原料裝在瓦罐裡，用紙密封，再塗上石灰，待其發酵成酒。宴會時，酒罐置席旁茶几上，罐下設微火，罐中植一筆管粗的竹筒，客更次離席走三五步，俯下身子，就竹筒吸飲，時時注以白開水，水浸罐底，即變成酒，故竹筒必伸入罐底。據說這種酒是民間專待新姑爺用的，二十七年秋我初到白沙時，還看見酒店裡一罐一罐堆著，——卻不知其為酒，後來我喝到這酒時，市上早已不見有賣的了，想這以後即使是新姑爺也喝不著了。

雜酒的味兒，並不在苦老酒之下，而雜酒且富有原始味。一則它沒有顏色可以辨別，再則大家共吸一竹筒，不若分飲為佳；——如某夫人所說，有次她剛吸上來，忽又落下去，因想別人也免不了如此，從此她再不願喝雜酒了。據白沙友人說，雜酒並非當地土釀，而是苗人傳來的，大概是的。李宗昉的《黔記》云：「咂酒一名重陽酒，以九日貯米於甕而成，他日味劣，以草塞瓶頭，臨飲注水平口，以通節小竹插草內吸之，視水容若干徵飲量，苗人富者以多釀此為勝」；是雜酒之名，當係咂酒之誤，而重陽酒一名尤為可喜，以易引人聯想，九月天氣，風高氣爽，正好喝酒，不關昔人風雅也。又陸次雲《峒谿纖志》云：「咂酒一名約藤酒，以米雜草子為之，以火釀成，不芻不酢，以藤吸取，多有以鼻飲者，謂由鼻入喉，更有異趣。」此又名約藤酒者，以藤吸引之故，似沒有別的意思。

據上面所引，所謂雜酒者，無疑義的是苗人的土釀了，卻又不然。《星槎勝覽》卷一《占城國》云：「魚不腐爛不食，釀不生蛆不為美酒，以米拌藥丸和入甕中，封固如法，收藏日久，其糟生蛆為佳醞。他日開封用長節竹幹三、四尺者，插入糟甕中，或團坐五人，量人入水多寡，輪次吸竹，引酒入口，吸盡再入水，若無味則止，有味留封再用。」《星槎勝覽》作者費信，明永樂七年隨鄭和王景宏下西洋者，據云到占城時，正是當年十二月，勝覽所記，應是實錄。占城在今之安南，亦稱占婆，馬氏 Georges Mespero 的占婆史，考證占城史事甚詳。獨於占城的釀酒法，不甚了了。僅據宋史《諸蕃志》云：「不知醞釀之法，止飲椰子酒」，此外引新舊唐志云：「檳榔汁為酒」云云，馬氏且加按語云：「今日越南本島居民，未聞有以檳榔釀酒之事」，這樣看來，馬氏為占婆史時，似未參考勝覽也。本來考訂史事，談何容易。即如現在我們想知道一種土酒的來源，就不免生出糾葛來，一時不能斷定它的來源，只能說它是西南半開化民族一種普通的釀酒法，而且在五百年前就有了。

作者簡介

——臺靜農（1902-1990），一九二二年就讀於北京大學研究所國學門。一九二五年春結識魯迅，參與組織未名社。一九二七年後，任教於輔仁大學、廈門大學、山東大學及齊魯大學。抗戰期間，舉家遷四川，任職國立編譯館和白沙女子師範學院。一九四六年來臺，於臺灣大學擔任中文系主任。一九二二年至一九四九年間，以筆名青曲、聞超、孔嘉、釋耒，發表論著、散文、小說、劇本等，散見各報章雜誌。著有《地之子》、《建塔者》、《靜農書藝集》、《龍坡雜文》、《靜農論文集》、《中國文學史》等。

臥病雜記

梁容若

一個聰明的朋友曾經告訴我：「什麼都可以有，就是不可以有病；什麼都可以沒有，就是不可以沒有錢。」我很知道這話有道理，但是常常是有些小病，卻沒有錢，連帶也沒有閒。皮膚病整年鬧，一治就輕，十多年以來，就沒有充分的時間和金錢可以把它根本治好。

最近因為皮膚的傷破，混進了葡萄狀的球菌吧，在脖子上長了兩個癤子一類的東西，一個在左邊，一個在右邊，疼痛得睡也睡不好，吃也吃不下了。我最初請教住得最近的一位西醫，他說：「癤子出了膿就好了。疼是沒有辦法的。」一天去診一次，過了三天，小的出膿了，大的卻從豆來大，腫到鴨蛋來大了。高燒使著人發昏，路也快走不來了。醫生說：「癤子是很快要出膿的，可是您這個癤子總往大的長，老不出膿，這使人有什麼辦法呢！您最好過幾天再來。」我開始意識到這個病的嚴重了。

把一切經濟的打算拋開，在昏迷一夜的疼痛高燒之後，走進了一個著名的外科大夫的診療室。他打開藥布一看，吃驚地說：「好厲害的癰啊！你不知道養癰遺患的老話，到這樣才來治療！」他說：「這叫癰疽，就是中國流傳所說的搭背，長在脖子上是上搭背，離神經中樞主要的血管最近，割也不能割，膿頭又多，四面潰爛，所以是很危險的。盤尼西林注射是需要的，可是那要住院，藥也很貴，您要先繳四百萬。」這個數恰好是我一家五口兩個月的生活費，妻說：「住院現在就可以，錢可不可以分期交？」他打量了一下妻和我的服裝神情，很肯定地說：「不必住院了，注射也可以不必，用盤尼西林藥膏敷上，吃消炎片，效果是一樣的。」我意識到病有幾種治法，正像火車的分等。

從證明我的病是厲害的癰疽以後，有許多朋友來慰問，自己不能做事，還要耽擱別人的時間，成了社會的負擔，真是疚心。慰問的朋友常常供給許多治病養病的辦法，比醫生說得詳細多了，這使我得到了許多關於療養上的常識，熱情厚意，處處使人感激。有兩個醫療的意見，也可以說民間經驗，給我的印象很深刻，值得記下來供大家研究：

一次是一位坐汽車的太太，她聽妻說醫藥費太貴了，很同情地指導：「你們當教員的怎麼可以請名醫吃洋藥？請一次名醫就要花您們半個月的薪水。有一個偏方很有效，我特地來說一說，就是把昆布放在水裡，泡展以後，上邊撒上一些辣椒末，一條一條地蒙在瘡上，涼颼颼的舒服極了。一天換兩回，正午十二點一回，夜裡十二點一回，最好是夜裡聽見第一聲雞叫的時候換。這個偏方治好了多少人了，又不花錢，又省事。」妻問她：「太太可曾試驗過？」她說：「這我可沒試過，我是聽人家說的。」

一次是一位在基隆的朋友遠迢迢來看我，特地帶了一位有名的中醫的意見書，據說他是三輩子的癰疽專家，如果需要，他可以友誼關係專來臺北看一次。他的意見是：「癰是熱毒所聚，所以要大量用涼藥。只要黃蓮吃得夠，毒氣沒有不散，燒沒有不退的。魚是發物，不可以吃，豬牛羊肉是熱的，不可以吃；雞鴨蛋吃了，蛋白質會凝聚在瘡的周圍，變成硬的；醋也不可以吃。一定要吃肉，只有兔子肉是涼的。勉強可以吃些。水果也是不吃的好。」

我想偏方是把表皮的刺激來轉移疼痛的注意，給病人一刻輕鬆。飢餓療養的道理很不好懂，也許是吃的東西少了，自然就無熱可發了。這種治法的流行，大約因為正和我們民間經濟條件相稱。

在一個發燒最厲害的夜裡，前後八個夢，夢見的都是死去的人。去世三十多年的父親，跳海已經十多年的山東朋友，河套殉國的夥伴，客死在東京的學侶，一個個都活生生地對了面；而且對有的故人補說了生前想說沒機會說的話。在雨聲淅瀝的清晨，汗津津地醒來，意識到自己已是與鬼為鄰了。在人世上應當有什麼遺言，想到《國語日報》，想到國家社會，想到家庭，覺著沒用的話沒有什麼說的必要；只有對於自己死的處理，還有些意見，在妻出去上課之後，就勉強爬起來寫了幾行：

一、我贊成火葬，在我死後半小時內送到火葬場，使侵蝕我的病菌和我的屍體同歸於盡。骨灰埋在任何地方都可以，要深，要地面上沒有痕跡。

二、愛我關心我的人能夠迅速地忘卻我，一定得到最大的幸福，至少也減少了苦痛。我沒有任何可紀念的地方，我願意死得十分平凡簡單，像海上消失了一個浪花。

我寫的時候雖然吃力，心情卻很平靜。寫完了，把它放在枕頭下邊。意思只是想，別的都沒辦法了，自己的死不可以再給有關係的人和社會以物質和精神的負擔。三天以後，妻發現了這一張紙，她看了一下笑著說：「您把死看得太容易了。勞役沒有服滿的人，哪裡能隨便地死呢！」她把它放在爐火上燒了。

作者簡介

——梁容若（1904-1997），北平師範大學畢業，日本東京帝國大學文學院碩士。來臺後創辦《國語日報》，並任總編輯，歷任常務委員、副編輯，一九五一年九月創辦《古今文選》，與齊鐵恨合編，一九六五年三月創辦《書和人》雙週刊，與王天昌合編。更曾任教職、編審、督學、祕書長、東海大學中文系主任、教育部學術審議委員會委員、臺灣省國語推行委員會常務委員等職。一九七〇年退休後，曾任靜宜大學中文系兼任教授，晚年旅居美國。

金盒子

琦君

記得五歲的時候，我與長我三歲的哥哥就開始收集各色各樣的香菸片了。經過長久的努力，我們把封神榜香菸片幾乎全部收齊了。我們就把它收藏在一只金盒子裡——這是父親給我們的小小保管箱，外面掛著一把玲瓏的小鎖。小鑰匙就由我與哥哥保管。每當父親公餘閒坐時，我們就要捧出金盒子，放在父親的膝上，把香菸片一張張取出來，要父親仔仔細細給我們講畫面上紂王比干的故事。要不是嚴厲的老師頻頻促我們上課去，我們真不捨得離開父親的膝下呢！

有一次，父親要出發打仗了。他拉了我倆的小手問道：「孩子，爸爸要打仗去了。回來給你們帶些什麼玩意兒呢！」哥哥偏著頭想了想，拍著手跳起來說：「我要大兵，我要丘八老爺。」我卻很不高興地搖搖頭說：「我才不要，他們是要殺人的呢！」父親摸摸我的頭笑了。可是當他回來時，果然帶了一百名大兵來了。他們一個個都雄赳赳地，穿著軍裝，背著長槍。幸得他們都是爛泥做的，只有一寸長短，或立或臥，或跑或俯，煞是好玩。父親分給我們每人五十名帶領。這玩意兒多麼新鮮？我們就天天臨陣作戰。只因過於認真了，雙方的部隊都互有損傷。一兩星期以後，他們都折了臂斷了腿，殘廢得不堪再作戰了，我們就把他們收容在金盒子裡作長期的休養。

我六歲的那一年，父親退休了。他要帶哥哥北上住些日子，叫母親先帶我南歸故里。這突如其來的分別，真給我們兄妹十二分的不快。我們覺得難以割捨的還有那唯一的金盒子，與那整套的封神榜香菸片。它們究竟該託付給誰呢？兩人經過一天的商議，還是哥哥慷慨地說：「金盒子還是交給你保管吧！我到北平以後，爸爸一定會給我買許多玩意兒的！」

金盒子被我帶回故鄉。在故鄉寂寞的歲月裡，又受著家庭教育嚴厲的管束，童稚的心，已漸漸感到孤獨與煩躁。幸得我已經慢慢了解封神榜香菸片背後的故事說明了。我又用爛泥把那些傷兵一個個修補起來。我寫信告訴哥哥說金盒子是我寂寞中唯一的良伴，他的回信充滿了同情與思念。他說：明年春天回來時定給我帶許多好東西，使我們的金盒子更豐富起來。

第三年的春天到了，我天天在等待哥哥的歸來。可是突然一個晴天霹靂似的電報告訴我們，哥哥竟在將要動身的前一星期，患急性腎臟炎去世了。我已不記得當這噩耗傳來的時候，是怎樣哭昏過去的，只覺得醒來時，已躺在母親的懷裡，仰視淚痕斑斑的母親，孩子的心，已深深經驗到人事的變幻無常。我除了慟哭，更能以什麼話安慰母親呢？

金盒子已不復是寂寞中的良伴，而是逗人傷感的東西了。我縱有一千一萬個美麗的金盒子，也抵不過一位親愛的哥哥。我雖是個不滿十歲的孩子，卻懂得不在母親面前提起哥哥，只自己暗中流淚。每當受了嚴師的責罰，或有時感到連母親都不了解我時，我就獨個兒躲在房裡，閂上了門，捧出金盒子，一面搬弄裡面的玩物，一面流淚，覺得滿心的憂傷委屈，只有它們才真能為我分擔呢！

父親安頓了哥哥的靈柩以後，帶著一顆慘痛的心歸來了。我默默地靠在父親的膝前，他顫抖的手撫著我，他早已嗚咽不能成聲了。

三、四天後，他才取出一個小紙包說：「這是你哥哥在病中，用包藥粉的紅紙做成的許多小信封，一直放在袋裡，原預備自己帶給你的。現在你拿去好好保存著吧！」我接過來打開一看，原來是十只小紅紙信封，每一只裡面都套有信封，信紙上都用鉛筆畫著「松柏長青」四個空心篆字，其中一個，已寫了給我的信。他寫著：「妹妹，我病了不能回來，你快與媽媽來吧！我真寂寞，真想念媽媽與你啊！」可憐的我，那一晚上整整哭到夜深。第二天就小心翼翼地把小信封收藏在金盒子裡，這就是他留給我唯一值得紀念的寶物了。

我十九歲的時候，母親因不堪家中的寂寞，領了一個族裡的小弟弟。他是個十二分聰明的孩子，父母親都非常愛他，給他買了許多玩具。我也把我與哥哥幼年的玩具都給了他，卻始終藏著了這只小金盒子，再也不捨得給他。有一次，不幸被他發現了，他就跳著叫著一定要。母親帶著責備的口吻說：「這麼大的人了，還與六歲的小弟弟爭玩具呢！」我無可奈何，含著淚把金盒子讓給小弟弟，卻始終不忍將一段愛惜金盒子的心事，向母親吐露。

金盒子在六歲的童年手裡顯得多麼不堅牢啊！我眼看他扭斷了小鎖，打碎了爛泥兵，連那幾只最寶貴的小信封也幾乎要遭殃了。我的心如絞著一樣痛，覷著母親不在，急忙從小弟弟手裡救回來，可是金盒子已被摧毀得支離破碎了。我禁不住由心疼而忿怒，我打了他，他也罵我「小氣的姊姊」，他哭了，我也哭了。

一年又一年地，弟弟已漸漸長大，他不再毀壞東西了。九歲的孩子，就那麼聰明懂事，他已明白我愛惜金盒子的苦心，幫著我用美麗的花紙包紮起爛泥兵的腿，用銅絲修補起盒子上的小鎖，說是為了紀念他不曾晤面過的哥哥，他一定得好好愛護這只金盒子。我們姊弟間的感情，因而與日俱增，我也把思念哥哥的心，完全寄託於弟弟了。

弟弟十歲那年，我要離家外出，臨別時，我將他的玩具都理在他的小抽屜中，自己帶了這只金盒子在身邊，因為金盒子對於我不僅是一種紀念，而且是骨肉情愛之所繫了。

作客他鄉，一連就是五年，小弟弟的來信，是我唯一的安慰。他告訴我他已經念了許多書，並且會畫圖畫了。他又告訴我說自己的身體不好，時常咳嗽發燒，說每當病在床上時，是多麼寂寞，多麼盼我回家，坐在他身邊給他講香菸片上封神榜的故事。可是為了戰時交通不便，又為了求學不能請假，我竟一直不曾回家看看他。

我不能不怨恨殘忍的天心，在十年前奪去了我的哥哥，十年後竟又要奪去我的弟弟了。恍惚又是一場惡夢，一個電報告訴我弟弟突患腸熱病，只兩天就不省人事，在一個淒清的七月十五深夜，他去世了！在臨死時，他忽然清醒過來，問姊姊可曾回來。嘗盡了人間的滋味，如今已無多少歡樂與哀愁，可是這一只金盒子，卻總不能不使我黯然神傷。我不忍回想這接二連三的不幸事件，我是連眼淚也枯乾了。

哥哥與弟弟就這樣地離開了我，留下的這一只金盒子，給予我的慘痛該是多麼深！但正為它給予我如許慘痛的回憶，使我可以捧著它盡情一哭，總覺得要比什麼都不留下好得多吧！

幾年後，年邁的雙親，都相繼去世了，這暗淡的人間，這茫茫的世路，就只丟下我踽踽獨行。

如今我又打開這修補過的小鎖，撫摸著裡面一件件的寶物，貼補爛泥兵小腳的美麗花紙，已減退了往日的光采，小信封上的鉛筆字，也已逐漸模糊得不能辨認了。可是我痛悼哥哥與幼弟的心，卻是與日俱增。因為這些暗淡的事物，正告訴我他們離開我是一天比一天更遠了。

作者簡介

——琦君（1917-2006），浙江永嘉人，杭州之江大學中文系畢業，曾任教於中央大學、文化大學等校中文系。榮獲文協散文獎章、中山文藝獎、亞洲華文作家文藝基金會「資深作家敬慰獎」、總統府二等卿雲勳章。《鞋子告狀》榮獲新聞局優良圖書金鼎獎，《此處有仙桃》榮獲國家文藝獎。著有《母親的金手錶》、《水是故鄉甜》、《萬水千山師友情》等散文及小說、兒童文學等書四十多種，曾被譯為美、韓、日文，極受海內外讀者喜愛，二〇〇六年六月七日病逝，享壽九十。

腳踏車的威風

尹雪曼

我不知道腳踏車是什麼時候傳到咱們中國來，就是在我的故鄉黃河以北的那塊平原上，我也不知道是哪一個最先騎了一輛腳踏車，在大群鄉人驚訝不置的神色裡出現，因此更不用說腳踏車最初來到寶島的風光了。

不過在我幼年的記憶裡，我卻清清晰晰地記得，在我的家鄉，有一輛腳踏車，是多麼能令人羨慕和多麼能使自己感到驕傲。因此竟會使些沒有腳踏車的人，由妒生恨，由恨生怒，由怒而開罵。說起來真是今天意想不到的呢。但算一算，事實上那時不過是民國十五、六年，但在我的故鄉鄉間，卻曾一度流行著下面的一段歌曲，嘲罵腳踏車和騎腳踏車的人。歌曲先把腳踏車形容一番，說：「遠看像條龍，近看鐵絲檸。」但接著卻做了個結論說：「好天龍駝龜，壞天龜駝龍。」那意思是說晴天人騎腳踏車，雨天路滑泥深，自然不免要人背著腳踏車走路，一變而為腳踏車騎人了。這自然是由於鄉間沒有柏油路和水泥路，才會發生的事象，要是路好，就是雨天，「龍駝龜」也還是沒有問題的，只是我的鄉親們無從想像罷了。

我自己大概是在十三歲那年，開始學騎腳踏車。記得那輛車子，是我叔父留在家裡，由我推到打麥場上練習。大概接連練習了三天，跌了無數的跟斗，摔了無數的跤以後，就居然可以上街了。

可是在街上，如果遇見前面有車，有人，甚至一條狗，還是不免心慌意亂，把握不住，但愈是害怕撞著人，它偏偏就不偏不倚，一傢伙撞個正著。有一次我正在街上騎著走，忽然看見東門街角那個打鐵的李老頭蹲在地上抽旱菸，我心裡一急，正害怕撞著他時，卻不料說時遲那時快，一傢伙竟把他撞了個嘴吃泥。幸虧大家都是一街人，李老頭雖說打鐵為生，到底因為上了年紀，已沒有了那股火氣，因此使我得以少挨一頓揍，可是就那樣，也已把我嚇得面如土灰了。

腳踏車是這麼一種洋玩意，它看起來非常簡單，騎上去蹬著就走。學會了確也容易，輕便迅速，無與倫比，馬需要吃草，汽車需要加油，腳踏車卻什麼也不需。但開始學習時，則並不是想像中的那麼簡易，它需要平衡，需要重心放正，因為它只有兩點著地，只能構成一條線，不能構成一個面，因此怎樣使這條線垂直不倒，便不能不費一番學習功夫。

但學起來也並不是一件難事，只要不怕摔跤跌跟斗，有膽量，有勇氣，此外絕無什麼奧祕。可是如果你要翻花樣，玩技巧，那自然又當別論。幼年在家鄉時，曾見有人騎著腳踏車在鐵路的鋼軌上走，也曾見有人把腳踏車用力向前一推，當它自行飛跑時，騎的人從旁飛身上去。種種花樣，不一而足，但他們卻都只是當作一種遊戲，並不是當作職業性的賣技。

只是在我的故鄉，腳踏車並不能成為一種普遍的代步工具，原因除掉腳踏車太少，太貴之外，鄉下人的保守，也是一項很大的因素。在鄉間，時間是沒有太大價值的，因此就沒有多少事，必須騎著「洋馬兒」（四川鄉間稱呼腳踏車的代名詞）飛奔，此外如果需要運送貨物、東西，接客送人，故鄉鄉間到處都是四、五公尺寬的平坦大路，家家都有兩隻大鐵輪的馬車，不管是馬拉，騾拉，或牛拉，它一樣可以完成載重的任務。像今日腳踏車在寶島的威風，那是我的鄉親們，連做夢都想像不到的事。

然而寶島卻一向都是腳踏車王國，洋馬兒世界。現在雖然在像臺北那樣繁盛、奢華的大都市，汽車的威風早已吞滅了腳踏車的氣焰，可是老臺北卻都不難指出兩三年前的情景，到處還是腳踏車的一字長蛇陣。特別是兩三年前，許多政府的要員和官吏，都是以腳踏車代步上班辦公。那種簡樸的風氣，令人對今天坐在風馳電掣似的一九五一年汽車裡，大喊節約和提倡簡樸的情景，不禁要發出無盡的感喟。

不過卻也不要因臺北一地如此而洩氣，因為在整個寶島，不管是城市、鄉鎮、村莊裡或田野間，到處仍舊是腳踏車的世界。你可以在城鎮間的公路上，看見滿載竹筐籮斗，堆得像一座小山一樣飛跑著的腳踏車，也可以看見前後各帶一頭重約二百斤大肥豬，奔馳不停的「洋馬兒」。雖然在城市裡，警員們嚴厲地取締兩人共乘一部腳踏車，但在鄉間城外的公路上，腳踏車仍是兒子們載送媽媽，年輕人載送愛人，中年人載送老婆和孩子，最輕捷便當的工具。至於婦女們上街買菜，鄉下佬運貨進城，小公務員準時上下班，學生們趕早赴校，以及公差們到處送信，年輕男女小夥子郊遊，騎一乘腳踏車，也還是最方便最寫意的玩意。

只是令人稍感不快的，是那些慣愛風馳電掣似的，騎著腳踏車在馬路上奔跑，不管三七二十一的東躥西躦，嚇得同行者躲躲閃閃，嚇得婦人小孩狂呼尖叫，而居然尚面有得色的太保們的橫行，和一些不顧大群男女老幼行走，只知自我方便騎著腳踏車在人行道上亂闖的小飛機之流，令人看來作嘔。

但不幸的是這類人偏就多得很，而我們的治安當局，雖然並不因我們不是「汽車王國」，而不管汽車的任意亂闖和駕駛，可是卻忽略了我們這個「腳踏車世界」，最應管理和納入正規的秩序，有時候如果街頭巷尾發生了打架、爭吵，或者是一點芝麻綠豆樣的小事，立刻圍上去的不是「人牆」，而是一個腳踏車「鐵籠陣」，你的車頭掛住他的車尾，他的車尾咬住另一人的鋼輪，要是中間打架的人發了狠，橫衝直闖，不分青紅皂白的亂打一通，可不知會有多少看熱鬧的要人仰馬翻，逃不出重圍。

今年初，在高市曾發生了一件腳踏車猛烈互撞，一人撞死和一人重傷的慘劇，而前些日子，我又曾目睹一個太保型的年輕人，飛跑中撞倒了一個五歲的孩子，使那孩子滿口流血不止。腳踏車會不會肇禍呢？這裡便是最好的例子。

然而這些還不是令我們感到最悲哀的事，我們應該悲哀的，是我們直到今天，才聽說自己準備（注意是準備）自製腳踏車了，雖然一些重要的零件，仍然有待外貨供應。但記得三十七、八年在上海時，市面上曾有國貨腳踏車供應，然而價格卻超過外貨一倍，問一問才知是由於我們半手工業式的生產成本過高的緣故。那麼今天我們說我們要自製腳踏車了，固然算是一件可喜的事，可是先不要在式樣、耐用、經久、產量上考究，且問我們的生產成本，能不能比外貨低？

在寶島一般國人的習慣，是愛用日貨車子，其中以「富士霸王」為翹楚。但從大陸來的國人，卻喜歡英貨車子，其中以「三槍」、「海格利斯」、「菲立浦」最為風行。日貨車子的好處是經久耐用，並足以載重，缺點是車身太重，式樣較笨。英貨車子的好處是輕快便捷，式樣美觀，缺點是車梁、輪胎都失於過脆，易於折斷和破裂，不能負重。因此如果我們自製車子，不知道是全盤日化呢？還是全盤英化？還是考慮去其短，採其長，混合其優點，迎頭予以超過。

但二十世紀的六十年代，已是原子世紀了，雖然我們還不能造汽車，造飛機，更不會造原子彈，但趕早立定決心，培植一個大規模的腳踏車製造業基礎，還是一件必要而可喜的事。寶島人口不過八百萬，據說每年需要添補的新車就要五萬輛，要是我們的大陸一旦光復，農村經濟復甦，國家社會重新步入正軌，我們雖不可能希望三年五載，使人人有汽車坐，但每家一部腳踏車，應該不是一個幻想的奢求。那時，試想我們每年需要多少輛的新車？

一個有遠見的政治家，或一個有遠見的實業家，他是應該看到這個光明遠景的。二十世紀六十年代，雖然原子發展是不屬於我們的，但我們也不能再眼睜睜的僅靠兩條腿走路。在那兩隻腳下，添上一雙機器的齒輪，盡可能的施展發揚腳踏車的威風，該不算是一件向後退的無意義的事吧。

作者簡介

——尹雪曼（1918-2008），河南省汲縣人。美國密蘇里大學新聞學院文學碩士。曾任教於國立成功大學、中國文化大學。曾主持《中華民國文藝史》的編纂工作。著有《海外夢迴錄》、《西園書簡》、《戰爭與春天》、《中國現代文學的桃花源》等書。

枇杷

艾雯

微風夾細雨，溽熱全消，望著滿院新綠，心裡覺得有什麼似氣球裡的氫氣般湧升著。於是推開紙筆，為遠方的一個友人述說幾日來的抑鬱——

岑寂中，遠遠地傳來熟悉的叫賣聲，近了，親切的聲音歇在門口向我兜攬，是那個常常買慣她香蕉的老婦人，但今天擺在籮擔裡的卻不是一串串瘦長青綠的香蕉，或黃胖的芭蕉，淺淺的一層鋪在籮蓋裡的，竟是一顆顆金黃的枇杷。

「枇杷偕甜啦，買嘛！」

「噢，有枇杷賣呢！」我高興地向母親說，自己便擲下筆跑出去。

枇杷的顆粒不大，面上那一層茸茸的絨毛都褪落了，顯得有些萎熟，這在我們家鄉叫作「揀落剩」，是最下乘的了，為著保留那層絨毛，賣枇杷的向來是不允許主顧翻揀的，但在這裡似乎完全不懂得這些講究。

我隨便挑揀了些，用一個瓷盆供奉著，也許是興趣隨著年齡變了，對著幼時最喜愛的果子，竟沒有饕餮的胃口，而只剩下欣賞與回味。

故鄉是盛產枇杷的，每當端午節前枇杷上市時，滿街挑著叫賣的，水果鋪裡堆箱裝簍的，全是黃澄澄惹人愛、逗人饞的黃金果。枇杷分黃皮黃瓢，黃皮白瓢和白皮白瓢三種，最名貴的是第三種「白沙枇杷」，產洞庭山，多半裝簍外銷或是被當作餽贈遠方親友的禮品，而門口賣的大多是一、二兩種，那時一吃罷午飯，便像有一件什麼待做的大事般，臉都來不及拭就跑去大門口等著。不一歇賣枇杷的吆喝著來了，更忙不迭地嚷著大人出來買，一買總之秤上好幾片，一面輕手輕腳幫著揀那圓淨無瑕的，一面已滿嘴地氾濫著口涎，買好後，便刻不容緩地就著籃子大嚼起來，大拇指只輕巧地望那梅花臍裡一搖一揭，薄薄透明的皮便隨著指尖褪下來，四揭四綹，皮似一朵倒垂的梅棠貼著柄枝，中間便拱露著細膩、光滑、盈盈欲滴的瓢肉，吃到嘴裡，沁甜的果汁立刻沿著兩顎舌頭直滑到嘴角，「嘖」的一聲又被吸收了回去，嘴裡一個還不曾吞下，手裡又剝好了第二個、第三個——眼睛盯視著枇杷，嘴更無暇談說，一直要吃到「肚皮脹得青筋起」，這才欲罷不能地望望那「看籃子」的幾顆剩餘，行動遲鈍地離開滿桌子狼藉的果皮殘核。

我們更把光溜溜的枇杷核洗淨了，拿來作抓子的遊戲，或是當彈子彈著玩。

那時家裡只有我一個孩子，十分寂寞。平時我便去隔一條巷子的姑母家玩，姑母家有一個比我小二歲卻要稱她「娘娘」的安，一個鄰家的英，還有就是一座我們永遠玩不厭的大花園，花園裡有土山，有池塘，有各種花木和一棵合抱的枇杷樹，樹根正偎貼著山麓，樹蔭便遮蓋了大半池塘。冬初花開時，白色的星形花朵，雪一般鋪灑在水面，一到春天，青青的果實便纍纍實實掛滿在枝間，我們一個數著懸在空間的，一個數著映在水裡的，數來數去，從沒有數過一個相同的數目。數亂了，三人便笑作一團。我們一天天地盼著枇杷變黃，等到真個黃熟了，姑母便揀一個日子叫工人來採摘。

那天連不常去花園的表嫂她們也擠在一起看著，指點著，大家臉上都洋溢著一種收穫的滿足，枇杷摘下來姑母便指點工人分成大籃小筐的餽贈親友，我在樹下不僅揀大的先吃個痛快，拿回家去還是夠我二、三天大嚼的。

有一年也是摘枇杷時，老門房的兒子福生忽然在枇杷樹上捧下一個湯碗大的草窠下來，裡面是四隻孵出不久的小鳥，瘦小的身體沒有一根羽毛，只是張著大嘴唧唧地叫，彷彿完全不曉得自己遭遇的厄運，樣子很醜陋也很可憐，姑母看了把眉毛一皺，胖胖的臉上打起幾十條皺褶。

「福生還不給送回去，等歇老鳥找不著要急煞哉，真正作孽！」

福生喏喏地又把鳥窠送了上去，可是等到摘枇杷的人散了，他又悄悄地溜進來爬上樹去拿了下來，我們正在樹下抓子，當即哄著說是要告姑母。

「別嚷，別嚷！」他向我們賄賂著：「待我餵大了，一個送一隻，養在籠裡唱歌。」

「你有奶餵牠們呀？」英裝作懂事地責問他。

「噢，不。」他忍住笑說：「米倉裡有的是米蛀蟲，捉些來餵牠們才肥吶！」

「養大了一定要送我們咯！」

「一定，一定。」他邊說邊抱著鳥窠一溜煙跑了。

第二天惦著鳥雛，早餐過後又馬上跑去姑母家，約了安和英一起到門房裡找福生，我們第一句話就是問「小鳥呢？」「小鳥好不好。」

福生垂頭喪氣地支著頸坐在門檻上。半晌才把手一攤說：「都完了。」

他拿出鳥窠來，裡頭還加填了厚厚的棉花，可是橫在雪白的棉花上是怎樣一幅慘狀喲！昨天猶是四張活潑潑向著空中索食的黃嘴，今天邦只剩下了二張半。一隻給咬去半個頭，二隻卻啃破了臟腑，就像三塊才割下來的獸肉，血肉模糊地軟癱在那裡——我們瞥了一眼連忙別轉臉去，英的眼睛裡已閃著淚光。

福生說他臨睡時檢點一下還是好好的，一定是晚上給老鼠咬了。

從此，當我們在枇杷樹下遊玩時，一聽見樹上鳥叫，一定有一個抬起頭來說：「老鳥又來喚牠的孩子了。」

這一說，其他二個也立刻停止遊戲，仰起頭來向一眼看不到頂的枇杷樹望著望著，好一會都提不起勁來繼續玩耍。

離開家鄉十幾年，從未回去過一次，也從未嘗過家鄉那樣沁甜多汁的枇杷，日寇占據時聽說姑母去世了，家道也式微了，如今關進了深沉的鐵幕，更是消息沉沉——噢，家鄉，家鄉是越離越遠了。不知再嘗到那沁甜多汁的枇杷時，我可還有幼時那股一口氣吃得不抬頭的豪勁？

作者簡介

——艾雯（1923-2009），一生創作頗豐，擅散文兼小說，也出版童話集，作品有《小樓春遲》、《漁港書簡》、《曇花開的晚上》、《艾雯自選集》、《倚風樓書簡》、《綴網集》等，她說「一切藝術永遠是聯繫著時代的。寫作不僅是獨抒性靈，表現一己的感情生活，更要從這時代人民大眾豐富的生活中去提煉；不僅是刻畫個人的希望和理想，更要反映這時代人類對明日的希望和思想。」

方老教授

艾雯

學校裡和附近一帶的人家，都把方老教授當作一只標準鐘，其正確，不下於收音機裡播送的中原標準時間。

每天清晨，當方老教授挾著一卷書，精神抖擻地從郊外回來，在窗口看見他的主婦們，便趕緊去催醒猶自酣睡的丈夫或孩子：「看人家老教授都作早課回來啦，懶骨頭，還不起來！」

每天下午，當方老教授啣著板菸斗，悠閒地去散步時，在門口聊天聊忘了時間的主婦們，立刻又會說：「該作飯啦！看老教授都出去散步了。」

老教授被一致公認為最善於把握時間，懂得運用時間的人，他把每一分、每一秒時間都安排得恰到好處，儘管他一天要上課、編講義、著作、讀書、接見同學，總是從容不迫，從來不顯緊張。而每天的早課和散步是向來不間歇的，還有閒情在小院中整理花草。方老教授也不像一般忙人要人一樣，不時看看腕上的手錶，嘀咕著幾點幾刻該做什麼什麼，他甚至於連手錶都不戴，完全憑直覺。他說：這是數十年來養成的一種習慣，而培養這習慣的，卻是一只相隨數十年的鬧鐘。

去過方老教授家的人，沒有不見過這只鬧鐘的，它就同珍貴的小擺設一樣，被供在疊滿了厚本書籍的玻璃書櫥上，那是一只式樣古老而簡單的普通鬧鐘，裡面的磁面已發黃了，字目也有點駁蝕。

只是外面的殼子卻始終保持著光亮，沒有一點鏽斑，足見使用它的人，是怎樣愛護而勤於擦拭。

方老教授告訴人家說：他一生有三個最密切的伴侶：第一是鬧鐘，第二是太太，第三是板菸斗。而其中又要推鬧鐘相隨的日子最久，資格最老。

方老教授又說：鬧鐘在他生命中占有三重紀念性，一是對母親的，一是學業上的，一是愛情的。那天我去拜訪他，話題從時間上一談就談到鬧鐘上來。於是，我才得以聆聽到這三段紀念性的故事——

方老教授八歲時就沒有了父親，由母親一手撫養，栽培他從小學而中學。那時方教授年紀輕，血氣旺，說他多愛睡，他就多愛睡，每天早晨總要他母親喚呀揉地叫幾遍才起床，等起床一看，時間已不早，又急忙草草拭一下臉，胡亂塞些冷飯在嘴裡，連水都來不及喝一口，拔腳就跑，走了一半路才清醒過來。後來要去省城進高中了，臨走時他母親淚眼婆娑的，塞了一包東西在他箱子裡，囑他到了學校裡再拆開來看。

到了學校裡，他一安頓下來，便急不容待地拆開那個小包。拆了一層紙包，又是一層紙包，紙包裡還有布包，包裡還裹著棉花，裡面原來是一只嶄新的，在那時看來十分漂亮貴重的鬧鐘！方老教授知道在家裡那個偏僻的小縣裡，是沒有這種鐘的，他也知道自己家裡很窮，不能一下就拿出一筆款子來買鐘，他猜想一定是母親早就顧慮到他愛睡懶覺這一點，於是累年累月，省下錢來託人在省城給他買的。其中的用意，不難測知。他想到母親對他的這片苦心，不禁感動得把鐘貼在臉上，流下眼淚，他立下誓願，絕不辜負母親的這片苦心，要一分一秒地爭取時間，開始第一天上課，他就把鬧鐘撥到比學校裡的起床鐘還早一個鐘點。

第二天黎明，他果然一聽見鐘響就起來了，便挾一本課本到校園裡去。那時月亮還未下落，暗藍的天上稀疏地綴著幾顆閃爍的晨星。四周寂無人聲，宇宙顯得莊穆而寧靜，涼颼颼的曉風，一會兒就澄清了昏睡的神志，他打開課本，便一面走著，一面在朦朧的曙光中溫習起功課來——早上的腦筋清楚，思路敏捷，他覺得清晨一小時的溫習，遠比晚上兩小時的自修更有效。這以後，他便一直是個早起者——從中學而大學，而為人師表，從未間斷過。因此，他在學業上有了飛快的進步，在學校時，一直保持著優秀生、高材生的榮譽。

當方老教授念大學二年級時，一個清晨，他居然在學校後面的小河旁，碰見了另一個同他一樣起早的人，手裡也執著一本課本在看，那是一個少女。起初方老教授以為偶然碰巧，只一會兒，那份淡淡的驚訝，便融化在對書本的熱忱中了。可是接連第二天，第三天，他去河邊，那少女總在河邊，一面沿著河岸緩緩漫步，一面默誦著課本，他們的方向正好相對的，走近了，先是用眼睛打個招呼，以後是點頭、微笑，終於開口說幾句禮貌上的客套。慢慢地交談起來，他才知道她是中文系的一年級的新生。青年人和青年人之間是沒有隔膜的，天天見面，日子一久，自然而然的感情上有了新的發展。當他們有一天宣布訂婚時，同學們都驚奇不已，說是還不曾看見他們談戀愛哩，怎麼就訂婚了？——這位女同學就是現在的教授夫人。

方老教授說這鬧鐘不僅有故事，還有傳奇。是他們生下最小一個孩子時，白天裡大的孩子常常開著鬧鐘去逗小妹妹，有時隨便那麼一撥，擱下了卻在深更半夜鬧了起來。有一個晚上，方老教授也是在好夢中被鬧鐘鬧醒了，睜眼一看黑漆漆的，他想又是那一個小搗蛋害人，便伸手去床頭櫃上關掉，不想一轉臉卻見窗子洞開著，朦朧中隱約有個黑影在晃動，他迅疾地在枕頭底下摸出電筒，向黑影直射過去，還幽默地說：

「朋友，在黑地找東西不大好找吧，讓我照你一下。」

他這麼一說，教授太太也驚醒了。一看情況，連忙大聲嚷著：「捉賊！捉賊！」

這一下可把那個賊嚇得什麼似的，慌忙把挾著的東西棄掉，爬上窗戶就逃跑了。結果起來一檢點，什麼也沒少，倒是那賊因為跑得太匆忙，在室內遺留下一把撬窗子的鑿子。

這只鬧鐘有時可也給人添些小麻煩，方老教授又接著說：那還是他一開始住讀不久的事。清早鬧鐘一鬧，同房間要睡覺的同學都嫌討厭，但他卻不曾顧慮到這一點。以致有一天，他睡呀睡的，朦朧中覺得這個夜好長喲！等他自己睡醒一看，只見太陽已照得一床，房裡靜靜的早走得一個同學也沒有了，他連忙披上衣服跑到教室裡，第二堂課還差五分鐘就下課了。原來同學惡作劇，把開好的鬧鐘撥鬆了發條，以致害他平白無故地曠了兩堂課。於是這天晚上，他就用衣服裹著鬧鐘放在枕頭邊，只在對準他耳朵的方向留開個小洞。第二天鬧時果然沒有吵醒別人，從此他便每晚把鬧鐘擱在枕頭邊，由它唱著單調的催眠曲，一直催他進入夢境……

「它是我的嚴師。」方老教授凝視著頭頂的鬧鐘，神情肅然地說：「它不停地督促著我，叫我『努力、努力』，一分一秒都不輕易放鬆。有時我想偷懶一下，它又像在說：『時間寶貴、時間寶貴。』於是，我立刻感到無比慚愧，覺得讓自己本來可以把握的寶貴時間白白浪費，簡直蠢得可以。它是我的摯友，它長日陪伴我、鼓舞我、安慰我，從不倦怠。當我工作疲倦，或是遇到挫折時，聽見它的答的答的聲音好像在說：『我在陪你、我在陪你。』『不要灰心、不要灰心。』是的，有它在陪我，我要同著它的腳步一起前進！於是，我又恢復了勇氣和堅定。它也是我的慈母，清晨它催我起床，讓我有更多的時間，去從事充實自己、認識世界、發掘宇宙的工作，晚上，它那單純的節奏，就似母親小時候催我入睡的催眠曲，柔聲地告訴我：『好好休息，養足精力，好迎接新的明天！』

「數十年來，它與我共過憂患，同過危難，有一次鄰家失火，我從夢中驚醒，慌亂中第一樣搶救出來的便是它；日寇侵犯時，家鄉淪陷，我倉促逃避，孑然一身，隨身攜帶的也只有它。來臺灣時，儘管棄了多少重要東西，但行李中總少不掉它的位置，自然，日後回大陸時，攜回故鄉的行李名單上，第一名還是它——我的鬧鐘。

「別看它如今上了年紀，外表比不上一般新出品輝煌，但數十年來未曾有一日疏忽過它的職責，這數十年的朝夕相處，我與它之間已有了一種深深的默契，我們的精神已整個地融會貫通。」說著，方老教授過去把鬧鐘拿在手裡，從褲袋裡摸出塊手帕來仔細擦拭，一面親切地諦視著它，鬧鐘回答他以清晰的「的答」聲。

「散步去，一路走走。」方老教授放下鬧鐘對我說，啣著板菸斗，跨著悠緩的腳步踱去，開始他每天下午的日課。

「糟糕，方老教授都散步去了，我爐子還沒生呢？」

「得收攤啦！這位老先生出來，準五點，沒錯兒。」

「阿英，把鐘對一對，開到五點。」

隨著方老教授經過，從窗戶中、門洞裡、牆角下，零零落落傳來這些說話，我往後退了一步，跟著走在前面的方老教授。迷濛間，他那微胖而稍稍圓凸的身軀，彷彿幻作一只圓圓的鐘，微禿的頭顱便是那一顆扭開發條的螺絲帽，手肢恰是長短針，腿縮短了，嵌在圓圓的鐘身罩下，他舉步時，腳步聲有節奏地響著「的答的答」……

作者簡介

——艾雯（1923-2009）

詳見本書頁五〇。

我的小先生

楊逵

昨天，我們副隊長公布了「小先生」的國語與識字教學辦法，也分配了某一個老學生應屬於哪一個小先生。

就這樣，每一個不識字的與不會講國語的都被分配有小先生，從此大家可以利用休息時間ㄅㄆㄇ了，非常有趣。

在哈哈笑聲中，引出我一個很甜蜜、又傷心的回憶來了。

這一次編班，因為時間關係，我沒有再當老學生的機會了，但對於小先生的教學辦法，倒覺得非常有意思。

可愛的小先生，我也曾經有過這樣一個小先生。

我的小先生當時七歲，小學一年級，是我的次女。

我們的小先生教得很好，我同我的太太兩個老學生，的確也很認真地學，很聽我們小先生的教示。從ㄅㄆㄇ開始，學到日常用語——如洗臉、洗手、吃飯、上學去……等這一類的日常用語。

我們的課堂是寫字間、廚房、洗臉室、餐桌旁，上課時間沒有硬性規定。

中午她從學校回來，就到寫字間看我說：

「爸爸，吃飯。」
我到餐室坐下，她就說：
「吃飯前要洗手。」
我們到洗臉室時，她又說：
「用肥皂洗手。」
回餐桌坐下時，她拿筷子說：
「左手拿碗，右手拿筷子。」
又說：
「這是青菜。」
「這是魚。」
「這是豬肉。」
中飯吃過了之後，我就回到寫字間看書。
不管看完沒看完，我們的小先生吃完飯就跟進來，她不喊立正，也不叫我行禮，爬上我的膝蓋上等我把她舒舒服服抱定了，ㄅㄆㄇ就開始了。
太太因要收拾碗筷之類，經常都來不及開課，也經常抱怨課開得太早。
不過我們小先生總不厭其煩地，從頭再來一次ㄅㄆㄇ，又要我們老學生跟著ㄅㄆㄇ——如此，我們兩個老學生都可以並駕齊驅。不但是並駕齊驅，我們小先生總是把她媽媽的成績評得比我高一等，說是我的口舌太笨。

說實在的，我也一直不敢怪我們小先生在教學上與評分上有所偏袒，有所不公。事實確是如此，我只怪自己的嘴巴太笨了。太太因為喜歡講話，吱吱呱呱地整天忙，所以學習語言的才能確實比我強得多了。如ㄓㄔㄕ與ㄗㄘㄙ的分別，我一直是搞不清楚的。

在學日常用語的中間，有時候我就寫些諺語、童謠之類請教小先生，也常拿我作的歌謠請她念給我聽。

我們的小先生對這些教材倒是頂有興趣，是很歡迎的。譬如月光光，秀才郎，譬如正月正，聽炮聲——她念起來真好聽。

有時候，碰到了她不認識的字，就翻翻字典，ㄆ……ㄤ……ㄆㄤ。ㄆㄤ、ㄆㄤˊ、ㄆㄤˇ、ㄆㄤˋ——像媽媽的叫胖！

這樣逗得大家大笑一場，笑完了課還是要繼續進行。

小先生教得津津有味，老學生也未曾感到厭煩。

在念歌謠的時候，念得高興時，我們小先生就站起來指揮，要老學生們來一次大合唱；興致來了，小先生就從我的膝蓋上溜下去，在八疊大的起居間開始跳她的舞。

這時候，老學生免不了就要鼓掌來給她捧捧場。

在經過一段時間之後，我計畫寫些很短很短的故事來請教小先生，也想寫一些童話劇來讓兒女們表演，而我們老學生當觀眾。再進一步，我們老學生也可以客串一下磨練口舌。

要是這個計畫沒受到阻礙而能繼續的話，儘管我的口舌再笨，學語言的才能再低，我說國語的能力總不致像今天這樣，滴滴答答道不出來吧。

教人傷心的是，我們這一堂課開始了沒多久就被打斷了。有一天中飯後我正在寫字間寫東西，等待我們小先生吃完飯來上課的時候，門被打開了，闖進了幾位不速之客，把我們夫妻與五歲三女請上「烏頭仔」駛走了。

這一天，我們小先生從學校回來晚一點，客人來的時候，她飯才吃了一半。我們要離開的時候，我叫她在家裡等，說姊姊哥哥們下課就會回來時，看到她飯都不吃了，卻把一滴一滴的眼淚滴在飯碗上，偶爾抬頭看我們一下，什麼都不說。

坐在車上臨走的時候，我很想叫她勉強把那碗泡了眼淚的飯吃下去，吃得飽飽的才好，但不待我開口，「嘟嘟」一聲「烏頭仔」開走了。

既沒有人可以把我的意思傳給我們小先生，也沒有電話可以打得通，因此，她那一碗泡了眼淚擺在眼前的飯就一直刻印在我的腦裡，很久很久忘不了它。

值得慶幸的是，我們小先生在這漫長的七年間都未曾灰心過，也未曾放棄了她的志趣，把小學、初中念完，已於去年考進了中師，來信說：她高興當一個小學教員，在兒童的一顰一笑之間去找回自己空白的童年。

她又說：在她要到中師去報到之前的一段時間，她又當了一段時間的小先生，賺了一點錢寄給我零用。但她並沒有告訴我她這一段時間教的老學生是誰。

不過，我可以想像，在她寫這一封信的時候，她一定正在思念我們那一堂沒有上完的課，與離別了那麼久沒見面，而且還不知再多久才能見面的老學生。

看過她的信之後，我立刻寫信告訴她說：我正在找時間寫些歌謠、故事、劇本之類、以備有一天團聚時再來繼續我們那一堂沒上完的課——雖然中斷了這麼久，至今還叫我嚮往的那一堂課。

她表示同感的信很快就來了。

我把我們孩童時在書房裡背那些「天地玄黃，日月糊塗」背得一場糊塗時的情形，與我們夫妻跟我們小先生學國語的那一段時間比較了之後，殊覺得我們的小先生真是好先生。

作者簡介

——楊逵（1906-1985），本名楊貴，生於臺南新化鎮，是日本時代臺灣文學重要的作家。童年時受噍吧哖事件的影響，民族意識逐漸萌芽。一九二四年東渡日本攻讀文學，受馬克思及無政府主義影響甚深，一九二七年返臺從事農民運動。代表作〈送報伕〉曾入選東京《文學評論》，為臺灣文學作品出現日本文壇之始。一生為人權奮鬥，他用樸質的筆，寫出社會底層的心聲，被後人譽為「壓不扁的玫瑰」。著有《鵝媽媽出嫁》、《壓不扁的玫瑰》等，作品曾被收錄於國中國文教材。

記佛洛斯特

余光中

艾略特曾說四月是最殘酷的月分，證之以我在愛奧華城的經驗，頗不以為然。在我，一九五九年四月是幸運的：繼四月三日在芝加哥聽到鋼琴家魯多夫・塞爾金（Rudolf Serkin）奏布拉姆斯的第一號鋼琴協奏曲之後，我在四月十三日復會見了美國詩人佛洛斯特（Robert Frost, 1874-1963）。

佛洛斯特曾經來過愛奧華城，但那是十年以前的事了。梁實秋先生留美時，也曾在波士頓近郊一小鎮上聽過佛洛斯特自誦其詩，那更是三十年前的事了。物換星移，此老依然健在，所謂「紅葉落盡，更見楓樹之修挺」；美國二十世紀新詩運動第一代的名家，如今僅存他和桑德堡二人，而他仍長桑德堡三歲，可謂英美詩壇之元老。這位在英國成名，在美國曾獲四度普利澤詩獎的大詩人，正如鍾鼎文兄詠希梅尼斯時所寫的，已經進入「漸遠於人，漸近於神」的無限好時期，然而美國的青年們仍是那麼尊敬且熱愛他，目他為一個寓偉大於平凡的慈祥長者，他們舉眼向他，向他尋求信仰與安全感，智慧與幽默。當他出現在大音樂廳的講壇上，「炫數千年輕之美目以時間之銀白時」，掌聲之潮歷四、五分鐘而不退。羅西尼說他生平流過三次淚，一次是當他初聞帕格尼尼拉琴時。而當我初聞佛洛斯特那種挾有十九世紀之風沙的聲音時，我的眼睛竟也濕了。我似乎聽見歷史的騷響。

四月十三日下午二時半，我去「詩創作」班上課，發現平時只坐二、三十人的教室裡已擠滿了外班侵入的聽眾約五、六十人。我被逼至一角，適當講座之斜背面。二時五十分「詩創作」教授安格爾（Paul Engle）陪著佛洛斯特進來。銀髮的老人一出現，百多隻眸子立刻增加了反光，笑容是甚為流行了。他始終站著，不肯坐下，一面以雙手撐著桌緣，一面回答著同學們的許多問題。我的位置只容我看見他微駝的背影，半側的臉，和滿頭的白髮。常見於異國詩集和《時代週刊》的一個名字，忽然變成了血肉之軀，我的異樣之感是可以想像的。此時聽眾之一開始發問：

「佛洛斯特先生，你曾經讀過針對你的批評嗎？你對那些文字有什麼感想？」

「我從來不讀那種東西。每當有朋友告訴我說：某人發表了一篇評你的文章，我就問他，那批評家是否站在我這一邊，如果是的，那就行了。當朋友說，是的，不過頗有保留，不無含蓄；我就說：讓他去含蓄好了。」

聽眾笑了。又有人問他在班上該如何講詩，他轉身一瞥詩人兼教授的安格爾，說：

「保羅和我都是幹這一行的，誰曉得該怎麼教呢？教莎士比亞？那不難——也不容易，你得把莎士比亞的原文翻譯成英文。」

大家都笑起來。安格爾在他背後做了一個鬼臉。一同學忽然問他〈指令〉（Directive）一詩題目之用意。他搖頭，說他從不解釋自己的作品，而且：

「如果我把原意說穿了，和批評家的解釋頗有出入時，那多令人難為情啊！解釋已經作古的詩人的作品，是保險得多了。」

等笑聲退潮時，又有人請他發表對於全集與選集的意見。

「《英詩金庫》（*Golden Treasury*）固然很好，但有人懷疑是丁尼生的自選集（笑聲）。有人大嚷選集有害，宜讀全集。全集嗎？讀白朗寧的全集嗎？噁！」

接著他又為一位同學解釋詩的定義，說「詩是經翻譯後便喪失其美感的一種東西」，又說「詩是許多矛盾經組織後成為有意思的一種東西」，不久他又補充一句：「當然這些只是零碎的解釋，因為詩是無法下定義的。」他認為「有餘不盡」（ulteriority）是他寫詩追求的目標——那便是說，在水面上我們只能看見一座冰山的一小部分，藏在水面下的究竟多大，永遠是一個謎。他又說：「我完全知道自己任何一首詩的意義，但如果有人能自圓其說地作不同解釋時，我是無所謂的。有一次一位作家為了要引用我的詩句，問我是否應該求得我的出版商的同意。我說，『不必了吧，我們何不冒險試一次呢？』」

本年度佛洛斯特被任命為國會圖書館的英詩顧問。一位同學問他就任以來有何感想。他答稱，正式的公事只有四次，其一是艾森豪總統曾經向他請教有關祈求永久和平的一篇禱告詞。

「這種文字總是非常虛偽的，」他說。「人生來就注定要不安，騷動，而且衝突。這種衝突普遍存在於生命的各種狀態，包括政治和宗教。有一次我對總統說，既然羅斯福夫人，路透先生，及我所有受過教育的朋友們都認為社會主義是不可避免的，那我們何不參加幫忙，助其發展，且度過這一階段？社會主義是無法長存的。」

如是問答了約一小時，「詩創作」一課即算結束。安格爾教授遂將班上三位東方同學——菲律賓詩人桑多斯（Bienvenido Santos），日本女詩人長田好枝（Yoshie Osada）及筆者——介紹給佛洛斯特。他和我們合照一像後，就被安格爾教授送回旅舍休息。

匆匆去藝術系上過兩小時的「現代藝術」，即應邀去安格爾教授家中。他的客廳裡早已坐（或立）滿了自愛奧華州首府德莫因趕來的各報記者及書評家等。晚餐既畢，大家浩浩蕩蕩開車去本校的大音樂廳，聽佛洛斯特的演說。還不到八點，可容二千多人的大廳已經坐滿了附近百哩內趕來的聽眾和本校同學。來遲的只好擁擠著，倚壁而立。八點整，佛洛斯特在安格爾的陪伴下步上了大講臺，歡迎的掌聲突然爆發，搖撼著複瓣的大吊燈。安格爾作了簡單的介紹後，即將一架小型的麥克風掛在佛洛斯特的胸前，然後下臺。老詩人撫著麥克風說：

「這樣子倒有點像柯立基詩中身懸信天翁的古舟子了。」

聽眾皆笑了，他們愛這位白髮蕭騷而不失赤子之心的詩人，正如愛一位縱容他們的老祖父。他們聽他朗誦自己的詩，從晚近的到早期的，一如在檢閱八十年的往事。在兩詩之間，佛洛斯特的回憶往往脫韁而逸；他追念亡友湯默斯（Edward Thomas），懷想人西洋對岸的故人格雷夫斯（Robert Graves），顯然感慨很深。他以蒼老但仍樸實有勁，且帶濃厚的新英格蘭鄉土味的語音朗誦〈不遠也不深〉，〈雪晚林畔〉，〈一叢花〉，〈修牆〉，〈傭工之死〉，〈窗前樹〉，〈分工〉，〈認識了夜〉及許多雙行體的小品。到底年紀老了，有好幾處他自己也念錯了；例如〈不遠也不深〉的第二行，他便將書上印的look誤為face了。將誦〈一叢花〉時，他說當初他應該加上一個小標題——「何以他留它在此」。關於〈傭工之死〉，他說那長工不是他的僕人，而是他的朋友，同事。他說他特別偏愛雙行體（couplet），因為它語簡意長；這種詩句往往在火車上或午夜散步之際閃現於他心中。有一次他在自己電視節目將完時忽想起了兩行：

呵上帝，饒恕我開你的小玩笑，
則我也將你開的大玩笑忘掉。

還有一次他寫了四行，詠馬克斯和恩格爾：

這兩個騙人的難兄難弟，
打的算盤是如此的經濟，
把人類調得如此的整齊，
結果是一點酵也發不起。

直到九點半，佛洛斯特才在掌聲中結束了他寓莊於諧的演說。我隨記者及書評家們回到安格爾寓所，參加歡迎佛洛斯特的雞尾酒會。來自東方的我，對於這種游牧式的交際，向來最感頭痛，但為了仰慕已久的大詩人，只好等下去。十點一刻，佛洛斯特出現於客廳，和歡迎者一一握手交談。終於輪到我；老詩人聽安格爾介紹我來自中國，很高興，且微笑說：

「你認識喬治葉嗎？」

「你是指葉公超大使嗎？」我說。
「是啊，他是我的學生呢。他是一個好學生。」
「我有一位老師在三十年前留美時聽過你的朗誦。在國內時他曾經幾次向我提起。」
「是嗎？那是在哪兒？」
「在波士頓。」
「啊！臺灣的詩現狀如何？」
「人才很多，軍中尤盛，只是缺少鼓勵。重要的詩社有藍星，現代，創世紀三種。你的詩譯成中文的不少呢。」
於是我即將自己譯的〈請進〉，〈火與冰〉，〈不遠也不深〉，〈雪塵〉四首給他看。他瞇著眼打量了那些文字一番，笑說：
「嗯，什麼時候我倒要找一個懂中文的朋友把你的譯文翻回去，看能不能還原，有多大出入。」
「這是不可能的，」我說，「能譯一點詩的人誰沒有先讀過你的詩呢？」
接著他問我回國後是否教英國文學；當我說是的時，他問我是否將授英詩。我作了肯定的答覆。他莞爾說：
「也教我的詩嗎？」
「也教，如果你將來不就自己的作品發表和我相異的解釋的話。」
記起剛才下午他調侃批評家們的話，他笑了。談話告一段落，我立刻請他在兩本新買的「現代叢書」版的《佛洛斯特詩集》之扉頁上為我簽名。他欣然坐下，抽出他那老式的禿頭派克鋼筆，依著我的意思，簽了一本給夏菁，一本給我。給我的一本是如此：「給余光中，羅貝特・佛洛斯特贈，並祝福自由中國，一九五九於愛奧華城。」夏菁是我的詩友中最敬愛佛洛斯特的一位，這本經原作者題字的詩集將是我所能給他的最佳禮物了。

然後我即立在他背後，請長田好枝為我們合照一像。俯視他的滿頭銀髮，有一種皎白的可愛的光輝，我忽生奇想，想用旁邊几上的剪刀偷剪幾縷下來，回國時贈藍星的詩人們各一根，但一時人多眼雜，苦無機會下手。不久老詩人即站了起來，和其他來賓交談去了。十一點半，安格爾即送他回去休息。

林中是迷人，昏黑而深邃，
但是我還要赴許多約會，
還要趕好幾哩路才安睡，
還要趕好幾哩路才安睡。

佛洛斯特曾說他是一個天生的雲遊者；當他在音樂廳朗誦〈雪夜林畔〉到此段時，我忽然悟出其中有一種死的象徵，而頓時感到鼻酸。希望他在安睡以前還有幾百哩，甚至於幾千哩的長途可以奔馳。

作者簡介

——余光中（1928-2017），一生從事詩、散文、評論、翻譯，自稱為寫作的四度空間，詩風與文風的多變、多產、多樣，盱衡同輩晚輩，幾乎少有匹敵者。從舊世紀到新世紀，對現代文學影響既深且遠，遍及兩岸三地的華人世界。曾在美國教書四年，並在臺、港各大學擔任外文系或中文系教授暨文學院院長，曾獲香港中文大學、澳門大學、臺灣中山大學及政治大學之榮譽博士。先後榮獲「南京十大文化名人之首」、全球華文文學星雲獎之貢獻獎、第三十四屆行政院文化獎等。

著有詩集《白玉苦瓜》、《藕神》、《太陽點名》等；散文集《逍遙遊》、《聽聽那冷雨》、《青銅一夢》、《粉絲與知音》等；評論集《藍墨水的下游》、《舉杯向天笑》等；翻譯《理想丈夫》、《溫夫人的扇子》、《不要緊的女人》、《不可兒戲》、《老人和大海》、《梵谷傳》、《濟慈名著譯述》等，主編《中華現代文學大系》（一）、（二）、《秋之頌》等，合計七十種以上。

阿榮伯伯

琦君

如果年光真能倒流，兒時可以再來的話，我一定要牽著阿榮伯伯的青布大圍裙，在他睡覺的那間小穀倉裡，聽他講那些講不完的有趣故事。真的，我是多麼懷念著這位兒時的老伴侶。直到現在，他那慈愛懇切而堅定的音容，常常是我寂寞時的安慰，困難中的啟示。每一想起他，我就會感到做什麼事情都比較容易得多，也樂意得多了。阿榮伯伯是我家的老長工，在我心目中，他的臉容是非常逗人喜愛的。他的嘴是方方正正的，下嘴唇特別厚，一個翹翹的下巴，無論什麼時候，他都好像在笑。一口被旱菸熏黑了的牙齒總露在外面，他自己最得意的是他有兩條特別長的眉毛，媽媽說他是羅漢眉，長命百歲，多子多孫。我也最喜歡他兩條羅漢眉，趴在他懷裡時，就愛伸著兩個手指頭去捻著它玩。

在祖父時代，阿榮伯伯就來了，那時他是個童工，背著書籃陪父親上私塾，祖父就是私塾的老師，所以私塾裡的情形，最是阿榮伯伯津津樂道的。

我挨了媽媽的打，逃到他懷裡求保護時，他就拍著安慰我說：「不要哭，伯伯講故事你聽，講你爸爸挨打的故事給你聽。」我睜大了淚汪汪的眼睛，望著他打皺的臉，兩手捧著他滿是鬍鬚的腮，滿心的委屈就好像沒有了。

阿榮伯伯告訴我爸爸小時很頑皮，在學校裡領著一班孩子鬧，氣得爺爺把他關在黑屋子裡餓了一整天，也沒個人敢代他求情。因為婆婆死得早，所以爺爺常常罵爸爸是有娘生沒娘管的，直罵得爺爺自己流出了眼淚，爸爸也哭了，父子倆又抱著在一個被窩裡睡著了。可是爸爸在十一歲以後，就好像換了一個人，變得一本正經的大人氣了。那時爺爺害了氣喘病，整夜靠著睡不下去，爸爸就在旁邊揉胸膛倒茶。聽人家說只有鴉片治得好，他一個人冒著風雨跑七、八里山路去問人家要了點鴉片來給爺爺抽。他又在半夜起床，燃上三枝香，在天井裡跪下暗暗祝告，用刀子割下自己手膀上一塊肉，熬了湯給爺爺喝，可是爺爺還是沒有健康起來，爺爺死的時候，爸爸還只有十四歲呢！

阿榮伯伯的眼睛潤濕了，因為他是非常愛爺爺的。我想起爸爸那樣小年歲就沒了父親，心裡不覺也難過起來。我說：「爸爸倒是孝順兒子呢！」阿榮伯伯摸摸我的頭說：「可不是，所以你一定要作孝順女兒，好好聽爸媽的話，別惹他們生氣。」

阿榮伯伯說什麼我沒有不聽的，我點點頭答應以後一定要做個孝順女兒了。爸爸有時是一個相當嚴肅的人，對我嚴，對阿榮伯伯也很少有笑容。我幼小的心裡時常想著爸爸對阿榮伯伯未免太冷淡了，可是阿榮伯伯就從來沒為這生過氣。「你爸爸說我百樣都好，」他噴著旱菸笑嘻嘻地說：「就是愛摸幾副牌九不好，摸得連個老婆都討不起。誰叫我這樣不爭氣，也難怪你爸爸不高興，他心好，他勸我不少次了，每回聽了他的話我都想以後再不賭，可是過一兩天手又癢了。」

真的，阿榮伯伯就是好賭錢，逢年過節爸爸特別給他十幾塊銀洋錢，許他痛快地賭幾天。平常時候，只要不是刈稻收租的忙月，他也要偷偷地摸出去賭到深更半夜才回來，媽媽就是他唯一的財神爺，否則他是輸得連一雙草鞋也買不起了。他的賭給了我不少快樂，因為只要媽媽高興的日子，我就可以跟了阿榮伯伯，坐在他懷裡，看著他們呼么喝六地，又吃又玩好開心。

有一個清早，我因阿榮伯伯頭天晚上沒帶我去，心裡生氣，噘著嘴問：「阿榮伯伯，糖果呢？」「還有糖果？輸光了。」他也噘著嘴說。母親笑嘻嘻地又在他粗布口袋裡塞進兩塊洋錢說：「阿榮伯伯，快去翻翻本，討個老婆吧！七老八十的了，總要個人送送終呀！」阿榮伯伯親了我一下說：「小春，今晚可要帶你這個小財神去翻本了。」

夜裡下著大雪，阿榮伯伯把我背在背上，撐一把大雨傘，輕悄悄地從後門走出去，反過手來把門閂帶上一半，就哼著小調兒走過竹橋到阿金嫂家去。西北風吹得冷，傘背上被雪壓得沉甸甸地，我一雙手插在阿榮伯伯寬大的衣領子裡，暖烘烘地一路到了阿金嫂茅屋裡，幾個人已經圍著賭了。阿榮伯伯坐下來，我坐在他膝頭上，手裡摸著骰子，嘴裡塞著糖果，看阿榮伯伯純熟的手法把兩張牌捧到自己的鼻子尖下一分，啊呀！長三板凳，輸了。阿榮伯伯沒奈何把一塊白花花的洋錢拿出來，換成三百個銅子，一下子就出去了幾十個。第二次分牌時，我把阿榮伯伯的兩張牌捏在手心裡，偷偷一看，虎頭梅花，糟，又輸了，等大家都放好錢，我慢慢兒把手心伸開來。

「呶！梅花一對，我們贏了。」我喊。

阿榮伯伯瞇著老花眼睛看了半天，可不是梅花一對，這一下他樂了，伸手把桌面上的錢都摸過來，我心裡著實高興，因為我幫了阿榮伯伯一個大大的忙。回來的路上，我抱著他的脖子輕輕地說：「阿榮伯伯，今晚你發財了，你要謝謝我喲！」

「小寶貝。你說你要吃什麼？」阿榮伯伯摟得我更緊些。

「阿榮伯伯，你知道你是怎麼贏的嗎？」

「運氣好，牌風好呀？」

「不是的，那一張梅花是我換的。」我湊在他耳朵上說。

「小春，你這個搗蛋孩子，你怎麼好做這樣的事？賭了這麼多年，哪個不知你阿榮伯伯輸也輸得硬朗，偷牌換張的事是不做的，小春你這孩子太害人了！」在雪光裡，我看見阿榮伯伯拉長了臉，我從來也沒有看見他這樣生氣過，我急哭了！

「阿榮伯伯，下次再也不敢了，我是想幫你忙啊！」

「好寶貝，不要哭，我沒有怪你，明天我把錢算還他們就是了，你要知道，你爺爺和爸爸都對我好，他們就是不喜歡我賭，如果在賭的上面再做些不正當、不光明的事，那更對不起你爺爺和爸爸了。」

「阿榮伯伯，那麼你以後連賭也不要再賭不好嗎？」我說。

他想了半晌說：「好，我聽你話，一定戒賭。」

我們一路說著話兒回來，到後門口，阿榮伯伯伸手進去拔門閂，門已落了鎖，再也拉不開，後院那麼大，再高聲喊門也不會聽到。雪越下越大，我鼻子耳朵都凍僵了。

「阿榮伯伯，我凍死了。」

「一定是被你爸爸看見了，才叫他們關上的。」

「怎麼辦呢？」我怕爸爸打，心裡更著急。

「不要緊，我們還是回到阿金嫂家去躲一夜，天一亮就溜回來。」

我無可奈何地又被他抱回到阿金嫂家裡，阿金嫂把自己的臥房讓給我們。我躺在僵硬的被子裡，偎著阿榮伯伯暖烘烘的身子，聽茅屋上淅淅瀝瀝的霰子聲，從窗子縫裡鑽進來呼呼的風聲，一種家裡睡覺時從來沒有過的新鮮滋味縈繞著我，我斷斷續續做了不少驚險奇怪的夢。天快亮時，我搖醒阿榮伯伯說：

「阿榮伯伯，這地方真好玩，很像老師講給我聽的魯賓遜漂流記的小房子。」

「什麼漂流記？」

「就是說有一個人給大風浪飄到一個孤島上，島上什麼也沒有，他就仗著他自己的本領造起房子來住，他很能幹，樣樣都是自己發明的。」

「這倒是很好，小春，人是說不定的。要是有一天你也是一個人跑到一處陌生地方，沒有人看顧你，你也要自己看顧自己的，你會嗎？」

「我想我會的，不過我不願意這樣，至少你，阿榮伯伯，你總要伴著我的。」

「我年紀大了，你還這麼小，你爸爸媽媽年歲也會老的，將來你總要自己撐天下的，小春，記著阿榮伯伯的話，要自己撐天下。」

我緊緊抱著阿榮伯伯的手臂，幼小的心靈裡彷彿已感覺到人世將會有許多艱難困苦，而阿榮伯伯的手臂彎就好像是我的安全港。

「阿榮伯伯，你真好，我長大了到哪兒都要你作伴。」

「傻孩子，這是辦不到的，就連你自己的爸媽都不會一輩子伴著你，你一定要學得能幹點，要樣樣自己來。」

「哦！」我感到有點渺茫，我還是緊挽著他的手臂。

那一幕情境，深深地印在我腦海中，這許多年來，遇到困難時，我都彷彿挽著阿榮伯伯的手臂，那一隻溫暖壯健的手臂給了我不少力量。

阿榮伯伯到四十歲還沒娶親，他跟我媽媽說：「你說我多子多孫，我到現在卻還是個光老頭兒。」媽媽笑著逗他：「阿金嫂不是挺好嗎！她丈夫死了三、四年了。」阿榮伯伯嘆口氣說：「好是好，只怕她嫌我窮。」其實阿金嫂可沒嫌他窮，她倒是真心喜歡著阿榮伯伯，經媽一說，事情就成了。阿榮伯伯四十一歲做新郎，娶了阿金嫂，媽就讓他倆口子都住在我家裡了。

阿金嫂從前夫那兒帶來一個五歲的女孩子，一年以後，跟阿榮伯伯又生了一個女孩子，阿榮伯伯卻整天把大女兒捧著騎在肩胛上。他告訴我媽說：「二女兒有娘疼，大女兒沒爹了，得格外疼她些。」她兩個女兒種牛痘的時候，媽媽送了些香菇給她們吃，阿金嫂卻把香菇蒂摘下來給大女兒吃，留著香菇給二女兒，這事件，著實挨了阿榮伯伯一頓教訓，說她太偏心，太不懂得做娘的道理了。

我家每年夏秋兩季收租穀，爸爸總讓阿榮伯伯一同去，因為他慷慨和氣，又能體諒爸爸的意思，絕不會以勢凌人，佃戶們個個都歡迎他。他回來的時候，收的租穀都只有七、八成，長工們愛在父母親面前說他愛戴高帽子，拿主子的穀子來做人情，可是爸爸說：「你們不懂得，他收得比十成還多哩。」

阿榮伯不認得多少字，可是在我心目中，他是個最淵博的歷史家，哲學家。他知道的事真不少，他還會畫一手的「毛筆畫」。這是我給他取的名兒，因為他拿起什麼破毛筆就能畫，畫桃園三結義，趙子龍救阿斗，陳杏元和番，畫得栩栩如生。

他畫了，再指著一個個故事給我講，那些故事，我都聽得爛熟了。

「忠孝節義是做人的大道理！畜生也知道這個道理呢！不信，你看狗多麼忠，主人再打牠，牠也不咬。羊是跪著吃奶的，老虎只認一個丈夫。馬呀，你問問你爸爸吧！你爸爸有一匹好馬，除了他自己，什麼人騎上去都會給翻下來。」

這是他一本正經和我說過好幾次的話。他還說：

「你長大了要做個大人物。」

「可是我是女孩子呀！」

「女孩子就做不了大人物嗎？花木蘭是大人物，秋瑾也是大人物。」

「我不喜歡做武的，我要做文的。」

「做文的就做昭君娘娘，做孟母。」

做什麼我都很渺茫，因為我覺得自己實在太小了。

阿榮伯生長在樸實無華的鄉村裡，受了我祖父德性的薰陶，他是個真正善良純樸的農民。他天生仁慈慷慨樂於助人的性格，也給了我幼年時不少的啟迪。長大以後，我益發地感謝他，懷念他。可是抗戰勝利以後，我回到故鄉就不能再見他的慈容了。阿金嫂亦已老態龍鍾。阿金嫂告訴我阿榮伯伯在吃了六十歲生辰的壽麵後，第四天就無疾而終了。阿榮伯伯已享有花甲之年，雖不能說「仁者不壽」，可是如此一位仁慈的老人，希望於久別歸來後，再見他一面而不可得，我心中該是多麼哀痛。我默默地從雙親的墓園走到他的墓上，幼年時偎依在他懷裡他對我說的話，又響在耳邊「我年紀大了，不能一輩子伴著你，你爸媽也不能一輩子伴著你，記住我的話，你一定要學得能幹點，要自己撐天下」。

作者簡介

——琦君（1917-2006）

詳見本書頁四〇。

1963

鬼雨

余光中

——But the rain is full of ghosts tonight.

Edna St. Vincent Millay

1

「請問余光中先生在家嗎？噢，您就是余先生嗎？這裡是臺大醫院小兒科病房。我告訴你噢，你的小寶寶不大好啊，醫生說他的情形很危險……什麼？您知道了？您知道了就行了。」

「喂，余先生嗎？我跟你說噢，那個小孩子不行了，希望你馬上來醫院一趟……身上已經出現黑斑，醫生說實在是很危險了……再不來，恐怕就……」

「這裡是小兒科病房，我是小兒科黃大夫……是的，你的孩子已經……時間是十二點半，我們曾經努力急救，可是……那是腦溢血，沒有辦法。昨夜我們打了土黴素，今天你父親守在這裡……什麼？你就來辦理手續？好極了，再見。」

2

「今天我們要讀莎士比亞的一首輓歌 Fear No More。翻開詩選，第五十三頁。這是莎士比亞晚年的作品 *Cymbeline* 裡面摘出來的一首輓歌。你們讀過 *Cymbeline* 嗎？據說丁尼生臨終之前讀的一卷書，就是 *Cymbeline*。這首詩詠歎的是生的煩惱，和死的恬靜，生的無常，和死的確定。它詠歎的是死的無所不在，無所不容（死就在你的肘邊）。前面三段是沉思的，它們泛論死亡的 omnipresence 和 omnipotence，最後一段直接對死者而言，像是念咒，有點『孤魂野鬼，不得相犯，嗚呼哀哉尚饗！』的味道。讀到這裡，要朗聲而吟，像道士誦經超渡亡魂那樣。現在，聽我讀：

No exorciser harm thee!
Nor no witchcraft charm thee!
Ghost unlaid forbear thee!
Nothing ill come near thee!

「你們要是夜行怕鬼，不妨把莎老頭子這段詩念出來壯壯膽。這沒有什麼好笑的。再過三十年，也許你們會比較欣賞這首詩。現在我們再從頭看起。第一段說，你死了，你再也不用怕太陽的毒焰，也不用畏懼冬日的嚴寒了（那孩子的痛苦已經結束）。哪怕你是金童玉女，是 Anthony Perkins 或者

Sandra Dee，到時候也不免像煙囪掃帚一樣，去擁抱泥土。噢，這實在沒有什麼好笑。不到半個世紀。這間教室裡的人都變成一堆白骨，一把青絲，一片碧森森的燐光（那孩子三天，僅僅是三天啊，停止了呼吸）。對不起，也許我不應該說得這麼可怕，不過，事實就是如此（我剛從雄辯的太平間回來）。青春從你們的指隙潺潺地流去，那麼昂貴，那麼甜美的青春（停屍間的石臉上開不出那種植物）！青春不是長春藤，讓你像戴指環一樣戴在手上。等你們老些，也許你們會握得緊些，但那時你們只抓到一些痛風症和糖尿病，一些變酸了的記憶。即使把滿頭的白髮編成漁網，也網不住什麼東西……

「一來這裡，我們就打結，打一個又一個的結，可是打了又解，解了再打，直到死亡的邊緣。在胎裡，我們就和母親打一個死結。但是護士的剪刀在前，死亡的剪刀在後（那孩子的臍帶已經解纜，永遠再看不到母親）。然後我們又忙著編織情網，然後發現神話中的人魚只是神話，愛情是水，再密的網也網不住一滴湛藍……

「這世界，許多靈魂忙著來，許多靈魂忙著去。來的原來都沒有名字，去的，也不一定能留下名字。能留下一個名字已經不容易，留下一個形容詞，像Shakespearean，更難。我來。我見。我征服。然後死亡征服了我。（那孩子，那尚未睜眼的孩子，什麼也沒有看見）這一陣，死亡的黑氛很濃。Pauline請你把窗子關上。好冷的風！這似乎是祂的豐年。一位現代詩人（他去的地方無所謂古今）。一位末代的孤臣（春草年年綠，王孫歸不歸）。一位考古學家（不久他就成考古的對象了）。

「莎士比亞最怕死。一百五十多首十四行詩，沒有一首不提到死，沒有一首不是在自我安慰。

畢竟，他的藍墨水沖淡了死亡的黑色。可是他仍然怕死，怕到要寫詩來詛咒侵犯他骸骨的人們。千古艱難唯一死，滿口永恆的人，最怕死。凡大天才，沒有不怕死的。愈是天才，便活得愈熱烈，也愈怕喪失它。在死亡的黑影裡思想著死亡，莎士比亞如此。李賀如此。濟慈和狄倫・湯默斯亦如此。啊，我又打岔了……Any questions? 怎麼已經是下課鈴了? Sea nymphs hourly ring his knell……（怎麼已經是下課鈴了？）

「再見，江玲，再見，Carmen，再見，Pearl (Those are pearls that were his eyes)。這雨怎麼下不停的？謝謝你的傘，我有雨衣。Sea nymphs hourly ring his knell，他的喪鐘。（他的喪鐘。他的小棺材。他的小手。握得緊緊的，但什麼也沒有握住。Nobody, not even the rain, has such small hands.）江玲再見。女孩子們再見！」

3

南山何其悲，鬼雨灑空草。雨在海上落著。雨在這裡的草坡上落著。雨在對岸的觀音山落著。雨的手很小，風的手帕更小，我腋下的小棺材更小更小。小的是棺材裡的手。握得那麼緊，但什麼也沒有握住，除了三個雨夜和雨天。潮天濕地。宇宙和我僅隔層雨衣。雨落在草坡上。雨落在那邊的海裡。海神每小時搖他的喪鐘。

「路太滑了。就埋在這裡吧。」

「不行。不行。怎麼可以埋在路邊？」

「都快到山頂了，就近找一個角落吧。哪，我看這裡倒不錯。」

「胡說！你腳下踩的不是墓石？已經有人了。」

「該死！怎麼連黃泉都這樣擠！一塊空地都沒有。」

「這裡是亂葬崗呢。好了好了，這裡有四尺空地了。就這裡吧，你看怎麼樣？要不要我幫你抱一下棺材？」

「不必了，輕得很。老侯，就挖這裡。」

「怎麼這一帶都是葬的小朋友？你看那塊碑！」

順著白帆指的方向，看見一座五尺長的隆起的小墳。前面的碑上，新刻紅漆的幾行字：

民國四十七年七月生
民國五十二年九月歿

愛女蘇小菱之墓

母　孫婉宜
父　蘇鴻文

「那邊那個小女孩還要小，」我把棺材輕輕放在墓前的青石案上。「你看這個。四十九年生。五十一年歿。好可憐。好可憐，唉，怎麼有這許多小幽靈。死神可以在這裡辦一所幼稚園了。」

「那你的寶寶還不夠入園的資格呢。他媽媽知不知道？」

「不知道。我暫時還不告訴她。唉，這也是沒有緣分，我們要一個小男孩。神給了我們一個，可是一轉眼又收了回去。」

「你相信有神？」

「我相信有鬼。I'm very superstitious, your know. I'm as superstitious as Byron. 你看過我譯的《繆思在地中海》沒有？雪萊在一年之內，抱著兩口小棺材去墓地埋葬……

「小時候我有個初中同學，生肺病死的。後來我每天下午放學，簡直不敢經過他家門口。天一黑，他母親就靠在門口，臉又瘦又白，看見我走過，就死盯著我，嘴裡念念有辭，喊她兒子的名字。那樣子，似笑非笑，怕死人！她兒子秋天死的。她站在白楊樹下，每天傍晚等我。今年的秋天站到明年的秋天，足足喊了她兒子三年。後來轉了學，才算躲掉這個巫婆……話說回來，母親愛兒子，那真是怎麼樣也忘不掉的。」

「那是在哪裡的時候？」

「酆都縣。現在我有時還夢見她。」

「夢見你同學？」

「不是。夢見他媽媽。」

上風處有人在祭墳。一個女人。哭得怪淒厲地。蕁麻草在雨裡直霎眼睛。一隻野狗在坡頂邊走邊嗅。隱隱地，許多小亡魂在呼喚他們的姆媽。這裡的幼稚園冷而且潮濕，而且沒有人在做遊戲。只有清明節，才有家長來接他們回去。正是下午四點，吃點心的時候。小肚子又冷又餓哪。海神按時敲他的喪鐘。無所謂上課。無所謂下課。雖然海神敲淒其的喪鐘，按時。

「上午上的什麼課？」

「英詩，莎士比亞的 Fear No More 和 Full Fathom Five。同學們不知道為什麼要選這兩首詩。Sea nymphs hourly ring……好了，好了，夠深了。輕一點，輕一點，不要碰……」

大鏟大鏟的黑泥撲向土坑。很快地，白木小棺便不見了。我的心抖了一下。一扇鐵門向我關過來。

「回去吧，」我的同伴在傘下喊我。

4

「文興：接到你自雪封的愛奧華城寄來的信，非常為你高興。高興你竟在零下的異國享受熊熊的愛情。握著小情人的手，踏過白晶晶的雪地，踏碎滿地的黃橡葉子。風來時，翻起大衣的貂皮領子，看雪花落在她的帽沿上。我可以想見你的快意，因為我也曾在那座小小的大學城裡，被禁於六角形蓋成的白宮。易地而居，此心想必相同。

我卻困在森冷的雨季之中。有雪的一切煩惱，但沒有雪的爽白和美麗。濕天潮地，雨氣蒸浮，充盈空間的每一個角落。木麻黃和猶加利樹的頭髮全濕透了，天一黑，交疊的樹影裡擰得出秋的膽汁。伸出腳掌，你將踩不到一寸乾土。伸出手掌，涼蠕蠕的淚就滴入你的掌心。太陽和太陰皆已篡位。每一天都是日蝕。每一夜都是月蝕。雨雲垂翼在這座本就無歡的都市上空，一若要孵出一隻兇年。長此以往，我的肺裡將可聞蚋群的悲吟，蟑螂亦將順我的脊椎而上。

在信裡你曾向我預賀一個嬰孩的誕生。我不知道該怎麼回答你。我只能告訴你，那嬰孩是誕生了，但不在這屋頂下面。他屋頂比這矮小得多。他睡得很熟，在一張異常舒適的小榻上。總之我已經將他全部交給了戶外的雨季。那裡沒有門牌，也無分晝夜。那是一所非常安靜的幼稚園，沒有鞦韆，也沒有盪船。在一座高高的山頂，可以俯瞰海岸。海神每小時搖一次鈴鐺。雨地裡，腐爛的薰草化成螢，死去的螢流動著神經質的碧燐。不久他便要捐給不息的大化，匯入草下的凍土，營養九莖的靈芝或是野地的荊棘。掃墓人去後，旋風吹散了紙馬，馬踏著雲。秋墳的絡絲娘唱李賀的詩，所有的耳朵都淒然豎起。百年老鴞修鍊成木魅，和山魈爭食祭墳的殘肴。驀然，萬籟流竄，幼稚園恢復原始的寂靜。空中迴盪著詩人母親的厲斥：

是兒要嘔出心乃已耳！

最反對寫詩的總是詩人的母親。我的母親已經不能反對我了。她已經在浮圖下聆聽了五年，聽殿上的青銅鐘搖撼一個又一個的黃昏，當幽魂們從塔底啾啾地飛起，如一群畏光的蝙蝠。母親。母親。最悅耳的音樂該是木魚伴奏著銅磬。雨在這裡下著。雨在遠方的海上下著。雨在公墓的小墳頂，墳頂的野雛菊上下著。雨在母親的塔上下著。雨在海峽的這裡下著雨在海峽的那邊，也下著雨。巴山夜雨。雨在二十年前下著的雨在二十年後也一樣地下著，這雨。桐油燈下讀古文的孩子。雨下得更大了。雨聲中喚孩子去睡覺的母親。同一盞桐油燈下，為我紮鞋底的母親。氧化成灰燼的，一吹就散的母親。巴山的秋雨漲肥了秋池。少年聽雨巴山上。桐油燈支撐黑穹穹的荒涼。（而今聽雨僧廬下，鬢已星星也？）中年聽雨，聽鬼雨如號，淋在孩子的新墳上，淋在母親的古塔上，淋在蒼茫的回憶回憶之上。雨更加猖狂。屋瓦騰騰地跳著。空屋的心臟病忐忑到高潮。妻在產科醫院的樓上，聽鬼雨叩窗，混合著一張小嘴喊媽媽的聲音。父親輾轉在風濕的床上，咳聲微弱，沉沒在浪浪的雨聲之中。一切都離我恁遠，今夜，又離我恁近。今夜的雨裡充滿了鬼魂。濕濿濿，陰沉沉，黑淋淋，冷冷清清，慘慘淒淒切切。今夜的雨裡充滿了尋尋覓覓，今夜這鬼雨。落在蓮池上，這鬼雨，落在落盡蓮花的斷肢斷肢上。連蓮花也有誅九族的悲劇啊。蓮蓮相連，蓮瓣的千指握住了一個夏天，又放走了一個夏天。現在是秋夜的鬼雨，嘩嘩落在碎萍的水面，如一個亂髮盲睛的蕭邦在虐待千鍵的鋼琴。許多被鞭笞的靈魂在雨地裡哀求大赦。魑魅呼喊著魍魎回答著魑魅。月蝕夜，迷路的白狐倒斃，在青狸的屍旁。竹黃。池冷。芙蓉死。地下水腐蝕了太真的鼻和上唇。西陵下，風吹雨，黃泉醞釀著空前的政變，芙蓉如面。蔽天覆地，黑風黑雨從破穹破蒼的裂隙中崩潰了下來，八方四面，從羅盤上所有的方位向我們倒下，搗下，倒下。女媧煉石補天處，女媧坐在彩石上絕望地呼號。《石頭記》的斷線殘編。石頭城也氾濫著六朝的鬼雨。鬱孤臺下，馬嵬坡上，羊公碑前，落多少行人的淚。也落在湘水。也落在瀟水。也落在蘇小小的西湖。黑風黑雨打熄了冷翠燭，在蘇小小的小小的石墓。瀟瀟的鬼雨從大禹的時代便瀟瀟下起。雨落在中國的泥土上。雨滲入中國的地層下。中國的歷史浸滿了雨漬。似乎從石器時代到現在，同一個敏感的靈魂，在不同的軀體裡忍受無盡的荒寂和震驚。哭過了曼卿，滁州太守也加入白骨的行列。哭濕了青衫，江州司馬也變成苦竹和黃蘆。即使是王子喬，也帶不走李白和他的酒瓶。今夜的雨中浮多少蚯蚓。

這已是信箋的邊緣了。盲目的夜裡摸索著盲目的風雨。一切都黯然，只有鬍髭在唇下茁長。明晨，我剃刀的青刃將享受一頓豐收的早餐。這輕飄飄的國際郵簡，亦將衝出厚厚的雨雲，在孔雀藍的晴脆裡向東飛行了。

作者簡介

——余光中（1928-2017）

詳見本書頁六九。

病來如山倒

柏楊

據說從前有這麼一個故事，張飛先生天生莽漢，天不怕地不怕，死更不怕，除了對老大哥劉備先生外，一生目中無人。有一天跟諸葛亮先生擺龍門陣，吹起來他的英勇，諸葛亮先生曰：「請君口下留情，有一件東西，包管你怕。」張飛先生曰：「你說的啥屁話，俺老張先生異稟，頭掉不了過拳大的疤。」諸葛亮先生也不和他抬槓，就在手上寫了一個字。叫曰：「迷死脫張，請看。」張飛先生一看，嚇得面無人色，蓋君師爺寫的是一個——「病」字也。

嗚呼，鐵打的身子都擋不住病，再大無畏的精神和堅強的意志，在「病」前都得屈膝。古人形容英雄好漢那股狠勁，曰「視死如歸」，真是妙極，當初發明這句成語的朋友，他至少跟柏楊先生一樣聰明，應該得一座最佳比喻獎。試想回家是一件何等窩心的事？小孩子在外邊再玩再鬧，再無法無天，一旦凱旋，心裡想著倚閭而望的母親，和足可以保護他的父親，簡直整個童心都溫暖起來。到了長大成人，家更成了一個堡壘，有美麗賢慧妻子的人不用說啦，回家等於老鼠跳進牛奶缸。縱是普普通通的家庭，太太的安慰，孩子的依偎，也是人間至樂之境，而這種至樂之境，竟然和死相提並論，誰說中國文字不活潑乎？

但我們可以發現一點，再大的勇氣，似乎只能辦到「視死如歸」，柏楊先生常想，一個人如果能「視病如歸」，那才教人刮目相待。多少英雄好漢，或為了埋想事業，或為了勃然震怒，死了算啦，死了等於回家。可是卻沒有聽說過有誰不在乎得砍殺爾的。蓋病有時候比死還要麻煩。想當年楚霸王項羽先生，打了敗仗，逃到烏江，自己拔劍抹自己的脖子，那時如果有人勸他不要自殺，弄點啥細菌服之，大病一場也可，他準不幹。不過天下之大，無奇不有，既有項羽先生這樣的人希望去死，當然也有和項羽先生相反的那樣的人，認為好死不如賴活著，寧可大病特病。

死和病有很大的不同，凡是死，其現象都是一律的焉，伸腿瞪眼，是非恩怨，一筆勾銷。而病則不然，像是一條小溪，細水長流，慢慢光臨，或一直光臨到完蛋，或一直光臨到痊癒，無論是哪一個終結，其中都不斷含著希望。人類只能死一次，但卻可以病一百次一千次，所以人們都有病的經驗，卻沒有死的經驗，病的感受人人皆知，死的感受是啥，尤其是死後的光景是啥，恐怕誰都弄不清。所以我們可以說害病是一種藝術，張飛先生典型的直腸子，一聽見病便嚇了一跳，可見他和病無緣。據經常害病的朋友說，害病有害病的享受，富病人有富病人的享受，窮病人有窮病人的享受。這是最最標準的現實主義，蓋病既趕不走，便不如逆來順受，自己對自己找點哲學根據。

對於害病的態度，有兩種焉，君沒有看過紅樓夢上的晴雯小姐乎？她害的好像是傷寒之類的重病，如果要細細的醫之養之，至少也得三兩個月，才能復元；可是她不但定不下心，反而暴跳如雷：大罵醫生混蛋，要不是醫生混蛋，早健康如初矣。上月柏楊先生暨夫人，去探望女作家張雪茵女士的病，她也是大急特急，認為醫學這麼發達，特效藥這麼多，而仍不能早占勿藥，豈不是前途茫茫乎。我們家鄉有句俗話曰：「病來如山倒，病去如抽絲。」大病來時，容易之極，說發燒就發燒，說腦充血就腦充血——絕不會今天充一點，明天再充一點，慢慢兒充死為止，而是要充就充一下子叫你嘴歪眼斜，不可開交。但當病去時，好像在十噸棉紗上捉住一根線頭，徐徐拉下，不要說拉一天兩天，便是拉十天八天，也看不出有啥名堂。不過凡是在醫治中的病痛，大體上說，不見加重，便是減輕，十噸棉紗堆起來雖如小山，但只要抽它，總有一天把它抽得淨光也。

凡屬性急的病朋友，準是醫院裡新開戶頭，十年二十年不知道醫院的門是朝東還是朝西，健康情形一旦遇到了絆馬索，絆了個嘴啃地，躺床不起，除了著急一命嗚呼外，還著急善後種種，像銀行裡一連串到期的支票焉，科長大人或局長大人會不會打官腔焉，放在抽屜裡的那件退稅案二百萬元本票怎麼才能脫手焉，以及偏偏趕不上道德重整會和朝聖團去美國嫁人焉，種種件件，亂箭鑽心，怎不教人像伍子胥先生過昭關一樣，急得白了頭哉。不過一個人一旦害病害得不慌不忙，爐火純青，不用多問，他定是一個老槍，對身上零件的損毀，毫不在意，而且因資格太老之故，還頗懂幾手，聖人不云乎：「久病氣死名醫」，蓋他這個老槍，對他身體各部門摸得透熟，只要一聞到自己的屁味，立刻就知道啥地方出紕漏，買得亂七八糟的膏散丸水，吞下尊肚，居然藥到病除；有時候其不合理和其靈光，能把領有合格執照的醫生老爺活活氣死。這一類的人似乎多不勝數，即以柏楊先生為例，我自幼身體不佳，大病大到差一點就擺駕升天，小病小到咳嗽流淚，統統當仁不讓，都照害過無誤。因之對醫藥頗有點學問，不但自醫，而且醫人。前些時和一位洋大人閒聊，我正鼓吹「臺灣各種進步」，他忽然大打噴嚏，我就問曰：「閣下雙目濕潤，鼻孔不通，是感冒乎？」他曰：「可能是，我馬上就去看一下我的醫生。」我曰：「何必看醫生？吃三粒ＡＰＣ準好。」他大吃一驚，連忙掏出小本記之。我又曰：「還有一種感冒特效藥，有一元一粒的，有六元一粒的，你們洋大人有的是錢，吃六元一粒的，九塊錢下肚，包管病癒。」他更是吃驚，又在小本上記之。洋大人最大的缺點是人人都有特約而固定的醫生，一點狗屁毛病都要去診斷一番，唯醫之命是從。而大多數中國同胞，包括柏楊先生在內，都是自診自斷，自醫自痊也。

作者簡介

——柏楊（1920-2008），河南輝縣人。一九五〇年起，以郭衣洞之名從事小說創作，為寫作生涯之始。一九六〇年代用柏楊筆名為《自立晚報》及《公論報》撰寫雜文，揭露中國文化的病態與社會黑暗面。一九六八年三月七日，以挑撥人民與政府間感情罪名被捕，至一九七七年四月一日始被釋放。出獄後，續為《中國時報》及《臺灣時報》撰寫專欄，並曾赴多國發表演講，引起強烈的回響。其作品類型廣泛，含括小說、雜文、詩、報導文學、歷史著作、文學選集等，著作等身。

遠方

許達然

似乎遠方總是使人嚮往的。

其實有美的遠方，有醜的遠方。

越遠越朦朧，越朦朧越神祕。那神祕常使我們幻想：遠方的平房變成宮殿，遠方的小溪變成大江，遠方的強悍變成溫馴，冰雪封蔽的遠方變成綠土。一些最壞的形容詞也可能被加在我們所不喜歡的遠方。

人們總是愛製造遠方，雖然昔日的遠方依舊是今日的遠方。莫爾的「烏托邦」，培根再造的New Atlantis與陶潛的「桃花源」，依然是人們的夢土。遠方的夢土也許有神仙，但徐福入海未回，秦始皇帝死了，求仙藥的夢卻未死，依舊使後代帝王失眠。可憐東方朔走遍了遠方，依然不見可愛的神仙。神仙渺而不可慕，因為神仙壓根兒就只在我們心裡的遠方。

茫茫大海，浩瀚似無岸。那遠方的神祕，誘惑了靠海的民族，而遨遊海上，從事探險，征服與掠奪，給了受海水衝擊的國家底文明增添了一些色彩。出瀛海又有瀛海，遠方的海像女妖，迷人也凶狠。東漢時班超的一位部將甘英，曾想從條支渡海到大秦（東羅馬？），但大海茫茫似棲息著死神，而打斷了他的念頭，甘英壯志未遂，和亞歷山大未渡印度河到他嚮往的遠方一樣，常使我惋惜。

山是縱的遠方。有限的高峻是無限的蠱惑，長年的沉默是不變的磁力，山不迷人人自迷，總是使人自動地往它那裡去；登高山又有高山，登不完的高山登不完的嚮往。這縱的遠方的凜然曾磨削人的鬥志，使古老的印度民族在無助的茫然中孕育悲觀的思想。這縱的遠方的悠然常是人們靈魂的安慰。怏怏的屈原一直嚮往崑崙。跛腳的拜倫以眺望寫出對山的感情。對一個愛縱的遠方的人來說，只能做山下的青草，而不能是山上的雲，也是悲哀的了。

每個民族有每個民族的遠方，而陶醉在似有似無的夢境裡。列子湯問篇造了一個終北國，雖不是天堂，卻使周穆王去了以後樂陶陶，回來後迷糊了好幾個月才恢復正常，使人神往。天真的希臘人也在他們的北方造一個 Hyperboreans 的國，在南方造個 Ethiopia，使後世的人糊裡糊塗地考證。好似過了兩千多年後，我們忽然找到了古人所嚮往過的遠方了。當然，好幻想的古人，也想像一些醜惡的遠方，只是不願提起而已。

東方！東方這個神祕，至少有二千年，是歐洲人的夢魘。中國曾許久是西洋人心靈的寄託，想像中的天堂，而使他們一直試圖在探知這遙遠的東方。東方，東方，蒼老的東方雖早已不再是西洋人的天堂，但仍是他們的遠方，像龍一樣，依然神祕，以一股莫名的力量向西方招引，引來了一個青年研究我國的歷史，而且興奮地向我說：「我終於來到了這裡，來到了從小就嚮往的東方。」

一個最真最善最美的遠方一直使人嚮往，那是天堂。對天堂的嚮往曾支配了西洋的中古史，而使人們不惜犧牲世上的幸福，以通過上帝啟示的窄門進那遠方。可是一直沒有人從天堂回來，因此到現在人們還在嚮往天堂，而且天堂似乎越來越美了。地獄也是最遠的遠方，想到它，就像暴風雨前烏雲的陰影覆罩著，使我們有著莫名的恐懼。有人嚮往天堂而做好事，有人怕進地獄而做好事。遠方，常常冥冥地在驅策著人！

血液裡似乎遺傳著流浪的鮮紅，幾乎每個人有遠行的衝動。雪萊的回憶：「我曾是遠方原野的浪人，我曾航過大河。」也幾乎是每個人的夢。遠方的漫遊，雖然摻著鄉愁，卻一直在開展人們的胸懷，成熟人們的思想。古希臘的兩位史學家希羅多德與修西底德斯和我們的司馬遷一樣曾漫遊遠方，而寫出那麼有氣魄的歷史！年輕時遠遊埃及，看到了與雅典不同的另一型態的文化，使柏拉圖開拓了視野，而影響到他《理想國》的著作。人間到處可以找到異鄉人，遠方的憧憬把他們帶到異鄉，甚至在異鄉成功了他們的事業。三百多年前，英國有個年輕人離開了故鄉來到他的遠方倫敦，給了我們不朽的禮物——莎士比亞的戲劇。

「當我長大了，我自己要去那裡。那地方比起我們這裡來是幾千倍的美麗，那裡根本沒有冬天，你一定同我去，好嗎？」在席篤姆的《茵夢湖》裡，那個小賴因哈向小伊莉莎白這樣說，真是寫出了許多小孩子對遠方的夢。還有什麼比小孩子的夢境更天真更美？「我去。」小女孩應和著小男孩的夢：「但媽得同我們去，你媽也去。」「不。」他這樣回答，「那時他們太老了，不能同我們去了。」

「可是我不能自己去。」

「噢，妳可以的，那時妳是我太太，別人就跟這件事不相關了。」

「但媽會哭的。」

如果有人賣夢，小孩子也許要買長大的夢。小孩子期望自己長大，而可以無羈地去遠方的夢土遠遊。這雖是小說裡天真的對話，其實也是真實人生的寫照。

從童年的夢裡醒來，年輕人有著遙遙的前程，遙遙的前程是一連串的遠方。一切對他似是那麼遠，連死亡對他也是遠的。也許他一無所有，卻至少有一股澎湃的熱血與勇氣。也許他不知走向哪裡，卻有著走向遠方的決心。遠方也許是凶惡的敵人，但他依然向前。遠方也許有暴風，有狂瀾，但他依然把船向前駛去。遠方也許像非洲的莽林，滿布死亡，但他依然走近。遠方也許是荒漠，但樂園是開拓了的荒漠，他要去，去那遠方。還有什麼喜悅比抵達夢土更使人歆羨？——那第一批到達新英格蘭的清教徒，看到的夢土雖荒涼，卻高興得跪下來感謝上帝。也許他在遠方造樂園。也許他又覺得老家是親密的遠方。也許他死在遠方。也許他從遠方回鄉。也許他凱旋。即使手上一無所得，他的心裡仍有收穫：有一天，可以告訴別人，他曾去過遠方，那很少人去過的荒漠！

幻想可以點綴生命，但只是遠方的雲不能構成天空。嚮往可以活潑生命，但不是人生。我們總不能成天幻想遠方，只是嚮往，只是想往，而拋棄現實。曾看過賽克（Percy Sykes）爵士寫的「探險史」，那是人類從古到今，用行動去實現抵達遠方的奮鬥紀錄。如果只是嚮往，遠方依舊是遠方，嚮往永不能成為歷史。很久很久以前，有個天文家，總是全神觀望天空，有一次不小心跌到井裡去了。他呼救後鄰人跑來，知道了他落井的原因後，就跟他說：「你怎麼只注意天上的東西不注意地上的呢？」伊索這一則寓言，真的是要告訴我們些什麼的。

醉看遠山，遠山更美。幻想使人沉醉，我們常醉看遠方而自以為清醒。遠方不一定如想像中的那麼綺麗，或那麼醜惡。如果前秦的軍隊走近一點，也許不會把草木誤認作兵。如果我們登陸了月球，也許發現它並不如遠時那麼漂亮，那時反看地球，地球才漂亮哪！

無論我們到哪裡，天空總在上面。遠天的星辰以常年的靜默逗人遐思。我們發現一顆星，卻另有一顆星。如果人生是無涯的嵯峨山脈，那麼活著就是一連串對遠方的嚮往與朝聖，我們到了一個遠方，卻又有另一個遠方在呼喚。無窮的遠方，有限的生命，使人抱志飲恨。一個剛會走路，在生命黎明的小孩，也會有他的遠方；一個走過長程，進入生命黃昏的老人，仍會懷抱著他的遠方。多少英雄要以有限的生命去征服無窮的遠方，但遠方依舊微笑，而英雄卻一個個倒下。聖海倫島曾經是年輕的拿破崙的遠方，卻也是老邁英雄倒下的孤島。你，人生旅程上的英雄，有一天也會在遠方的微笑裡倒下——那不是悲劇，那是命運。

總是有許多人願捨棄眼前的幸福到遠方去，就讓他們去吧！不必用佳餚把志在高空的鳥桎梏在籠子裡，儘管籠子多大，籠子不是天空。

或美或醜，對你，遠方仍是溫柔的有力的挑戰，你去嗎？

作者簡介

——許達然（1940-），歷史教授，散文家，詩人。本名許文雄，在臺南市出生。東海大學歷史系畢業後，赴美完成哈佛大學碩士、芝加哥大學史學博士學位、牛津大學博士後英國史研究。一九六九年起任教於美國西北大學亞非系、歷史系及比較文學研究系，二〇〇四年六月以榮譽教授退休，從二〇〇七至二〇一一年任東海大學歷史研究所講座教授。曾榮獲第一屆青年文藝獎（一九六五）、金筆獎（一九七八）、府城文學特殊貢獻獎（一九九八）、吳三連文學獎（二〇〇一）等獎。著有散文集《含淚的微笑》、《遠方》、《土》、《水邊》、《人行道》、《同情的理解》等。

挖棒槌

梅濟民

在東北管採人參叫挖棒槌。

每當長白山上的冰雪一開始融化的時候，挖棒槌的人就要回到深山裡去，在那些醉人的四月天裡，等咆哮的春洪一流過河溪澗谷，他們就開始動身了，從「東邊道」的每一個大小村鎮，和西部松遼大平原的每個角落，重回到那山高林密的荒莽之鄉去。

挖棒槌是一種靠運氣討生活的行業，每一個「放山」挖棒槌的人，都把希望建立在長白山裡，在那層巒疊嶂的山嶺間，隱藏著他們那些輝煌燦爛的夢。

從大森林裡樹木一抽芽開始，棒槌營子裡的老把頭，每天就瞭望著雲山蒼茫的遠處，在翹盼去秋大雪封山前去的那些夥伴重新歸來；他希望能看到那些熟悉的影子，出現在春天的大森林裡，他希望能聽到那些熟悉的呼喊，響起在遠處的山道上。不管是白天晚上，他總要在窩棚附近的山頭上燃起一大堆營火，當作歡迎的信號，使那些歸來的夥伴遠遠就能看到這個親切的標幟，白天可以看到升起的烟縷，晚上可以看到閃爍的火光。

春天的白雲輕輕的飄過山腰，飄過林梢，在雪水乾後的大森林裡，瀰漫著一股草木的香味兒。那些放山挖棒槌的漢子們，都背著簡單的行李，跋山涉水的走過那些遮天蔽日的林道，就像摸索在亂網中，穿過一片及一片濃密的大森林。幾乎每一個棒槌營子都是在山深林密的偏僻地帶，因為愈是人跡罕至的偏僻地帶，就愈是生長棒槌的地方。

在蕩漾的春風裡，這些向艱險挑戰的漢子們，在森林中一邊走著一邊在高聲的歌唱著。他們對著春天的流雲，在訴說著自己的心願，對著閃亮的溪水在預卜今夏的吉祥，對著黃昏的暮靄在猜測今年雨水的豐寡。幾乎所有挖棒槌的人都是極端迷信的，他們是經常生活在一團神祕的氣氛裡，一路上連逢山過河都要祈禱跪拜，在他們的眼中是山有山神，河有河神，幾乎把每一棵樹都當成是朋友。

挖棒槌是一種艱辛而冒險的行業，可以說完全是一場與命運的賭博，為了追求那難以捕捉的幸運，整個夏天都要旅行在荒山莽林中，受盡風吹日曬的折磨，和野獸的驚嚇，有時他們甚至是在飢餓中維持著那艱苦的尋覓旅行。他們多半都是在大平原上拓墾失敗的移民，或是逃荒到關外找不到落腳地點的孤獨漢子，才被逼進荒山裡來刻苦奮鬥，有很多就是這樣赤手空拳在長白山裡建立起事業基礎的。

春風為山嶺抹了一片新綠，這些放山的漢子一回到棒槌營子，就像回到了自己的老家，那股親熱快樂的勁兒，真是教人在旁邊看著都感動。

「俺不論走到啥地界兒，就是想念俺東山裡這棒槌窩棚。」

你聽他們在這樣告訴老把頭，在大平原上那些燈紅酒綠的大城市裡，他們都過不慣，只有這清澈靈明的深山，才是這些忠厚老成的漢子們的真正樂園。

棒槌營子也叫山窩棚。他們回到山窩棚裡的第一件事，就是拿起鋤頭跟老把頭進行春耕，每一個棒槌營子的食糧都需自給自足，因為遠離平地，再加一路盡是高山莽林，運輸糧食非常困難，因此，必須要在土質肥沃的大森林裡開墾一些田地，種植一夏的菜蔬和來年全窩棚所需的食糧。全窩棚的生活都由老把頭一個人籌謀支配，除了農耕之外，還在森林裡培植大批的家參，如果採參的收成不好，就靠這些人工培植的家參也可以維持一年的生活。

當長白山上美麗的初夏一降臨的時候，山窩棚裡的農耕工作也料理得差不多了，過了一個閒暇的五月，一到農曆六月就是放山趕棒槌的季節了。在五月這一個浪漫的月分裡，棒槌營子裡的人們，凝望著那藍濛濛的遠山，整日都沉迷在奇美的夢想裡，每個人都幻想今年夏天自己會碰上那嚮往已久的好運。他們迷信的把野葡萄酒潑在營火裡，把點燃的蠟燭抛向鮮豔的晚霞，藉以預祝自己的好運。如果夜晚做夢，夢到自己抱著一個胖娃娃，或是胖娃娃跳跳蹦蹦的圍繞自己一再的不去，這個夢一定會使他高興好幾天，也許全窩棚的夥伴們還會替他慶祝一場。因為在那些山村裡有一個神祕的傳說：說那些年久的老棒槌常常會變成一個白白的胖娃娃，偷偷的出現在無人的深山裡。

在高山醉人的夏風裡，他們會重重複複的想著那個全長白山家喻戶曉的故事；傳說從前在長白山麓的一個荒村裡，只住著一戶半耕半獵的人家，一家三口，在農忙的季節，夫婦常離家到田地裡去工作，就留下一個四歲的小女孩看家，於是每天都從山林裡走出一個穿紅衣裳的胖娃娃來和小女孩玩耍，這樣一直有很多天。一天傍晚這個小女孩忽然想起把這件事情告訴她的爸媽，她還講出這個好玩的小胖娃娃每天來去的方向。但是在她家附近舉目盡是一片沒人居住的荒山，哪裡還會有什麼胖娃娃，這一對夫婦總以為是小女兒在說謊，但是就從那天開始，孩子每天晚上都把這件事情一再重複的訴說著，夫婦兩個覺得甚為奇怪。一日當他們再離家去田裡工作的時候，這位聰明的母親就偷偷的告訴她的小女兒：「乖孩子，今天等那個胖娃娃再來的時候，你悄悄把這根穿紅線繩的針別在她背後的衣服上。」於是小女孩照做了。那天下午這對夫婦收工得很早，一到家就按照小女兒指示的方向一直尋找下去，終於他們在山林深處的一帶草地上，發現那根目標明顯的紅線繩，是被別在一株高大的棒槌葉上。夫婦兩人歡喜若狂的把這個上百年的老棒槌小心翼翼的挖掘出來，他們得到了一筆可觀的財富——。

這個故事確實會使那些挖棒槌的漢子們著迷，他們都認為這個故事是真實的。在初夏的森林中有一種鳥鳴，從遠處聆聽很像是嬰兒的哭聲，因此這些漢子們常常被騙，他們會循著這種鳴聲一直的尋找下去，好奇的去看看是否真有一個胖娃娃躺在大森林裡啼哭。

一進六月就是出發尋棒槌的季節了，山窩棚裡的人們，都在為這一個艱苦的尋覓旅行在做準備，盛夏的長白山裡，到處都開滿了豔麗的野花，紫瑩瑩的野葡萄掛滿了灌木叢。全窩棚的夥伴在臨出發前要舉行一個隆重的「山神祭」，他們到溪澗中去撈來魚蝦，從森林中採來蘑菇木耳，在草地上摘來野蒜和金針菜，然後宰殺山窩棚裡的雞鴨。挖棒槌的人是不准打獵的，凡是山中野生動物一律不敢傷害，迷信山神爺會降災。山窩棚裡每年盛夏都釀造大量的野葡萄酒，因為每次尋棒槌歸來的人們，都會順手帶回大批的野葡萄。

在山神祭那天正午，老把頭手裡捧著整把香火，帶領著全窩棚的兄弟，抬著擺滿了酒菜的桌子，到一棵掛著紅布的千年老樹下，鳴炮獻香，虔誠的跪拜祈禱。然後整個下午都坐在大樹下盡情吃著，喝著，談著，笑著，敲擊著木棒高聲的歌唱著，這是一個既充滿狂歡，又帶滿感慨的餐宴，也許有人一出發後就永遠不會再回到窩棚裡來了！挖棒槌的人經常發生意外事件，被山洪沖走，被山崩壓斃，滑落懸崖跌死，被野獸吞食，和一些找不出原因的神祕失蹤……

選定了吉日良辰，整個棒槌營子的人們就分別的出發了，另由放山的把頭率領，五人或七人一起，每人都帶著一根長長的細木桿，背著米和鹽，帶著火種和工具，在鞭炮聲中開始出發了，從此整個夏天都要歷盡苦難，跋山涉水，在那些蒼莽的大森林中穿來穿去，他們不知要走到哪兒去，一切都憑放山把頭的靈感。

放山把頭每走一個山頭就要跪拜一次，他的責任是重大的，全體兄弟的命運都寄託在他一個人手裡，運用豐富的經驗，他渴望能把兄弟們帶領到一個充滿幸運的地帶。站在翠綠的山巔上，他一再的祈求著蒼天的幫助和山神的佑護，在茫茫的林海中他不斷觀察樹色來判斷「風水」，以決定應走的目標。在這種盲目的尋覓中，必須要具備極大的耐心和極堅強的毅力，有時他們近月也見不到一棵人參，在無可奈何的情況下，他們常會問著一棵樹，一根草，甚至一塊石頭：「啥地方有棒槌呢？啥地方有棒槌呢？」有時他們對一隻小松鼠都會恭敬的懇求著：「喂！小松鼠你顯顯靈，指點出什麼地方隱藏著一株九撇葉兒的老棒槌。」有時他們會迷信的根據一個夢的指示。有時甚至連風吹草葉的方向都會被他們認為是神明的啟示，在這迷惘的尋覓中，他們充滿一心神祕的奇想。隨著一陣陣興奮的奔波，將會產生很多失望的煩惱，但是他們從不灰心，對一切痛苦的遭遇總認為是應該的，你聽他們的解釋：

「要是棒槌都像蘿蔔一樣多，那我們挖棒槌的還指望個啥呢！」

在這個充滿失敗的世界上，他們才真正夠資格稱得上是一些能夠面對現實的好漢，雖然面對失敗，但是從不屈服失敗。

當他們第一次碰到棒槌鳥的時候，就像遇到了老朋友，每個人都會興奮快樂的對天空高喊著：「三哥兒，今年無論如何可要多多幫忙呵！」這種被採參人稱作「王三哥」的小鳥，是一種專愛揀食人參種子的小鳥，常常由於牠們在空中來去的方向，會為採參人提供不少線索，這種可愛的小鳥，確實對這些艱苦的漢子們幫助不少，牠帶著一種特別尖細的叫聲，在秋天凡是牠在上空盤旋不去的地帶，下面一定會有結子的人參。

人參一進農曆六月就開放一種小白花，由於這種小花做標幟，比較容易被人發現，但是在盛夏的長白山裡滿地都是野花，在豔陽下看起來使人眼花撩亂，這些野花對人參也有一種保護作用。一進八月人參花落；就結滿一些比米粒稍大的紅色小種子，看起來比較更明顯一些，若不是在開花結子的季節，採參人在山中就休想發現一棵人參，因為在雜草叢生的荒山裡根本就無法看見它。

人參性喜陰寒，不是生長在山的陰坡，就是生長在陽光不強的疏林密草中，完全缺少陽光的密林中亦不生長，陽光最強烈的向陽地帶亦不生長，它還常常生長在人獸無法涉足的懸崖間。

人參葉如掌狀，根略似人形，是一種生長得非常緩慢的植物，生長十年的梗莖也只不過有筷子般的粗細，通常分為二夾子，燈臺子，四撇葉，五撇葉，六撇葉……生長八年以上的才能長出兩個枝椏，即二夾子，十年以上的三個枝椏，即燈臺子，至於四撇葉有四個枝椏，五撇葉有五個枝椏，一株六撇葉的人參起碼需要二十年以上的生長，極為罕見，運氣好如果碰上一株，整個棒槌營子立時就會變成暴發戶。

採參的人一發現人參立時就要大喊一聲「棒槌」，然後趕緊跑上去用紅絨繩套住，他們都迷信人參如不用紅繩套住常會逃得轉眼不見。如果碰上一株五撇葉以上的老參，放山的把頭還得跪在地上先對人參叩頭，然後才能動手挖取。

挖掘人參並不是一件容易的事情，在挖掘過程中須得極度小心，不能傷損任何一點根鬚，如果帶有一點傷害，價值即會大打折扣，因為其內部白漿流失一滴，即為無上的損失。先由把頭小心的清除地面上的草皮，然後全體人員圍繞在四周用銀簪一點點的撥土，一株參起碼也要挖上三至四個鐘點。如果若在下午發現，就一定要等次日上午才能挖掘，這是採參人的古老規矩。

找到一株人參，附近常會有另外的幾株，因此全幫的夥伴必須要在這一個地方宿營好幾天，以便在四周詳細的察看，也許還有年齡更老的人參出現。

掘得的人參，當天晚上就要在山溪邊架起小鍋蒸製，次日再曬乾，用樹苔墊著包紮起來，以樹皮捆牢。蒸參的水用以煎煮人參的梗葉便成為人參膏，人參的梗葉還可以泡茶喝。人參子煎熬後喝下可以幫助難產的婦女順利的生產，這都是寶貴的藥品。

在整個的長白山區，以安東省的撫松和濛江兩境內人參出產的最多。人參在古代的長白山區本是一種很平常的植物，隨處都可以尋獲，但自明清以來，出關挖採的人日盛，致使逐漸稀少，後來又加上不斷的移民開墾，及每年荒火的傷害，本來它就是一種生長最慢的植物，而且採參的人又統統都把人參種子也帶走，就這樣一年比一年稀少，現在長白山中的野參竟變得極為罕見，居住山區的墾民，為了補償這一個缺欠，乃紛紛掀起培植家參的風氣，進而成為專業的參農。

每年整個的採參季節只有三個月，從農曆的六月初開始直到九月初，時間一到不管有沒有收穫，都得趕快回歸山窩棚整裝預備下山，時間一晚就會因為大雪封山，整冬都走不出深山。那些運氣最壞的漢子們，就要把希望寄託在明年夏天了。

九月，在那鋪滿紅葉的長白山上，棒槌營子的老把頭，又帶著滿心的關懷，送他那些夥伴下山了。

「保重呵！兄弟們，祝你們明年會有一個更好的運氣。」

那些下山的漢子們每個都背滿一身的土產，預備贈送平原上的親人們，木耳、蘑菇、蜂蜜、野葡萄乾……放山的把頭帶著武器，背著牢固的小木頭匣，裡面裝滿大大小小的人參，都是用漂亮的紅緞子分別的包裹好，要把這些財寶帶到平原的大城市裡去出售，把錢分給那些眼巴巴等待著的兄弟們。

深秋的棒槌營子又恢復那怕人的靜寂，在蕭蕭的秋風中，就剩下老把頭孤獨的守在窗前，一邊烤著火一邊抽著菸，然後是一連串十月的那些大雪天，長白山又被無情的遮埋在冰雪下。

作者簡介

——梅濟民（1927-2002），黑龍江省綏化縣人。國立臺灣大學中文研究所畢業。曾任日本東京大學漢語研究所教授、新加坡南洋大學教授等。著作包括小說、散文、詩。在小說方面，大部分故事的背景發生在東北，對於當地的風土人情描述很深刻，充滿了高雅恬淡的靈性之美，溫柔敦厚而不濫情。《北大荒》一書中的多篇作品，曾被瑞典選入國家教材。曾自述：「身為一個國際和平運動者，執筆時當毋忘國際和平運動的目的，因此盡量採取美的姿式，作為表達真理演繹真理的方法。」《北京之春》一書已由國史館收藏，係六四天安門之報導，作家生平小傳已編列入「國史館現藏民國人物傳記史料彙編」內。

野天

司馬中原

野胡胡的天蓋究竟有多高呢？沒有誰願去想這種傻事情。老鷹不知道，連大雁也不知道。白鬍子老頭說我們是從泥巴裡拔出來的，敢情跟蘿蔔白菜一樣，三天不洗澡，渾身土腥味兒；而且總貪戀著玩泥巴，像奶娃兒貪戀著做母親的飽滿豐實的乳房。

我們只知道天蓋是一張藍色的大網，網著溪、湖、蘆葦和野萍，網著老人和孩子，一些村落和一些墳塋；重重疊疊的樹梢和大片閃光的沙地，攤掠在太陽底下，愛綠就那樣的綠，愛黃就那樣的黃，說它遼闊，確夠遼闊，說它荒涼，真有那麼幾分荒涼，但我們卻不覺得那塊土地上缺欠了什麼？或是短少了什麼？白鬍子老頭活了整整一輩子，叼上長菸桿，瞇起兩隻眼，彷彿世上沒有哪樣事不滿足，既無五湖四海任意飄盪的雄心，又沒有頭插金花腰圍玉帶的嚮往，站著一個人，倒下一座墳，也就沒什麼短少這樣欠缺那樣的牽掛了，人到無求品自高，沒牙的嘴關不住那種單純滿足的笑聲。

總有一些屬於時間的憂愁雕在老年人的臉額上，老天爺並不那麼有求必應的隨和，常年賞給人和風輕拂細雨微潤的季候，所以才有許多災荒饑饉的記憶和傳言，撒種般的植在下一代人的心上，碗大的冰雹和遮天蔽日的蝗陣，氾濫的湖波和決堤的洪水，反使活過來的人們藉此誇傲他們的經歷，——人可比不得無憂無慮的神仙。

沒誰願意早早兒的背上那種憂愁，我們用兒歌唱著：

一天三頓飯

神仙也不幹！

說來那倒是真心的，我們無法想像傳說裡跨鶴騰雲的神仙，老而不死的那一群，究竟怎樣打發那種無窮無盡、逍遙閒散的天上歲月?!光吃鐵硬的松果兒，光喝沁齒的冷泉到底有多大的樂趣呢？年畫紙上的神仙一樣穿得拘拘束束，有肩披，有長裙，有直衲，有道袍，有飄飄的彩帶，有布襪和雲鞋，而我們無分男女，渾身上下，光光敞敞沒有一根布紗，王母娘娘若真請我們去赴蟠桃會，一樣拍拍光屁股就去，我們從來不懂得女孩裙下的豆莢兒，男孩襠下的小雀兒，為什麼一定要花錢買布去遮掩？不懂得「卵子拖塘灰，髒了不用吹」是否是某一種人間的道德？至少，那種自然的樂趣，連神仙也不曾有過。

所以我們才會大模大樣地朝天上招搖著小手，喊著：

神仙神仙你沒事幹

快點兒下來喝稀飯……

神仙神仙你甭打盹
跟咱們一道去打滾……

這樣快樂地唱著，小心眼裡真覺自己要比天上的神仙富足得多了。我們不必那樣苛待自己，用冷泉和松實去填塞圓鼓隆隆的肚皮，村前屋後，要真有百種瓜果，我們就吃足百種瓜果，地上長得出多少野菜和莊稼，我們就遍嘗那許多野菜和莊稼。白鬍子老頭常說我們是地上結出來的小人果兒，也只有那種荒天野地，才會結出我們這些野性的小人果兒來的罷？

從不憑曆書去辨認季節的推移，我們知道很多地層上下的祕密，撥開遍野的銀霧，春就浴在流溪上，初生的水蘆葦和新抽條的柳枝綠得迷人眼目，彷彿有無數綠粉屑從那些枝葉上迸撒出來，把人渾身全染綠了。溪水是透明的，映著兩岸野花草的影子，鳳尾草、紫英、毛狗兒、馬節節和七角菜，像一疋初洗過抖掠開來的綠地花布，春就用它們裁製衣裳。

當然我們喜歡春天，卻不喜歡忍受跟春天同來的飢餓，荒春頭上，沒有吃的，大片大片的桃花像紅霞，一直開到舉眼望不見的天邊去，風景總歸是風景，用飢餓的眼去看春，美是美，卻覺得有些浮誇。

有霉味的隔年紅薯的乾葉子有些像黑木耳的樣子，人和牲畜都常吃那種東西，那時候，榆錢樹初生的葉子就會成為最實際的一種風景，它們和米糠薯葉同煮，便會使我們有被填飽了的感覺，雖說吃多了有些腿軟，卻沒聽誰斤斤計較過這些。老榆錢樹是個粗皮黑臉的好奶娘，用它嫩綠的奶水使人活過那些長長的、青黃不接的春天。

傳說觀音柳是觀音菩薩用淨瓶裡的柳枝插活的，它的根磨粉，吃起來有些苦苦的甜味，想來觀音大士真有著未卜先知的能耐，曉得千百年後有人會用它捱命，感念她當初插柳的慈懷。

比較起來，野菜裡的小蒜是極有滋味的一種，挑起來洗一洗，加把鹽一醃就成，雖然吃在沒有油的胃腸裡，會覺得胸口潮濕，總以為天要落雨，而它的味道幾幾乎抵得上新剪的春韭卻是無可爭論的。

蝌蚪沒孵化之前，春溪裡有一種褐背帶金色的水蟲也很好吃，我們管牠叫香瓜蟲，因為咀嚼牠的時候，滿嘴香甜，很像吃香瓜一樣，水蟲既能使人想起夏天園裡的香瓜，那麼，活活的蝌蚪吃起來就很像擔子上沒加佐料的涼粉了！前村老婆婆說蝌蚪是大涼的，女孩子吃了，日後不會再生男育女，後來我們知道那種古老的傳說根本就是謊話，她女兒銀姊出嫁前，背著她論碗的喝那種東西，嫁後兩年，倒忙不迭地生了三個娃娃。

下田割草的時候，我們也撲捉蚱蜢，用野火燒了吃，青蚱蜢的滋味總比灰背蚱蜢鮮美，沒有什麼土腥氣，而且很香，牠們不及蝗蟲肥，不遇上鬧蝗的季節，草叢裡的蝗蟲一向是很少的。

曠野上的銀霧散盡了，涼風抖拍著碧柔柔的麥苗，那波浪也在人心裡起伏著，潮濕的心恆常盼望麥季到來，早結穗的孔麥，是荒春飢餓的跳板，跨過它，我們便又有了鼓脹得能用巴掌拍得嘣嘣響的肚皮。在那種荒涼的野天之下，每一年荒春的飢餓，倒也是一種風景，無可奈何的生存的風景，飢餓會使人身子輕得像是騰雲。不過，餓成那樣子，未免太像神仙了，我們倒從心眼裡著著實實的喜歡飽肚子的夏天。

很多透著新鮮的事情，也許那些埋在墳墓裡的人在老早老早之前就開始過，但那並不挺要緊，諸如他們騎他們那一代的驢，我們騎我們這一帶的驢等等，倒騎毛驢的張果老未必懂得光屁股騎驢的味道，若嫌驢子太高，我們就改騎綿羊，老牛和狗，不過狗這沒脊梁的傢伙不太中騎，雖然跨在牠的背上，還得自己用腳走，所謂騎，也不過是意思意思。

凡事只論喜歡，從不曾去追究它的意義，喜歡裡已經含有無窮的意義了。把西瓜皮當成帽殼兒，整天戴在頭上，跳在沼澤裡洗了一把澡，再用汙泥把全身塗黑，究竟具有怎樣的意義呢？那都是傻得不能再傻的問題。

拐磨花在什麼時刻開得最豔？用什麼方法捕捉到我們希望飼養的鳥蟲？哪些才是我們最關心的；打著飄搖的火把，在沿溪的林子裡照取蟬的幼蟲，或者拎著玻璃瓶用竹筷去捉毒蠍，另有一種神祕的情境，隱隱的燈籠是一朵光蓮，在夏夜溫寂的黑裡浮動著，遠遠近近，閃著烟鍋的紅火，低沉的人語和胡琴懶散的弦索，構成一片玄褐色的迷離的夢景。

像穿透時空的箭鏃，我們活過。用黃瓢舀起一瓢冷水，站在水缸邊嘓嘟嘓嘟地牛飲，然後把喝臢下來的，澆澆頭，澆澆挺出的肚皮，胡亂摸上幾把，使泥巴變成地圖，在我們骯髒的肚皮上，有著真正的鄉野中國，我們曾是常常用病菌護體的那一類的孩童。

在低矮的毛屋團集成的村落裡，野天就是庭園，沒有吟雨的芭蕉和多孔的太湖石，老黃河搬家後，在土崗上留下無數奇形怪狀的砂薑，有的像人，有的像馬，不知那是不是歷史的骨頭？我們把它亂堆在麥場的角上，玩著捉迷藏遊戲，照著砂石堆的，一樣是秦時明月。

而我們追溯不了那樣遙遠，秦怎樣？漢怎樣？我們的感覺停留在單純原始的時空平面，我活，我歌，月亮的笑臉，夏夜的露濕和風涼，那些墳堆裡的人，都像是一季紛飛的蜻蜓或者是蝴蝶。一生沒見過歷史的容顏，他們的本身何嘗不是歷史?!在擊壤而歌的歌裡，他們中國，而且中國得很。

歌也歌的是那些罷：

月亮走，我也走……

光腳桠巴重重的踏在軟沙地上，不知為什麼要那樣的興奮，那樣的費勁？想把歌聲變成一種吶喊，驚一驚月宮裡那個痴心伐桂的揮斧吳剛，數算數算我們跟著他走？還是他跟著我們走？亂蓬蓬的桑林裡桑枝，密層層的肥大的葉掌，彷彿想替我們抓住那一片月光。

拉胡琴的漢子常會在人經過時，攫雞似的，伸手撈著其中的一個，一把抄在人襠下，問說小雀兒餓不餓？餓了就該餵食了！餵食該餵什麼食呢？他神祕的語音是曖昧的，小雀兒挺愛吃豆莢兒……前村的大福十五歲了，去年還賴在孩子堆裡不肯裝進衣裳，春頭上戴上媳婦，他那胡瓜紐兒似的小雀兒就關進黑褲籠裡不肯讓人瞧了，由此可見長大了並不是一宗如何快活的事情。

但桑林葉落，轉眼就是秋天。

把捉來的紡織娘養在高粱桿編成的彩籠裡，籠孔上插進成串的青豆和黃色的瓜花，吹盪的秋風使「品」字形的彩籠搖頭晃腦地打著鞦韆。從豆田裡捉來的叫哥哥總愛在大白天吵鬧，怕羞的紡織娘卻恆在夜晚紡紗，低低啞啞的，紡瘦了夜空的雲絮，紡冷了亮亮的月光……那彷彿又不是月光，而是滿溢的天河流水，嘩嘩朗朗的，響著些細碎的玲瓏。

成束的高粱穗，顆粒飽滿的玉米，粗實的紅蘿蔔，一排排的在矮簷下的横柱間垂掛著，整個北方的喜悅在那上面閃亮著，在炎熱未消的太陽下面，四野的高粱簇兒，麥場上的芝麻和乾燥的豆莢，不時騰迸起嗶剝的炸裂聲，滿載的牛車木輪滾過土路，沙烟和大氣飛融，蒸蔚出一種成熟的香氣，彷彿是被餵飽了的秋天在打著飽嗝。

殘蟬沙啞地唱著，金鈴子在草叢間搖著鈴翅，石磙磕沿著麥場，緩緩地吱呢著，每一種聲音，都是徐緩的歌，配合著遠處花生篩子的踏板，自成一種節拍，在人的生命裡顫動。

霜臨了，葉落了，天腳被推移得更遠，遠近的樹幹，裸露出它們灰褐和紅銅交雜的臂膀，帶著獰猛的氣概奮搏著秋風，深秋果真蕭瑟麼？我們倒沒覺著。紅薯該是秋作裡收成最晚的一種，有些肥大的紅薯活像是奶豬，怕冬寒凍爛了它們，家家都挖妥新的薯窖，把一部分鮮薯扔進窖裡去，另一部分用薯刨兒刨成薄片，再切成白手掌似的薯條，在秋陽下曝曬成薯乾。

蹲在高高的薯堆邊，黃昏雲壓在人的頭頂上，鮮鮮亮亮的，說它有多少種顏色它就有多少種顏色，刨紅薯的姑姨們用熟練的手法擦著紅薯，薄薄的白片兒從刨口飛吐出來，皮和心交接處，噴凝出一環白色的漿粒，逐漸逐漸地轉成鏽銅色。那樣勤快的活計是人人愛做的，一面切著薯，一面嘻笑聲喧地聊著天，每張微紅沁汗的笑臉塗著晚霞，成一幅活生生的溫暖的圖景，足以擋得住村外曠野間的那份秋寒。

蕭瑟麼？除了夜深時分橫空的雁語，拋落下一些遠方的，不可解的淒涼。

過了十月小陽春，野地就起凍殼兒了，坑壕、溪面和淺沼，白白亮亮的一片冰光，大塊大塊的彤雲蓋住天，裂成一些古老的龜背紋，灰黯裡微泛著一絲隱約的紅，麥種埋在田地裡，等著預兆豐年的瑞雪去覆蓋，在農閒的季節，一壺濃烈的土酒會在人心裡開花。希望的根芽總是那樣卑微嫩弱，好像對聯上所寫的：

大紅薯烤得稀花爛，
牛屎火烘得暖和和。

彷彿有了這個，一切都足夠了。吃松果兒喝冷泉的神仙又怎樣呢？雪後的晴天，長尾巴的三喜鵲兒在雪地上撒歡跳躍，長尾不時掃起鬆浮的雪花，吱吱喳喳向人報喜，翻過一個飢餓的荒春又一個飢餓的荒春，希望不滅，憂愁的皺臉上始終有著單純滿足的笑紋。野胡胡的天蓋究竟有多麼高呢？還是沒有人知道。

其實也用不著知道。

從那片野天下走出來，我是浮雲，我不能不偏愛那種原始的日月和那種可愛的荒涼，身後的時間逐漸墜入濃黑，記憶是星，網成我默默的仰視，我仍看得見初耕後大塊的土坷垃，挨挨擦擦的滾延著，黃騰騰的油菜花引得千萬蜂蝶飛舞，長蕊的木楷花開在糞池邊，成串的洋槐花使村道上瀰漫著濃郁的奇香。風沙那樣大，常弄平了地面竹馬奔過的痕跡。我也彷彿聽得見吹弄蘆管的聲音，在石磙磕緩緩滾動中，叱牛的歌不時飄騰而起，橫貫著春天的鳥啼和夏季的蟬唱，它沒有固定的音節，只是一種無字的咿——呵，同時也伴和著秋來的蟲吟和隆冬的風吼，那該是能刻進入骨縫裡去的純粹的歌，毫無矯飾，且聲聲發自胸臆，和曠野間的天籟相融。

石榴的紅花沒變成遠天烽火，那時刻，四季輪覆在青蔴石雕成的碾盤上，隆隆的是雷，紛紛的是雨，而調門兒總是那麼一個：

春季裡呀來，那桃呀桃花紅……
秋季裡呀來，那黃葉滿天飛……

看碾的大柱兒就是唱那種俚曲的歌手，音調懶散沉遲，彷彿天地間自來就是那麼一種味道，生存也是那麼一種味道，那俚曲是生活的基調。一年在野天底下忙過了，冬頭上，端起黑陶的粗碗，蹲坐在自己腳跟上，曬曬不花錢的太陽，是飢是飽不用問，總落得一份安心的消閒，田地不會老去，曠野處處生機，人在活著的時辰吃它喝它死後仍還有一棺之土，至於那些餓也餓不死，脹也脹不昏的光屁股娃子，早已懂得：「茄子七八棵，天天不離鍋」的生存哲學，知道人活著要依賴腳下的泥土，所謂兒孫自有兒孫福也者，不外乎是照著上一代存活的模式，依樣畫它一個心安理得的葫蘆。

當遠天的烽火不再是村頭野地上的榴紅，人失落了身後那塊野胡胡的穹窿，我才真正懂得穿起褲子竟然是莫大的悲哀，風調雨順和國泰民安之間的差距，遠過孫悟空的一個筋斗。端黑窰碗蹲腳後跟的人，是從來就不會追想這些的，誰會再用思維進入泛黑了的過往，去探究那種天人不合一的悲哀呢？

擊壤的歌聲久已失去，飄泊的雲能化成一場滂沱的雨麼？而且在萬聲騰囂中，若干古遠得幾乎變色的故事，也已經被視為骨董，不合時宜了！我的鄉愁是一口乾涸的井，空洞，黝暗，深沉，但卻缺乏水分，空擁著城市的煤風獨坐夜牕前，低吟著：

燕草如碧絲

秦桑低綠枝……

那樣的詩章仍引不來涓涓滴滴的淙淙，那種光著屁股傲視神仙的日子，比夢更遠，連自己也恍恍惚惚地不敢深信了，但餓眼中的野天高遠的形象，碧葉黑幹的老榆錢的樹影子，仍在我心頭矗立著，啊，我童年期春日的奶娘，你已逐漸模糊於我微泛潮濕的眼，你如今在奶著些誰？還是連枝帶葉地投進了那片紅紅的毒火?!

作者簡介

——司馬中原（1933-），本名吳延玫，江蘇省淮陰人。曾經多次榮獲各種獎項，在世界華人文壇享有殊榮，作品內容包羅萬象，取材多元，尤其擅寫中國北方鄉野以及靈異類別故事，深受海內外廣大讀者們喜愛，其主要代表作品包括：《狂風沙》、《驟雨》、《荒原》、《紅絲鳳》、《路客與刀客》、《綠楊村》、《荒鄉異聞》、《刀兵塚》等。

1971 我的母親

陳紀瀅

我母董太夫人，民前二十八年（即光緒十年甲申）四月二十八日生於故鄉河北省安國縣北鄉東柏樟鎮。外祖父汾亭公，歷代都有功名，家道小康；但到了他這一代，因連年荒旱，淪為破落戶。我家舊日傳統，為求生活安定與子孫繁衍，嫁女兒以富室為原則，娶媳婦則以貧家為對象。我母親於光緒二十六年鬧義和拳聲中匆促來歸時，就是按著我家傳統來嫁的。但由於先人餘蔭及耕讀遺傳，母親的德、容、言、行，都能符合我家繩墨，並媲美兩位嬸母。義和拳之亂，給予母親的印象至深，兒時常常為我們形容她出嫁時的情景。

義和拳倡亂之始，正當祖父（行二）、大祖父及四祖父等遊宦他鄉先後喪亡，連遭不幸，又兼匪亂，家道遽然中落，不堪收拾。又因食指日繁，群龍無首，一個四股的大家庭乃被迫析居。到了光緒末年，我家也變成十足的破落戶了。我們這一股，由祖母率領三個媳婦共同維持殘破的家園。母親居長，工作必須率先，享受則須落後。當時父親（大排行及本支排行都是老大。諱式銘，號筱峯）於考取末科秀才後，就遠走關東，在吉林上法政學堂。父親也是同輩中，唯一由舊學續讀新學的人。五叔式鏈（本支行二）先在本縣服務，後常年臥病在家。八叔式鈺（本支行三）則去吉東和龍、汪清一帶從事開墾工作，追尋他的新天地。說起來雖是耕讀傳家，但並沒有一個男子生長在田畝之中。家裡的七、八十畝良田，全靠祖母與母親等支配長工、短工從事耕耘收穫。其中所遭遇的困難可想而知。何況那些年天災人禍，連續不斷。小時候，作文開始，常常用「旱澇頻仍，兵燹連年」作為時代背景刻畫的字句。回想起來真是一點兒也不錯。不是澇（民六），就是旱（民九），還時常降冰雹，至於過逃兵更是家常便飯。

母親先後生我們姊弟三人，胞姊繼瓊（蓉鏡）居長，我是老二（大排行老六），還有一個弟弟紀治。胞姊於民二赴縣立高小讀書，為我縣女子接受新式教育的第一批學生，我也沒上過一天私塾，弟弟也接受了完整教育。這一切都是在祖母贊助下，由母親完成的。母親常說：「當年沒過一天好日子，只有讓你們按部就班上學是唯一可安慰的事。」

我父親於吉林法政學堂畢業之後，就在哈爾濱執行律師業務，整整二十年之久。只因為性情耿直，不擅交遊，業務始終平淡，僅賴我九叔式銅（際青）以紳士地位，介紹了若干機關充任顧問，以車馬費維持開銷。但由於老人撙節有度，所以每年除供我們弟兄及堂弟兄五六人的學雜費用外，每屆年終，還要繳給祖母千兒八百現大洋，貼補家用。因與叔嬸尚在夥居，妯娌間不免閒言淡語，母親的容忍功夫，最值稱道。

胞姊嫁後不久病逝，母親初遭傷痛。民國十六年，祖母去世，享壽七十七。隨後我們三小股再分居。九一八事變爆發，哈埠被侵，父親結束了業務，歸返故里，從此度退隱生活。這個時候，雙親把齊村家裡的明朝老屋予以翻造；又加蓋廂房、儲藏室等，青堂瓦舍，煥然一新，以為從此子孫有棲止之所，可重享天倫之樂；不料胞弟病逝他鄉，雙親再遭悲痛，傷心已極。民國二十五年，二老曾去漢口跟我們共同居住了半年。六個月內，不時遊覽三鎮名勝及欣賞國劇，又值標兒誕生，愉快之情，莫可言宣。因家中不能長期求人照料，仍返齊村，允次年再來；不料七七事變突起，交通阻斷，八年抗戰，音訊隔絕。好容易熬到抗戰勝利，以為馬上可與父母重聚，哪知道我縣已被共匪先期「解放」，成了禁區，人民已失去行動自由了。

三十四年十月抗戰勝利後，我去東北，路過北平，探知雙親健在，就拜託一位堂姊回家，設法把他兩位老人接到北平。不久父親出來了，但母親則仍被扣留。三十五年，她老人家被共匪鬥爭清算後，再掃地出門，寄食同族與親戚家達兩年之久。這個期間，老人家所受的折磨煎熬真是無法形容。但因此也使她洞悉共匪迫害人的一套伎倆，與堅定痛恨共匪的決心，她常說：「共產黨那一套把戲，我知道得清清楚楚，只因為貪圖和你們見面，我才忍辱負重，要不早就死了！」

三十七年端午節，母親隨同鄉逃到北平。那年她六十五歲，老人家堅忍與毅力，從投奔自由的艱險歷程中，可見一斑。那年父親七十七歲，因血管硬化，染病在床，兩老雖見面，恍若隔世；既哀又樂的那份表情，令我永誌不忘。相伴四個月，父親終於三十七年九月十日去世。

那年底，東北淪陷，華北吃緊，我們全家在共匪圍城炮火中，離開故鄉，經京、滬至桂林。那時母親康健異常，對江南風景，頗多讚美；因心臟特強，乘飛機旅行，興趣尤高。三十八年秋，因紅禍逼臨，又離廣西來臺灣。

初居金門街，日式房屋深感不便，又因特別狹隘，母親常因此想念她親手建築的大陸故居。嘆息著說：「我家裡的房子，共匪改作學堂，可知其大。但畢竟被強盜獨占去了，什麼時候回去呵！」

唏噓一陣，對小屋小院，也就安之若素了。

四十一年遷永和寓所，雖較前寬敞，但她也僅能占一間房子，不像在老家有幾十間房屋，供她支配。於是把心愛之物一一藏在室內，二十年來堆積如山。又兼喜歡人像，把所有日曆與畫報的封面，黏貼滿壁。平素見我們不用的東西就扔進垃圾箱去，一面撿回，一面罵我們暴殄天物。非丟不可之物，必須背著她老人家把東西扔上垃圾車，才能達到目的。而老人家記憶力又特佳，常常為一小件不值之物被我們丟棄了，引起不快。對於畫刊畫報，積存更多。

母親從幼年就擅長女紅，各種刺繡，無不嫻熟。在永和前十年做了許多枕套、檯布與沙發靠背。無論選材、配色、式樣都合乎新的審美尺度。有客人來了，常常拿出來請人欣賞，見客真實喜愛，也不吝相贈。兩個孫女在外國，每年我寄耶誕禮物時，她也必加上一份親手製的東西。

民國五十二年，老人家整八十歲。親友們知道了，就爭著要為她祝壽，老人拒絕，但聽我說藉機會徵求一點當代名人書畫，她既惋惜又高興。原來我家歷代收藏書畫很多，都經母親妥為珍存，不料都被共匪劫去。所以每提起來無不咬牙切齒，痛恨共匪的霸道。承文藝界友人不棄，共徵得書畫三百多幅，琳瑯滿目，美不勝收。母親常常拿出來瀏覽，以資紀念。

母親喜歡美術品，對於親友攝影，尤其重視。凡我們與親友的合照，她必索一份珍存。與她有關係的照片，更往往自製鏡框懸掛牆壁。母親未嫁時識字不多，到了我家受環境薰陶，學業猛進。年輕時，不但會讀還會寫，特別對唐詩，能背誦幾十首，而古文釋義上的若干短篇，也能朗讀如流。因為她記憶力特佳，只要見過一次面的訪客，下次就能道出姓名。

近年來，生活極為正常，飲食有節，起止有定時，除耳背牙脫外，眼睛與反應，都很敏銳。欣賞電視節目，尤其國劇，成為日常生活的一部分。我與內子，胡忙的胡忙，上班的上班，不用說晨昏定省，不能遵守，往往整天不能跟老人交談一句話，僅靠老人的興趣，自求消遣而已。

去年四月，次女慕寧、小兒庭標，自美返臺省親。（長女雅寧也擬明年回家。）祖孫多年沒見面，歡聚六週，倍感欣慰。只是走時，倚門上車的一剎那，老人的眼淚，涔涔而下；人生離別的滋味，都在淚影蒼茫中顯示出來了。祖孫曾拍合照多幅，底片幾乎被照相館糟蹋了，幸重要幾張完好無恙。現在想來，那是多麼珍貴的鏡頭。

母親素有便祕之症。去年八月底突覺膨悶脹飽，服緩瀉劑無效。延醫治療，服藥後腸胃漸漸和協，於九月中旬，已能略進飲食，十月、十一月已漸趨正常。不料於去年十二月底忽又病倒，經檢查各部門均正常，只是機能衰退，至本年二月七日陷於昏迷狀態，延至二月十九日下午一時終於與世長辭，享壽八十八歲。

紀瀅於出校門後，遵父命考入郵界，以興趣兼職新聞工作，先後達二十餘年。自三十七年當選立法委員，蟬聯迄今。來臺後，於立法門之餘，從事文學創作，旁騖既多，瑣事亦繁；雖毫無成就，然終日忙亂不堪，深虧子責。以前幸賴先室李蕙蘭女士，朝夕侍奉；自五十三年起，又賴續室汪綏英女士多方照顧，尤於最近患病期間，朝夕侍奉，常數夜不眠，其辛苦可知。

母親雖是個平凡的人，卻是典型的中國家庭婦女。一生勤儉持家，嚴謹教子，待人寬厚，處世率真。享壽八十有八，在我家是空前高壽的人。

我這篇短文寫於母親臨危之時，愧悔既多，文思全失，既不能彰顯母親的德行於萬一，更不能發抒我的一縷哀思，僅能描寫她的一生輪廓，藉此向親友告罪而已。

作者簡介

——陳紀瀅（1908-1997），河北安國人。名記者、小說家、散文家。曾任《大公報》記者、編輯、駐新疆特派員，曾祕密潛入滿洲國採訪。抗戰期間主編《大公報》副刊，一九四八年當選第一屆立法委員。一九四九年赴臺灣，任《中央日報》董事長、中國廣播公司常務董事等。與張道藩、王平陵、王藍等人成立中國文藝協會，擔任常務理事長達二十五年，以實質領導人身分主持該會，也參與中華文藝獎金委員會的成立工作，在一九五〇年代臺灣的反共文學的創作和推動上，都扮演著重要角色。

好老時光

羅蘭

有一天，和孩子們一同翻看舊時的照相簿，看著那些發黃的照片，我說：

「我真想念小時候到過的一些地方！」

讀大學的女兒在旁邊同意的說：

「現在我明白你為什麼想念那些地方了。因為我也懷念我小時候住過的那條巷子和那巷子裡的鄰居。」

於是，孩子們談起小時候如何與鄰居的孩子騎腳踏車、跳橡皮筋、捉迷藏、唱歌。過年的時候，如何大家約好通宵守歲，每家的大門都開著，可以隨便到彼此的家裡跑出跑進。大家穿著新衣，手裡拿著鞭炮和香頭，點炮仗，放花筒，好熱鬧！每家都燈火輝煌，喜氣洋洋。每家都供應各式各樣的零食，真快樂！

「那時候的鄰居真好！像一個大家庭！」

「那條巷子真好！只有一面通馬路，另一面是綠綠的稻田。」

「對面住的兩家美國人也好，他們和我們一點兒也沒有隔閡。」

「對啦！那個叫克麗斯汀的女孩，雖然有小兒痲痺，可是她又會騎車，又會打乒乓球。成天笑嘻嘻的，好樂觀！」

「記不記得那時候我們賽腳踏車？」

「記不記得我們小時候走丟了，還是林媽媽家的老朱把我們找回來的？」

「不是林媽媽家的老朱，是龍媽媽家的唐信武！」

「還有一次，老三爬梯子上了屋頂，不敢下來，在屋頂上人叫，是媽去叫老朱把她救下來的，記不記得？」

「……………」

「…………………」

逐漸長大的孩子，已經感到有了值得回憶的「好老時光」了。

我在旁邊聽著，為他們那些小小的回憶感動著。慶幸當初在艱困拮据的景況下，為了房子便宜，而選了那麼一個地段定居，才使孩子們享有樸質的生活，溫暖的人情，天然的稻田景色。

那些寧靜舒展的日子，織入了他們幼年的生命，無形中鑄造成他們的人格及人生觀的一部分。那段溫馨寬朗的日子，使他們相信，人是可以信賴的，人間是充滿著友情的，世界是不擁擠的。即使有困難，也必有人相助；即使有不幸，也不必悲觀的。

那時候，鄰居都沒有什麼錢，小小的房屋，每家只有二十坪地，槿籬木屋，談不到院子，孩子們都在巷子裡玩。各家都是門雖設而常「開」，孩子們隨便跑出跑進。那條一頭通大路，一頭通稻田的巷子就變成孩子們的公園。對面只有兩幢美國人的住宅。旁邊也是菜田和草地。所以，孩子們可以有機會看見青草，接近野地，和蜻蜓蚱蜢為伴，做做天然的動物。

由於孩子們對童年生活的戀念，使我自己也開始了悟，為什麼我總不忘老家園中的每一株草木，每一塊磚石，每一幅字畫。總覺老家後門外的那條寬朗的河水織在我生命裡，那些草木也織在我生命裡。使我了悟，自己對人生的看法，有很多是受到幼年那個環境的影響與啟示。那有著將近百年歷史的古老的住宅裡，印著我童年時候的小小的足跡。我是家中第五代的第一個孩子，長輩們的疼愛雖然給我溫暖，沒有玩伴的歲月又難免使我孤獨。那是為什麼我習慣了和後園的樹木花草及螞蟻們消磨長晝；為什麼我獨自數遍了那雕鐫在古老牆壁上的各式各樣的圖案花紋；為什麼我那樣熟悉河水的浩闊，漁舟的閒適，與河岸兩旁蘆葦的蕭疏。

或許是這樣的人生的開端，使我覺得對大自然有一份極為貼近的親情，但也一直使我過於喜歡獨處，安於獨處，覺得只有獨處時，才最寧適。

生命不是一個可以孤立成長的個體。它一面成長，一面收集沿途的繁花茂葉，它又似一架靈敏的攝影機，沿途攝入所聞所見。每一分一寸的日常生活小事，都是織造人格的纖維。環境中每一個人的言行人品，都是融入成長過程中的建材。使這個人的思想、情感與行為受到感染，左右著這個人的生活態度。

環境給人的影響除有形的模仿之外，更重要的是無形的塑造。一個人，如不細想，很難發現自己某些獨特的生活態度是從何而來的。而事實上，每一個細微的想法與作風，都直接間接和過去的生活環境有關。

一個在都市中長大的青年，除非他幼年常隨父母去郊外遊玩，或鄉間有老家可住；否則，每逢休假，他最愛去的地方，不是海濱與山林，而是西門町的冷飲店與電影院。而且當他越是長大，就越會懷念幼年時所看過的〇〇七、大鏢客、或龍門客棧。當他遠離故土之後，最懷念的也可能還是在影院門前排長龍買票，看《虎豹小霸王》的景象。他們懷念的歌也可能是〈You only Live Twice〉或〈Raindrops Keep Falling on My Head〉。

許多從北方來的朋友說，他們懷念幼年吃過的紅果酪和糖葫蘆，認為那是無與倫比的美味。也懷念那莽莽的原野，撲面的黃沙，以至在黃土大道上顛簸的木輪馬車。這些在客觀上都並不一定是真正的美好、舒適或快樂；它們之令人懷念，僅僅因為那是他們童年的一部分，織在他們生命裡，形成了一種極為親切的戀念。

我慶幸在艱苦的生活中，仍能使孩子們有一些溫馨快樂的回憶。而這些回憶織造成他們對人與人間情誼的信心，給了他們享有友情的機會。我也因此而愈加肯定，當初為他們選擇學校，填寫志願時，曾把學校環境的因素列為重要的考慮，是正確的抉擇。事實也證明，形成一個孩子的人格與觀念的，絕不僅是書本上的知識或老師的言論，而是環境中的每一房舍，每一草木，每一方寸的風沙，每一個同伴，每一點滴的生活瑣事，和每一項課內與課外的活動。這些，不但是他們日後回憶的資料，而更是織就他們生命的色彩與素材。

自然平易的環境形成寬朗的人格；偏狹競爭的環境形成斤斤計較的人格。其重要性，絕不是幾冊書本，幾行筆記，一些分數，一個名次或榜上的虛榮所可比擬。

作者簡介

——羅蘭（1919-2015），原名靳佩芬，生於河北寧河縣蘆台鎮，河北省立女子師範學院畢業。一九三六年畢業擔任教職。來臺後，一九四八年開始於臺北新公園的廣播電臺工作，次年與新聞工作者朱永丹結婚，婚後隔年任職臺灣電臺大陸部。一九五九年，開始使用「羅蘭」為筆名在廣播與報刊發表散文小品，後以《羅蘭小語》等系列聞名。因四十四歲才出版第一部散文集《羅蘭小語》，被稱為「屬於秋天的作家」。一九六九年以《羅蘭散文》獲第四屆中山文藝獎散文獎項。一九七〇年應美國國務院邀請赴美訪問。一九七九年獲教育部社會教育獎，及愛書人倉頡獎。一九九四年第二十九屆金鐘獎獲廣播金鐘獎。一九九五年以《歲月沉沙三部曲》獲第二十一屆國家文藝獎的傳記文學類獎。

行走在狹巷裡

顏元叔

差不多的人都住在巷子裡，既然是巷子，也必定是狹巷；如果巷道寬廣，則是街衢了。然而，即使街衢，兩旁房屋聳立，路面蜿蜒其間，也頗似巷道了。人們就住在巷道裡，狹狹的，長長的，早上從那裡走出來，挺著胸膛；晚上走進去，彎著腰。你是疲倦了，你卻有一股喜悅在心頭；你看著那滿窗的黃色燈光，你知道你的兒子女兒正在客廳看卡通電視，你的太太正在廚下燒一條鮮嫩的黃魚。

人生就是行走在狹巷裡，一日復一日，你沿著一條生涯的狹巷，急速或緩慢往前走；你走著你的巷道，他走著他的巷道，兩人很難交換；一人兼走兩巷，更是分身乏術。有自知之明的人，不做妄想，只沿著自己的巷道走，一直走，一直走，卻也踩過了不少行程，在身後留下一段長長的路。譬如擺小麵攤，一擺二十年，卻也可以把麵攤移到自置的高樓長廊下。人就像牛一般，一步一步的走，犁頭在後面一行一行的犁，不要急躁，不要跳來跳去，一個上午，說不定半畝地的蔓草，已經被新泥覆蓋在下面了。

有野心有雄心的人，總是企圖同時走兩條三條巷子；這條巷子跑跑，那條巷子逛逛，假使他的腳下功夫特佳，也許每條巷都給他跑了不少行程；假使他的步速普通，則在兩巷加起來的行程，恐怕尚不及人家始終走一條巷的路程；從一條巷換到另一條巷，會浪費時間精力的——這種人可能有雄野之心，卻無雄野之腳。一般的人雄野之心有餘，雄野之腳卻不足。多少年輕人，特別是高中快要畢業，或者進了大學，雄野之心特強；要學外語嗎，英法德日俄一齊學；要選課程，文法理工最好都有一兩門；至於將來修博士學位，先修個數學博士，再修個文學博士，再修個哲學的「哲學博士」：既然念，就念博一點，念廣一點。好像整個圖書館就放在他們的口袋裡。這就是為什麼年輕人的臉上，總有一股驕縱之色——也是幼稚之色。其實，像臺大總圖書館，從外面看也許頗小，你繞它走一圈，不需三分鐘，可是當你繞進去之後，你會發現連一架子的書也夠你啃半輩子，更何況那成百上千架的總和。

然而，有雄心有野心總是好的，特別對那少數身手矯健的人而言。如此，人類中才有軍事英雄、政治英雄、道德英雄、宗教英雄、工業英雄、資本英雄、科學英雄：這些都是人中之傑——卻也有少數是人中之桀。然而，在英雄之前冠上軍事、政治、宗教等類別形容詞，這豈不意味著英雄們也各有行業：他們還是走著他們選擇的生涯巷道，也許面積比凡人的稍闊，里程當然一定要長遠些。

嗨，為什麼人生這麼局限著呢，為什麼不能膨脹，不能擴散，不能爆炸呢?!如此，涵蓋面總會廣些；如此，視野總要寬闊些；老是看著眼前的一條狹隘甬道，越往前看越狹，終至變成一線天，多麼令人窒息的景象！然而，人生就是這樣，你還能怎麼樣不成？人們一天到晚修道路，幾千里幾萬里，卻沒有聽說修廣場，修幾千平方里或幾萬平方里的廣場，連個幾平方里的廣場也少見！這不是大大有些象徵意味的麼？當然，修廣場究竟比修道路難，而且無邊的廣場究竟有什麼用處呢？你不能使人從這裡走到那裡，你不給人一個旅程，你不給人一個追求目的的樂趣。然而，人們還是愛廣場，閒時到這兒來散散步，見面聊聊。然而，廣場是屬於假日的；週日你總是匆匆來回於巷道之中。

長住在巷道裡的人，會產生一種巷道意識。走出了自己住的十四巷，踏上十四路公車，乘電梯直上十四樓，走進十四號房間，坐在可能編號十四的辦公桌上；黃昏時刻，再把旅程的順序倒轉過來。環境塑造心靈，於是這種人的意識便凝固起來，變成一個織布梭子，永遠來回於左右手之間。他家裡電視機上也許擺著一個地球儀，他卻從來沒有時間也沒有慾望，把它旋那麼一轉。那裡是西奈半島，那裡是沙烏地阿拉伯，那裡是科威特，他全不感興趣——除非他的九十西西機車裡沒有了汽油。至於說，這裡有戰爭，那裡有洪水，第三個地方有多少人餓死，雖然載在報上，他沒有看到——因為他不看國際新聞；雖然，電視新聞有報導，他已經把開關關掉。你說這種意識狀態可悲吧，可鄙吧？其實，也不見得。實問你有多大的海量，能飲下多少的海水！實問你有多大的心胸，能容納幾多哀愁！你看見十二、三歲的小孩子，穿上過大的軍裝，戴上如盆的鋼盔，手執超過身高的卡賓鎗，去殺人，去被殺，因此你悲哀；你看見一個三、五歲的嬰兒，獨自在馬路中間奔跑哭叫，身後是彌天的烽火，因此你悲哀；你看見滾滾的洪水，淹沒了多少的農莊，因此你為明年的世界糧價而焦慮；你看見石油減產加價，因此你為多少的失業與寒冬而焦慮；你為這些氣憤；你為那些慨嘆！嚇！一顆區區的心靈，究竟能負載多少宇宙的痛苦！你何必如此折磨你自己，你又不是耶穌基督，你難道要把自己掛上十字架！把電視關掉，把報紙合起來，還是回到自己的巷道裡來，看著自己的目標，走著自己的路。這是小人的做法；然而只有做小人，才活得下去啊。

也許我們可以在巷道與巷道，加上一些橫道；也許我們可以在巷道與巷道間互相呼喊；也許我們在週末應該到廣場上去散散步，會會其他巷道的健行者，從四面八方探視一下其他的巷道的內情。固然，我們是沒有時間走進人家的巷道，然而看一眼總比不看要好些。人們是造路的動物，可是路有路網，如此才能四通八達。造路的人啊，卻也不忘興建路網的重要。於是，從門牌到弄堂，從弄堂到巷道，從巷道到街衢，從街衢到林蔭大道，從林蔭大道到高速公路，人的相互連貫的努力，煞費苦心。打開一張臺北市的地圖，似乎從任何一點出發，皆可到達任何另一點呢。實質的道路有了，肉體也能走得過去，而心靈應是隨著肉體的啊。

日前坐計程車，經過整建後的中和鄉，車子疾駛，兩旁街道閃閃而過，眨瞥之間，看到每一個巷道有每一個巷道的風光，每一個巷道有每一個巷道的景色。一條長寬的箭頭，從巷口指向巷裡，上書「定做旗袍」，你可以想樣有多少仕女拿著布料走進去，穿著合身的旗袍款款走出來；一霎眼之間，「繡學號」三字從巷底閃出，而這小小的行業也為那位勤謹的主婦增加了一份心喜的家庭收入。四層的公寓，夾道相對，陽臺上排開缽缽的盆栽，你知道這裡面有人家，有人家處就有丈夫妻子兒女和一頓豐盛的晚餐。我渴望哪天騎一部單車，跑遍臺北的大街小巷。什麼不知名的巷子裡，可能有最濃的紅豆湯；什麼巷子裡的矮門框上可能放著兩三盆拜歲蘭。有井水處有人家；在那無數的巷道裡，有無數式樣的生命，而三數生命相聚一起，就自成小小局面，有它的方式，有它的匠心，有它的天地。

然而，這只是夢想而已，我哪有這種時間，我的破腳踏車哪有這種耐力！我只有時間精力，來往於我自己的巷道，就是假日我也不能去，關在家裡忙著自己的事。所謂行萬里路，讀萬卷書，都是窗外白雲而已。

何必妄想那些不可能，滿足於你自己的狹小天地吧；在自己的天地裡去發現剎那的美好，片刻的寧靜。黃昏裡，歸途中，走入自己的巷道，戶戶已是滿門滿窗的柔黃燈火，照著庭前的尤加利樹，鳳凰樹，而燈下的竹葉特別嫩綠明亮。竹葉背後傳來小孩子的叫聲，狗的叫聲，炒菜的喧囂聲。長長巷道兩側的門，不時開著，放去一陣燈光，納入回家的人。隔著牆收音機裡傳來「以阿和談有進展」：願他們早日握手言歡。長長的狹巷，剎那間又似乎和整個世界發生了勾連，無可豁免的勾連！

作者簡介

——顏元叔（1933-2012），文藝評論家、英文教育家。湖南省茶陵縣人，生於南京，一九五六年畢業於臺灣大學外文系，一九五八年赴美國留學，曾在威斯康辛大學研究英美文學，獲博士學位。一九六三年回臺灣後在母校執教，任臺灣大學外文系教授、系主任；並曾任美國水牛城紐約州立大學客座教授、美國猶他大學交換教授；創辦《中外文學》、《淡江評論》等。擅用幽默嘲諷的筆法，描述市井百態，剖析社會現實問題。出版有論文集《文學的玄想》、《顏元叔自選集》，散文集《人間煙火》等，譯著《西洋文學批評史》等。

1975 —— 細說故鄉（選摘） —— 張拓蕪

偏僻的三等小縣

我是安徽涇縣人，那是皖南的一個三等縣份，在安徽省的地圖上只有芝麻大的那麼一點，是介於宣城、南陵、太平、旌德之間的一點偏僻小地方。

涇縣古稱安吳，等級雖小，資格卻滿老的；因為涇縣在西漢時就置了縣，辭海上沒有安吳這一條，想來在秦以前就有了。

涇縣的名不彰，在於位置偏僻，交通不發達，到民國三十八年為止，全縣還沒有一條公路，鄉老活到八、九十歲還沒見過汽車。對外運輸除了鷄公車（獨輪車）就全仗一條河。

這條河，由於傾斜度大，水流湍激，流速甚大，具有沙、灘、岩恆亙其間，時深時淺，所以不能行駛小火輪。運輸就全靠肩挑和竹木排了，但如非有老榜工領航，難免發生傾覆危險。上行且須拉縴才行。一般商旅，只得依靠獨輪車，但是獨輪車運載量既小，速度又慢，涇縣到宣城僅一百八十里，獨輪車要七天才能到得了。因為這一百八十里沒有準，可能比一百八十海里還要長，普通單身行旅，一百八十里分三天走，應是十分輕鬆的，可是兩頭不見日的急行軍仍然到不了地頭。最可惱的半途還有翦徑小賊出現，遇上了保證被洗劫一空，旅途頗不安全。於是有了鏢行這門生意出現，不管車輛行人都是三、四十人一股，聘有持槍背刀的鏢行夥計護航，這才稍見安全些。

涇縣向外銷售的以宣紙、桐油、皮油為大宗，其他還有油菜籽、芝麻、黃豆等，但除了宣紙、桐油、皮油必須外銷之外，其他的物品因為運費昂貴，划算不來，外縣來收購，則價錢又很賤，因為收購者要把運費、保鏢費以及強盜搶劫等損失都要計算在內。

不過我們涇縣還算得是個自給自足的魚米之鄉，除了鹽和糖，其他都不必仰需進口。涇縣是個封閉的社會，是個不被人知也不要被人知的偏僻小縣。

一兩黃金二兩鹽

在我們縣裡，尤其在鄉下，要叫誰家一次拿出一、二十兩黃金，那是不大成問題的；要是你想叫人家一下子拿出半斤鹽來，那可辦不到；家家的鹽罐子都刮得光亮亮閃晶晶得像大廟頂上的琉璃瓦。

鹽，在我們家鄉是最奢侈最貴重的日用品，家鄉曾有這麼一句俗諺：「一兩黃金二兩鹽，寧可吃淡來不吃鹹。」所以每家的菜餚裡，都可淡得出鳥來；但鹽是每天必需之物，鄉下人都是勞動階級，不吃鹽就沒有力氣幹活。雜貨店裡生意最旺的是鹽，但都是一兩二兩的賣，如果誰家一下子買了一斤兩斤鹽，那會被人側目而視：不是發了橫財，就是挖到了金窖。

哪家要請客，擔心的只是鹽，頭兩天就全家出動到每家雜貨店去買鹽，甚至遠到幾里路外的他村去買，湊合起來也很可觀。如果你在某一家雜貨店買了一斤鹽，不到一個時辰，保證全村都會知道！「某家某天買了一斤鹽。」

鄉下人每年冬天都要醃菜，醃油豆腐，以備來年夏秋天佐餐。醃一水缸菜，起碼得要三、五斤鹽，醃淡了菜裡會長蛆，因此家長們從大年初一起就盤計著買二十斤鹽的錢，錢有了著落，鹽在哪兒？一、二十家人家湊起來僱一輛獨輪車派個精幹的人到縣城裡去採購。

一蒲包一蒲包的鹽推到家門，那準會引起一陣歡呼，唯有這幾天，才能吃到正常鹽味的菜。

由於食鹽量少，鄉人普遍患甲狀腺腫瘤（俗稱氣頸子），三、五家總有個把，項下吊著一個大肉瘤，像牲口項下的鈴鐺。小者如拳，大者如盆，我的一位遠房嬸婆，竟大到與腹看齊，稀奇的是，居然她能活到七、八十歲。

詩人瘂弦有一首膾炙人口的短詩：「嬤嬤與鹽」，極可能戰時中原地帶也是缺鹽如金的緣故。

談到糖，那就更奢侈了，我鄉有個首富的老夫人，天天要吃冰糖燉蓮子，被鄉人們視為滿漢大席，那時冰糖的價錢真可與黃金等價，他們家都是從蕪湖、南京那邊買來。

白糖的顏色黃黃的，有點像臺灣的砂糖，不過顆粒要細些，牌子是「正建」，據說是福建的貨。

糖並不是最重要的，吃不吃都沒關係，而且我們自已也會製糖——麥芽糖、米糖、玉蜀黍糖和番薯糖，麥芽是大麥經過發芽而製成，我們鄉下大麥的用途不廣，除了釀酒、製糖以外，便是餵豬；

米糖很少做，不是因為米貴，而是米糖黏牙，喜食者少；顧名思義，番薯糖是最賤的一種，很少人家做這種糖。每到臘月（臘八以後送灶以前），做豆腐做糖成了大事，這些都不必去麻煩豆腐店——自己來就行，這時已經醃好年菜了。做完這些就等著過年。

兄弟鬩牆

　我們涇縣這個涇字毫無疑問是因水而來，意即靠這條涇河而得名，涇河一名賞溪，說它是條溪，未免太委屈了些；因為這條溪經石埭縣發源而下貫穿整個涇縣縣境，蜿蜒達好幾百里，河床寬廣，最狹處也有一、二百公尺，最深處也有十來丈，有這麼大的氣魄，應該稱它之為江而無愧。

　后山鄉臨河而居，是一條鞭；上游的叫四甲，下游的叫八甲，這個甲可不是保甲制度下的甲，但怎麼來的現在已無可考，四、八甲原是同胞兄弟，四甲是老大，八甲是最小的老么，當四甲的長子已經結婚生子時，八甲的么兒尚未出生，因此八甲的人丁比不上四甲，四甲的輩分又遠差八甲，和我們同班同學，按輩分要叫他們曾祖或高曾祖。每年春分秋分二祭，祠堂裡有次大拜拜，白鬍子的老祖父只夠資格坐偏廳，我父親卻只夠端菜送盤子的份兒。正廳坐著的全是七老八十的老翁老嫗，那些人連我祖父都要叫曾祖，而他們全是八甲的人。

　那天祠堂裡開正門，把族譜從箱子裡拿了出來，讓我們讀過書的人跪在天井裡念祖宗的名諱，有好多名字我們不認得，但不能亂念，認不得的做個記號就略過去，據說，沒有點到名的那天就沒酒、果、三牲可吃，那得由有學問、識字多的長輩跪下來再念一次，不然讓老祖宗空著肚子回去，罪孽深重！

我只記得五代輩分，即希、文、元、時、必，希以上必以下都不知道，並非我數典忘祖，而是我離家的那一年只有十一歲，少不懂事，值得原諒。我在臺已娶妻生子，如果我這脈就這樣安家落戶下去，而又能綿延久遠的話，勢必要另立族譜，而我則是個開宗始祖。

我哪天百年不可預料，我只希望死後能留下這篇短文，目的是讓我的兒孫知道他們祖籍所在，不要忘了本，如此而已。

和八甲相比，我成了灰孫子輩，可是我還有個找頭；在臺的友人中——詩人羊令野（黃仲琮）是比較親近的，我們不僅是相隔十里路的小同鄉，轉彎抹角而且有點親戚關係，他是我在臺北堂姑父母的中學同班同學，應該是我的長輩，但他的姨表弟張必蟠卻又是我的族侄，這樣算起來他又成了我的晚輩。一扯平，剛好是平輩，誰也不吃虧，他稍長我一些，那麼當是我的老大哥。這位老大哥在我病前鼓勵有加，在我病後又照顧備至，我打內心裡感激這位老大哥。

練武功只為了打架

四甲八甲雖是同胞，卻常常兄弟鬩牆，水火不容，老死不相往來，有往來時就是發生械鬥時，打將起來雙方眼就發紅，忘記了是同一個老祖宗下來的，而把對方當成了深仇大敵，因此一架打下來，總有不少人卸了胳臂斷了腿的，不過這沒關係，支祠堂裡請了跌打外科郎中，即使殘廢了，支祠堂裡也準備了一份不算太薄的撫恤金。事情奇怪得很，只要聽說和八甲的打起來，馬上便中了邪似的回家就抄起兵器，直奔而上，英勇無比；日本鬼子只淪陷了宣城，沒敢到我縣一步，否則，不知道我鄉的人們，殺鬼子時是不是也這麼勇猛慓悍！

雙方械鬥時，僅憑一時之忿，亂打一通，沒有一點章法，長輩們看出了這點，特由支祠堂出錢，僱請武師傅來教武功，八甲首開其端，四甲裡跟著學步；但是請來的師傅都沒有什麼了不起的驚人功夫，都是些莊稼把式。師傅換得很勤，大家學的也雜，什麼八卦拳、鶴拳、猴拳、少林旋堂腿、七節棍、梨花槍、單刀、雙刀等名堂不少，但是誰也沒學到什麼，一則徒弟的資質太差，不是練武的材料；二則師傅本身的武功也是鴉鴉烏，不然不會走馬燈似的來來去去的換。後來來了一位不請自來的教師爺，他的樣子真正是貌不驚人，矮矮的瘦瘦的渾身皮包骨，像個鴉片鬼，香菸叼在嘴上一支接一支，很不惹人起眼，不過功夫很了得，尤其是輕功；他站在兩個空火柴盒上，再教人往他肩上壓一個上百斤的大石臼，人下來時，火柴盒完整無損，人群中暴喝起掌聲。支祠堂的圍牆有丈把高，那教師爺身子坐下一矮，再往上一拔，大鵬鳥一般，人這就上了牆，往下一跳，輕寂無聲；就這兩手表演，使得我們全四甲的男人們個個折服，族長當眾聘請他當教師爺，每月五塊大洋，外加二兩煙土。

事情就這麼說定，每逢一、三、五在支祠堂的大院子裡教大家武技，他先測驗大家的根底，以便因材施教。有的學過幾天，便教器械，一竅不通的從基礎教起，基本教練是八段錦和羅漢拳，我全學過，不過如今連個起手式也全還給師傅了。

那時禁煙是口號，遵行的人很少，我祖母便是吸這個的，父親為祖母熬煙膏時，順便偷下半杯，師傅便足夠抽個十天八天的了。

煙土有各種牌子，形狀則一，都是大餅般的一餅一餅，有半斤、十二兩，一斤三種，都用敬神的黃裱紙包裹著，生煙土有土青味，熬成煙膏才有香味，祖母的房裡雖然煙霧迷濛，卻是滿室生香。據說很多人上癮就是聞香聞出來的。

大概父親偷煙膏給師傅的關係，暗中教了父親一套板凳花，這在武技上可能不入流，可是防身管用，有一條長板凳在手，普通三、五個人近不了身。父親半夜裡起來練，倒也舞得虎虎生風，師傅捋著幾根山羊鬍子在微笑頷首，看來雖不致一窺堂奧，但也挨近院門邊了。

父親腰背間生了一個無名腫毒，鄉下生這種無名腫毒的人很多，大都在四十以上才生；年紀輕的生疥瘡。父親生的無名腫毒俗叫摸背，在腰部；肩部的叫搭背。鄉下醫藥很不發達，從來沒見過西醫大夫，郎中（醫生）對外科又莫法度，幾千年就只出了一個華佗，但華佗在三國演義上被曹操殺了，因此生了這種腫毒（毒瘤）便只有等死一條路。

那位師傅在山上採了很多草藥，其中一味主藥在田埂上到處可見，我還約略記得形狀，當中是一根莖，莖上有一個褐色的花球，葉子有點像萵苣葉，不過要略厚些，藥材是那種草的根部。

幾十味藥材煮在一鍋，父親只穿一條短褲睡在中間挖了一個洞的竹床上。藥被煮開，熱氣騰騰的直薰患部，把毒瘤薰軟，師傅才用一把在火炭中燎過的小刀把毒瘤割破，膿、血、腐肉便滴滴答答的向大鍋中傾瀉而下，同時用把燒紅過的剪刀剪四周的腐肉，如此一邊薰一邊剪，過了七、八天，患部的膿血全光了，剩下一個碗口大的窟窿，師傅從小瓷瓶裡倒出一些白色粉末敷在患部，貼上一張狗皮膏藥（師傅說，這是真正黑驢皮熬的膏藥），不到一個月，父親的窟窿收了口，不久便可下田了。

自從醫好父親的無名腫毒，師傅的大名更響亮了，縣政府縣長大人派人接了去，聽說縣長大公子的耳朵後面也生了個大腫瘤，以後這位師傅便不知其所終。

任他荒蕪的杉木林

我們后山四甲只有山，沒有水，八甲有水沒有山，官莊格栗樹無山無水卻有田，這是老祖宗分配的遺產，沒有辦法，我們只有永遠遵循下去。

所謂山，是指山上的木產。森林當然值錢，何況都是長可逾丈，粗則如盆，全是可做棟梁之材的杉木林。我家如能把祖上分配的兩座山移到臺灣來，我不和王永慶、蔡萬春輩平起平坐才怪！可是在我的家鄉卻一文不值，因為我們的家人少，交通運輸又不方便，只有任它越長越粗了。僱人砍樹，運下山來不夠工資，所以我們四甲的山是原始林，從來沒人去注意過它，如果家裡有人亡故，那才不得已上山砍兩棵大的，僱幾個工人，抬回家做棺材。我們四甲的棺材店，除了工資是不要本錢的，誰家山上的樹木，你可任意砍，沒有人發神經去過問，但是八甲的人卻不行，他們也不敢去；

抓到了拖進祠堂去要罰他幾十擔穀子，所以八甲裡不願多死人，棺材買不起。他們買棺材要到格栗樹或丁村去買，我們四甲的棺材店不做八甲的生意，而格栗樹的棺材店的木料，是公然由我們四甲偷盜去的，我們四甲的人正眼都不瞧一下，「偷木頭，那才是傻鳥！」

有杉木的山都在裡山，裡山到河邊要走老半天的路，祖墳都在河邊的小丘陵上，因此我們三、五年難得進一次裡山。

除非兄弟夥爭遺產，才由祠堂裡管事的拿著帳簿子，帶著一家兄弟上山踏勘分配一下。（管事的是族中長老，地位相當於法官。）我祖父逝世時，我才上過一次山，但也只看看木頭，我至今還不知道我家的兩座山是方的還是圓的。

鄉下的土地也不大值錢，三合院的大門口一定有塊大大的曬穀場，用灰磚砌或用三合土打平，俗稱為「坦」，取其平整也。坦前一定有個大池塘，池塘裡種藕及菱角兒。有水當然有魚，秋天挖藕的時候，把水車乾，一斤多重的鯉魚鯽魚大籮大筐的裝，池塘四周用鵝卵石砌的，石縫裡有好多黃鱔，普通一條都有三、四斤重，直徑不上寸的不吃，因為嫌其土腥味太濃，俗說：「黃鱔不上寸，賤得無人問」。幾年前陪友人逛圓環夜市，叫來兩客炒鱔魚，店裡已將黃鱔一剖為二的攤在冰塊上了，我左看右看不像鱔魚，我硬說是蚯蚓，氣得老板差點用扁鑽櫃我兩下，不過我還是吃了，因為我嘴饞得很，管它是黃鱔還是蚯蚓，吃了再說。一算價錢，那可不得了，幾乎要我半個月的餉包，真是應了那句「趙家捧個寶，錢家當個鳥」的俗諺了。

作者簡介

——張拓蕪（1928-2018），安徽涇縣人。典型的苦學成功和殘而不廢的堅強鬥士。少小離家，大半生軍伍，文武學歷皆無。曾獲得國軍文康大競賽士兵組詩獎、國軍文藝金像獎第一屆詩獎、廣播金鐘獎、文復會散文金筆獎、中山文藝散文獎、文協文藝獎章、國家文藝散文獎等。

六十二年中風殘障，仍未倒下，因得好友鼓勵，以隻手寫下自傳性系列散文「代馬五書」，膾炙人口，風行四方。曾以《坎坷歲月》一書獲中山文藝獎，《我家有個渾小子》一書獲國家文藝獎。著作有《坐對一山愁》、《桃花源》、《何祇感激二字》等。

1976——

山谷記載

——楊牧

我們來記載一個山谷罷。我們如何開始記載一個山谷？先從經緯度講起？可是我現在還不知道它的經緯度。我換了好幾種車才到了那個山谷，熟悉的植物界，無非都是童年的記憶，那是不可抹殺的，那種氣味我不能不說是熟悉的，顏色也熟悉，聲音也熟悉，而我感覺山谷對我的出現也不應該過分驚訝，對一個回家的人的出現。

火車南駛良久，經過無數堆積卵石的河床，而因為是南下，大山在右，小山在左。河的源頭想是在大山之中，如今也無心查問，總是在大山之中罷，不要緊的。火車疾駛過橋時，廣大的河床在山腳下縮小，一個不等邊的三角形；車到橋的中央，等邊的三角形；到橋尾，又恢復為不等邊的三角形——隨即消滅，我們撞進竹林叢中，突突南下，好興奮，彷彿還記得剛才那幾個三角形尖端是煙雲和霧氣，而今已在竹林叢中，好興奮，突突南下。

到了一個小站，這個小站的名字我不告訴你了，那是鄉村的午後，穿灰布短衣的人進出柵門，剪票員的面容很漠然，但偶爾也露出和善的神色，操著客家話和熟人打招呼。車站外有好多小孩在遊戲，也有老者在長板凳上下棋。那是鄉村的午後，在一個我不打算告訴你名字的小站，這名字絕對不告訴你——何況，我們即將記載一個山谷。記載一個山谷罷！

山谷從一個轉折入口，即使你是一個不經心的旅人，迴峰之處，你也難免覺得眼前一亮，自給自足的小世界。透過樹枝和葉子，底下是一片稻田，春天的秧剛剛長密，總有收穫的時候。不久落下一個陡坡，過木板橋，迎面是一座只有杜鵑花高的土地祠，轉彎，一座旅棧。旅棧叫什麼名字？這個我也不打算告訴你。不過，什麼都不告訴你也太過分了，就把這山谷的經緯度告訴你罷。山谷在北緯二十三度二十分，東經一二一度二十分。

這裡有一種香味，我輕易地斷定那是柚子花香，往濃郁處走去，果然是柚子花，白色纍纍的花瓣，突露在暗綠的葉叢中，群蜂飛繞。從開花到結果，不知道是多長的一段時日。臺灣東部的山地鄉，除了檳榔樹以外，到處都是柚子，所以當初紅葉棒球隊在家鄉練習打擊的時候，就用風雨刮落的柚子代替棒球。看到柚子樹，總會聯想到睡蓮。山谷裡也有睡蓮，在一個小池裡，天將暮即開放，四處是蚊蚋。小池過去，還有一個大池，養了許多鯉魚，四處也是蚊蚋，還有青蛙跳水。我躲進有紗窗的屋裡，聽蚊蚋撞玻璃門的聲音，青蛙跳水的聲音。

若是長久住在這樣一個有柚子花香的山谷，人的性格和脾氣不知道會變成怎麼樣的？我注意到旅棧外賣橘子的中年人，他不停地剝橘子給自己吃，給地上玩耍的小女孩吃，好像是懶散滿足的。這樣的解釋也有可能是錯的，尤其在現代，據說我們不宜自以為知曉鄉下勞動者的心情。例如看到漁火，據說我們不可以讚賞漁火的詩情畫意，應該思想打魚者的辛苦；例如看到那個懶散的中年人在為自己剝橘子，坐在春陽下和地上玩耍的小女孩遊戲，也許我們應該想到他種橘子時的辛苦呢，他挖土，他剪枝修葺，他施肥澆水，確實是辛苦的呢。如果永遠抱著這種偉大的同情心去觀察人生——自以為是偉大的同情心吧——我們便成其為更完美的局外人，我懷疑，我們也只不過是局外人而已。

這時必須如何才能進入山谷，如何才能進入山谷中人的憂患和快樂呢？我坐在日式房子的屋簷下，樹景參差，坡底下一片安靜。火雞三兩從屋後轉來，不像是啄食的家禽，倒像是散步的優游分子。牠們走近吃橘子的小女孩身邊，其中之一突然激動地吐出一種抗議的聲音，羽翼憤張，不知道為什麼如此興奮生氣，小女孩受了驚駭，哇地一聲哭了出來，中年人跑過去保護她，大聲叱罵火雞，屋裡也走出一個老婦人，看清楚是怎麼一回事的時候，也出聲趕火雞，火雞狼狽地跑出前院，很滯重的雞爪聲，令人發笑。這一切發生得迅速，前後不過是一分鐘裡的事情，火雞已經在屋子另一邊咯咯地叫了，似乎也是抗議——這應當是阿Q式的抗議了——而小女孩也已經止了哭，手在那老婦人的手裡。

我走下山坡，決心到河流的上游去看看。這時日光很明亮，但山谷尚不算悶熱，時間應當是上午九點鐘光景，但我不知道確實時間——我往往對時間沒有把握，這是真的，倒不是因為我不願告訴你。我站起來時，賣橘子的中年人客氣地欠欠身說：「下去走走是吧？」我也客氣地笑笑，順手指著下面的河水，來不及用一個完整的句子回答他的時候，已經走到臺階頂了，遠處似乎沒有人。

柚子花香兀自濃烈，蜜蜂的聲音好大。我走過柚子樹，停在土地祠前看一隻大公雞在草叢中亢奮地上下。再往下走，路上遠遠來了一個男人，一個女人，和一個小孩，我又站住，有意讓他們先過那段小橋，倒不全因為是謙讓，而是想多看他們兩眼。他們走到橋頭以前，我假裝在觀察河裡的游魚，可是當他們上了橋，我即回身，不客氣地面對著他們，這時才看到那男人手上提著一個小型收音機，音樂若斷若續地傳出去，聲音不大，而且吵雜干擾，我想山谷深陷，是不容易收到好音樂的。他們過了橋，也好奇地瞪著我看。他們對我的好奇也許不下於我對他們的好奇——無論如何，他們是當地的居民，而我看起來只是一個不期然的撞入者。而且，我臉上的表情一定透露出某種「知識分子」的倦怠，雖然我可以理直氣壯地對他們說，我本來屬於這裡。我本來就是屬於這山谷的啊！

我從這三人的表情斷定他們是一家人，而且我斷定那男人不會是阿眉族人。其實我覺得那男人極可能是中原人氏，他的額角顴骨，使我覺得他的家鄉應該是在河南一帶的，還有他曬黑了的面龐，很奮勉的眼神，雖然不見得透露出任何陌生和不適，卻有一種懷鄉式的情調。我想他極可能是一名退除了軍籍的墾荒者。如此，那女人應該是他的妻——我從她的容顏看出她絕對是阿眉族婦人；而那小孩便是他們的兒子了。他們也許清晨即出門，已經走了兩三個鐘頭才走到這個山谷；如果照這個速度走下去，中午以前一定可以走到小鎮吧。只是我無法想像他們去小鎮做什麼，也許去採購什麼用品之類的，說不定是去看電影的，誰知道呢？我那時希望他們知道山谷旅棧有一部車子，每隔一小時開到小鎮一次，希望他們搭那車子去，不要這樣一路走到小鎮去，太累了。可是這種事到底並非我所能干涉的。我看他們走過，計算他們應該在我後方一十公尺的地方，忍不住好奇地回頭看他們，原來他們也正好奇地回頭看著我，我們彼此都嚇了一跳，趕快別過臉去。經過這個意外之後，他們大概不再回頭看我了，我也不敢再回頭看他們了。

我低頭過橋，到了橋中央，駐足，這次是真的觀察水中的游魚了，沒有任何偽裝了。魚都很小，不及一隻食指之大，在清水卵石間緩緩移動，有時成群靜止，顏色和河床的泥巴相似，並不稀奇。山澗裡的小魚往往就是如此而已，並不稀奇，文人遊記裡的渲染通常都是過分的，從前我這樣覺得，現在更這樣相信了。

前面不遠的河邊搭了三個帳篷，都是墨綠色的塑膠帳篷，我未曾走近，即斷定那是阿眉族人的帳篷。我一急，腳步快了些，不久就到帳篷前了，看見兩個男人正在沉默地搬弄蘆葦草，輕巧地把蘆葦草平放倚靠在塑膠帳篷上，我不必問，就知道這是他們的防熱設備。現在總該是上午十點鐘了，太陽逐漸熱起來了，他們知道塑膠帳篷上若不掩上一層蘆葦草，今天下午那裡頭是不能待的。帳篷外堆了些石頭，看起來是他們煮食的爐灶；靠水邊的地方，拉了一條繩子，上面晾了幾件衣服，顏色都非常鮮豔。我注意到帳篷後面還有一片平地，走到堤防高處，才發現那裡有三、四個小孩正要登上他們的水牛，小孩大約是國中的年紀，背著登山袋，大小顏色都和城裡的大學生背的一樣，也不外乎紅色藍色和黃色，只是背法不同，這些阿眉小孩是大背，城裡的大學生往往只把登山袋掛在肩頭，甚至在騎腳踏車的時候，也只掛在肩頭上罷了；至於袋裡的內容，我就更不知道了。小孩登上水牛，高聲說著我聽不清楚的話——聽清楚也沒用，已經不可能懂了——往山裡騎去，後面跑著另外四、五個更小的弟弟們在喊叫著，大概是想跟他們去的吧？有一條狗也奔跳著，叫著。

他們正在吵鬧的時候，忽然看到我站在高處，吃了一驚，都停下來看我，狗也不叫了，但這只是一剎那的事，隨即又恢復原來的聲浪，牛背上的小孩對我招手，我也招手，狗叫聲中，雜有牛鈴的聲音。他們越走越遠，我也順著堤防與他們的小路平行往山中走去，兩條路之間是河水。我走得太慢，不久就失去了牛隻的蹤影。這時日頭好像更高了，我走到一片梧桐林前，不期然看到河裡有兩個男女在洗澡，他們也看到我了，迅速地坐入水中，只把頭露在水面上，對我招手。這時我不得不承認，我已經回到我童年時候徜徉過許多日子的阿眉族山地鄉了。

這個山地鄉裡，氣味和顏色都是熟悉的。我看那泥巴路，路旁的植物，自然像普魯士特那樣，回到了許多許多年前的日子。其實自從六歲離開這個地方以後，我三十年未曾回來過，可是為什麼一旦回來的時候，一切還是那麼熟悉呢？我並不覺得真是昨天才離開這個山谷，因為那是矯情的想法；卻奇怪過去三十年不曉得是怎麼過的，也許那三十年並不存在，但這也是矯情的說法，不可能的。我曾經搭乘「戰後」的小火車離開這一帶鄉村，坐在運煤的車殼上，看檳榔樹一排一排往後退，就這樣退完了，就這樣到了花蓮。然後從花蓮出發，就從來沒有再回到那個山谷去過，三十年了。可是一旦回來的時候，又彷彿那三十年是虛幻的，也許因為外面的世界在變，劇烈地變，我也在變，只是山谷變得慢些，或甚至沒有變吧！是不是不變的比較實在，變的比較虛幻呢，這又不是我的哲學思維所能負荷的了。

這些是我對一個山谷的記載。我用這些字記載一個山谷，懷念一塊土地，和一段日子。我知道我已經記載了一個山谷，雖然這個記載沒有結尾；可是我知道我還不曾認真寫下我對那一段日子的懷念，我無法接續，因為那是一段非常遙遠的日子，而且每當我感受到有什麼哲學之類的東西在我的心中蠢動的時候，我即知道，我必須停止。

我停止記載一個山谷。

作者簡介

——楊牧（1940-），臺灣花蓮人，東海大學畢業，美國愛荷華大學（Iowa）碩士，柏克萊（Berkeley）加州大學博士；國立東華大學講座教授。著有散文、詩集、戲劇、評論、翻譯、編纂等中英文五十餘種。

看戲

琦君

朋友們常問我喜不喜歡看戲，我總是連聲地說：「喜歡、喜歡。」他們指的是平劇，而我對平劇卻完全外行，喜歡的是所有穿紅著綠、吹吹打打的「戲」。我也並不會欣賞戲的藝術，而只是喜歡「看戲」這回事。

小時候，帶我看戲最多的是外公和長工阿榮伯。阿榮伯背著長凳在前面走，外公牽著我的手在後面慢慢兒地盪，盪過鎮上唯一熱鬧的一條街道，經過糖果店，我的手指指點點，喊著：「花生糖、桂花糕，我要。甘蔗、橘子我也要。」外公說：「好，統統要，統統要。」就統統給買了。到了廟裡，阿榮伯把長凳擺在長廊的最好位置，用草繩紮在欄干上，讓外公和我坐，自己卻站到天井裡去看了。他說這樣站近些，看得仔細。如果唱錯了、動作錯了，他好敲戲臺板。比如有一次，他看到演戲的揚著馬鞭，邊走邊唱，忽然背過臉去拉下鬍子吐了口痰，卻用靴子底去擦。他就敲著戲臺板喊：「老哥，你騎在馬上，腳怎麼伸到地板來了。」這大概就是今天的喝倒采吧。演戲的也毫不在乎，衝他笑一笑，繼續拉著嗓子唱下去。

戲還沒開鑼以前，外公總叫我到大殿上向神像拜三拜，保佑我聰明長生。外公說這座神像就是大唐忠臣顏真卿。他坐的是上河鄉的上殿。他的弟弟顏杲卿坐的是下河鄉的下殿。（其實顏真卿、顏杲卿並非兄弟，也許因二人都是平安史之亂的名臣，所以鄉人把他們結成了兄弟。）外公告訴我，因為上殿風水比較好，做弟弟的特別讓給哥哥居住，哥哥心裡很過意不去，所以過新年時，總是哥哥先去拜弟弟的年。因此正月初七迎神時，是上殿神先去下殿拜年，初八是下殿神來上殿回拜哥哥。我們鄉裡有句話：「瞿溪沒情理，阿哥拜阿弟。」外公還說顏氏兄弟幼年時，有一天在溪邊玩，忽聽鳴鑼喝道，一位大官坐著轎子來了。他們知道大官是奸臣，就撿起溪裡的石頭扔他，剛剛扔在奸臣臉上，奸臣大怒，問是誰幹的，兄弟倆都承認是自己幹的，就把兩人都關了三天三夜。外公說他們從小就有大無畏的精神，而且手足情深，叫我牢牢記住。這些故事，外公每年都要給我講一遍，我怎麼會不牢牢記住呢？

戲開鑼以後，外公抽著旱菸看得入神，我坐在長凳上，盪著雙腳，邊啃甘蔗，邊東張西望。把甘蔗渣扔到天井邊，常常扔在人頭上肩上，下雨天就扔在傘背上。外公輕輕拍我一下說：「姑娘家要斯斯文文的，老師是怎麼教你的？」一想起要我背女誡的老師，就恨不得在戲院裡待一輩子。

我家鄉話稱演戲的，不論男女，都叫「戲囡兒」，大概是供人取樂的意思。門簾一掀，「戲囡兒」出來了，看他的臉，我就知道是忠臣還是奸臣。額角正中央粉紅色的，一定是忠臣。滿臉雪白的，不是曹操就是司馬懿。我家四姑粉搽得太白的時候，她母親，就是我的五叔婆常罵她「司馬懿造反」。鼻子上一團白，一定是壞人。五叔婆生氣的時候，就埋怨「被那個白鼻子害得好苦」。也不知指的是誰。看見白鼻子我就問外公：「他怎麼沒被殺掉呢？」外公敲著旱菸筒慢條斯理地說：「還早得很呢，要等戲團圓（劇終）的時候才殺掉。」旁邊的人說：「全靠他才有戲好看哩。」我向他白一眼，心裡好不耐煩。只有花旦出來一扭一扭，手帕一甩一甩的，我才看得高興。外公最最喜歡正旦，他叫她「當家旦」。「當家旦」到戲團圓的時候，一定戴上鳳冠變成一品夫人。阿榮伯說：「吃盡了苦頭，最後總會出頭的，這叫作好心有好報。」我說：「媽媽將來也要當一品夫人。」外公笑了。看到關公出來，我就肅然起敬。阿榮伯說過，演關公走麥城這一齣戲，後臺一定要擺上香案，否則就會起火。據說有一次沒有擺香案，前臺一下子走出兩個關公。一個是顯靈的真關公，一個是扮演的假關公，假關公睜開鳳眼，看見對面也來了個關公，就嚇昏倒了。因此我看這齣戲的時候，只想看見兩個關公一起走出來，心裡又有點害怕，老是問後臺擺了香案沒有，聽說擺了卻又有點失望，因為不能看扮關公的「戲囡兒」昏倒了。

廟戲的戲臺很小，四面臨空。前後臺都分不大清。他們穿衣服畫臉，都從木柵門裡看得清清楚楚。關公上臺那麼威風凜凜的神氣，回到臺下就跟人拳頭打來打去，有說有笑。我好想去後臺看熱鬧，外公不讓，說小姑娘不許亂竄。外公說過一個笑話：關公的衛兵問周倉肚子餓了，在後臺摘下鬍子吃餛飩。關公喊：「周倉來呀！」周倉急急忙忙上臺，忘了戴鬍子，關公一看，拍了下桌子說：「回去叫你爸爸來。」周倉趕緊下去，戴了鬍子再上來說：「周倉來也。」這個關公好聰明，笑得阿榮伯和周圍的人群都露出黃黃的大門牙。

另一面的走廊最好的位置，總是楊鄉長家搭的彩臺，楊鄉長的大女兒和她全家人高高地坐在臺上。楊大姑娘比竹橋頭阿菊還打扮得耀眼，電珠鈕扣一閃一閃的，看得我好嫉妒，我仰臉問外公：「我們為什麼不也搭個彩臺？」外公說：「總共才那麼點地方，都被彩臺占了，叫別人坐在哪裡看？

你看天井裡還有那麼多人站著呢！」可是我心裡不服氣，為什麼楊鄉長家就可以搭呢？為什麼楊大姑娘就那麼神氣活現呢？為了看戲的事，我跟阿菊以後就不大理她了，她見了我們，也把脖子一扭，翹起鼻子走開了。

每回戲班子來，都是演兩天，每天兩場。包銀看戲班子性質決定。京班、崑班比較貴，高腔班、亂彈班比較便宜，錢都由鄰里長挨家挨戶的來收，大戶人家為了表現氣派，也有多給點的。在我記憶中，正月初七、二月初一的戲班最好，因為是閒月，看的人多。其他清明、端午是請瞎子先生唱詞的多。唱全本白蛇傳時也很熱鬧。戲臺柱子上盤著黑白兩條紙糊的蛇。瞎子先生衣冠楚楚，斯斯文文，很有學問的樣子，臺下聽的人都是年紀比較大的，鴉雀無聲。外公每回去聽，我都跟去兜一圈，吃飽了糖果就回來了。母親喜歡聽唱詞，聽二度梅裡陳杏元和番，聽得淚眼娑婆的。這時候，我問她要銅板買桂花糖吃，她數也不數就給我一大把說：「去去去。」戲班子呢，母親喜歡看亂彈班，唱得好像就是我們家鄉調，嗓門兒一會兒高，一會兒低，尾音拉得好長，老像在哭哭啼啼。有一次是難得請到的紹興班，演全本珍珠塔、借花燈，母親和五叔婆，把長工的飯菜快速地趕做好，就雙雙邁著小腳去看戲了。看完回來，母親把故事講了又講，五叔婆就咿咿呀呀地唱，兩個人要高興好多天。

散戲以後，演員們都要到我家大宅子來逛，那時，潘宅大院是有名的。他們一轉過我們家前門的青石大屏風，從大門進來，我就興奮地喊：「媽媽，外公，戲囡兒來了，戲囡兒來了。」母親叫我不要當面這樣喊他們，會生氣的。有幾個人，臉上的粉末都沒完全洗乾淨，我認得出來是扮什麼人物的，就指著他們說：「你是白鼻子，你是奸臣。」戲囡兒笑笑說：「不要緊的，在臺上當奸臣，在臺下當忠臣就好了。」阿榮伯說：「可不是，都扮忠臣，誰扮奸臣呢？」外公摸著鬍子說：「戲裡的好人壞人是讓我們看得清清楚楚的，真正的好人壞人就不一定看得出來囉。」阿榮伯點點頭，他們說得一本正經地，我就不大懂了。

父親回到家鄉的第一年中秋節演戲，鄉長畢恭畢敬地把書碼子捧來請父親點戲。父親說：「在北平名角兒的戲都看得那麼多，這種戲班子有什麼看頭？」可是鄉長說父親是大鄉紳，一定要賞個面子，又說這是特地為歡迎父親回鄉，請來的最好京班，父親這才慢吞吞地翻著本子，點了齣空城計。我一聽說是戴長鬍子的老生戲，就吵著要看花旦，父親再點一齣「寶蟾送酒」，還特別為外公和母親點了齣「投軍別窰」。四姑在旁邊抽著鼻子說：「都是老人戲，只有一齣『寶蟾送酒』好看。」我說：「鄉長一定買了好多好吃的請爸爸，不管什麼戲，我都要去看。」

一到廟裡，就看見正殿偏右搭了高高的一座彩臺，臺上一字兒排著靠背藤椅，原來是楊鄉長特地為父親搭的。殿柱上還貼了一張紅紙字條，寫著「潘宅大老爺貴座」幾個大字，外公看了只是抿著嘴笑，我問：「我是不是可以坐上去呢？」阿榮伯說：「當然可以，你是潘宅大小姐，本來就比別人高一個頭。」我又問：「是不是比楊鄉長的女兒還高？」阿榮伯說：「可不是。」外公說：「我看你就別跟人比高低，還是和外公坐在臺下平地上，要什麼時候走就走，自在多了，高高地供在上面，有什麼好的。」可是我一想起楊大姑娘每回坐在高臺上的神氣樣子，就非要坐一次不可。況且父親給我從外路帶來了胸前有閃亮牡丹花的水綠旗袍，我為什麼不穿起來亮一亮相呢？我一定要叫楊大姑娘大吃一驚。

戲還沒有開鑼，臺上忽然把一張有繡花紅椅披的椅子高高擱在桌子上，椅子當中豎一塊黑色牌子，用白水粉寫著：「潘宅大老爺、太太、小姐加福加壽。」哈，連我這小不點都上了譜了，這一得意真非同小可，不一會就出來帶白面具的加官，用朝笏比畫了一陣，取來緞軸一抖，亮出「國泰民安」四個金字，再一抖，便是「富貴壽考」四個字。他進去以後，又出來一個戴鳳冠霞帔的，再扭上半天。阿榮伯說這是給太太小姐敬禮的。最後一個家僮打扮的，一手拿一張紅帖，一手捏著三個亮晃晃的洋錢，向我們的高臺一個納福，表示謝賞。原來父親早已叫阿榮伯把紅包送過去了。我真是快樂得飄飄然，轉臉看對面彩臺上的楊大姑娘，她的座位是空的，不知什麼時候，她已經走了。大概是因為比不過我，氣得連戲都不看了。我再抬頭望母親，她一直用手帕擦著臉，很不安也很疲倦的樣子。我問：「媽媽，你怎麼啦？」她忽然站起身來說：「你們看吧，我還有菜沒燒好，家裡客人多。」她就悄悄地走了。四姑鼻子一抽一抽的，像是什麼感覺都沒有。這時看母親走遠了，忽然說了一句：「大嫂呀，她真不是人間富貴花。」她念了幾年師範，說話就那麼文謅謅的，說我母親不是人間富貴花，究竟是讚美還是取笑呢？我又問：「那麼四姑你是什麼花呢？」她猛抽一下鼻子說：「我什麼花都不是，我是我媽媽臉上的一個疤，她才那麼討厭我。」聽了她的話，我噗嗤一下笑出聲來，忽然又替四姑很難過，就再也不忍心取笑她的抽鼻子毛病了。

「寶蟾送酒」的那個寶蟾，臉上粉搽得好厚，大嘴巴笑起來時，牙齒特別黃，聲音又粗，實在是不好看，四姑和我都很失望。倒是她手裡托著亮閃閃的銀盤子，不時地用一個指頭點著轉起來，像變戲法似的，轉得好快。看得還過癮。空城計上場時，孔明搖著羽毛扇，穿著略微嫌長了點的八卦袍，在臺上唱了好半天，又爬到布做的城牆上再唱，唱得我只想睡覺。一通鑼鼓，司馬懿出來了，我想起五叔婆說四姑的大白臉像「司馬懿造反」，忍不住向她瞄了一眼。她臉黑黑的，一點脂粉沒搽，穿一件藍緞棉襖，是五叔公的長袍，五叔婆改了沒穿，現在再改給她穿的。看去老老實實的樣子，我反倒覺得自己金光閃閃地坐在她邊上，有點不好意思了。

城樓上的孔明老唱個沒完，我有點厭煩了。父親卻瞇起眼睛仔仔細細地聽，三個手指頭在手心輪流點著打拍子，很讚賞的樣子。還直誇「沒想到這班子真行，唱得字正腔圓」。我卻發現那個孔明像五叔，四姑也說像，外公說：「可不就是他，戲班子怕潘老爺聽了不滿意，五叔就去代唱，也好過過癮。」我忍不住告訴父親，父親馬上沉下臉說：「他若唱得這麼好，也就有條路好走了。」第二天，五叔自己告訴父親：「大哥，孔明是我扮的，大哥還滿意嗎？」父親的臉拉得更長了，他說：「你呀，就只會唱唱戲，不三不四的。」母親說：「你也別老這麼說他，他倒是做什麼像什麼，人是聰明的。」父親說：「聰明不走正路，有什麼用？」可見父親儘管看足了北平的名角，還是不把唱戲當作一條正路。五叔悄悄地跟我說：「大哥真怪，我昨天在戲臺上，還看見他直點頭呢，現在又罵我。」我說：「你穿起孔明的八卦衣，很有學問的樣子，你為什麼不索性去唱戲呢？」他瞪我一眼說：「那我也不幹，堂堂潘宅大老爺的令弟，怎麼好給人當『戲囝兒』看待。」我真摸不清楚，他到底想幹什麼呢？母親說父親生他的氣就是這一點。後來只要是好京班來，五叔就去客串，在我記憶中，他當過捉放曹裡的陳宮，梅龍鎮裡的正德皇帝。小生也唱，當過白門樓裡的呂布。母親說他唱小生像小公雞初試啼聲，難聽死了。他還當過三花臉——女起解裡的崇老伯。他說別看白鼻子，白鼻子也有好人，就是崇老伯。最有趣的是他還反串丑旦，演晚娘虐待前妻兒女，拳打腳踢，像個武生，引得臺下哄堂大笑。我後來想想，五叔如果一心學平劇，一定可以成為一個名角。他唱老生韻味十足，臺風又好。可惜他一生就是這麼遊戲人間，做哪一樣也不認真，以致潦倒終生，遺下妻兒，不知流浪何方。我每回想起他，心裡總是好掛念、好難過。

十二歲到了杭州以後，才算正式看了京戲。那時杭州旗下城就只一家戲院共舞臺，也是破破爛爛的，凡遇好戲班來時，共舞臺老闆就親自送戲單來，問要訂多少座位。父親又會感慨地說：「當年在北平看那麼多名角，現在還看什麼？」說是說，還是訂了座，而且時常點戲。我因念書，不能常常看，但看到海派機關布景戲，就鬧著非看不可。在我印象中最深刻的是全本秦始皇，皇宮布景之堂皇，趙姬的那股妖媚與服飾之華麗，令我目眩神移。還有洛陽橋、花果山等戲，布景變化多端，連母親都看得喜孜孜的。母親尤其喜歡看青衣戲，三娘教子這齣戲，她每回看每回淚流滿面，我一聽到那小孩說「高高舉起，輕輕打下，打在兒身，痛在娘心」時，也就跟著哭。回來又學那小孩走臺步。還有御碑亭中那一記雨地裡滑跤，我對著鏡子學了好久也學不會。

看戲之樂，還不只是聽鑼鼓喧譁，看穿紅著綠走進走出的熱鬧。更開心的是沒完沒了的吃：采芝齋的芝麻片、核桃糖、到嘴就化的雪梨、剛出水的嫩紅菱、藕片，隨你吃多少。熱騰騰噴香雪白的毛巾，不時從堂倌手中飛來。收票時兩邊過道兩個人各伸手指對一下票數。我最怕收票，一到收票時就知道快要落幕回家，我心中總有一股酒闌人散的空茫之感。

有一次，梅蘭芳來了，是他歐遊得了博士以後，那種轟動不用說了。因共舞臺太舊太小，場地特別改在新建的華聯電影院。共演四天，是紅線盜盒、四郎探母、販馬計和霸王別姬。我正趕上月考，乾脆帶了書在戲院裡邊啃邊看。霸王金少山聲震屋瓦地唱著，我可以充耳不聞。虞姬一出場，我就貪婪地睜大眼睛，眨都捨不得眨一下。那一段「夜深沉」的舞劍身段，和背過身子含悲飲泣的表情，確實是世上無雙。自我長大到今天偌大年紀，也看過不少霸王別姬，好像就沒有一次這麼教人感動的。第二天考題填充有「哥倫布發現新大陸是哪一年？」我馬上填上「一四九二」。因我頭一晚看梅蘭芳伏劍自刎，邊背外國史邊默記一下「一死救爾」就是「一四九二」。演紅線盜盒與坐宮時，梅蘭芳「粉腕」上的那隻碧綠翡翠鐲子，引得四姑和我都看呆了，四姑直問：「你猜那隻鐲子是真的還是假的？」母親說：「戴在梅蘭芳手上還有假的？」父親說：「是假的，真的戴在他太太手上。」我一聽好失望，為什麼梅蘭芳是個男人？看他謝幕時嬝嬝婷婷地蹲下去向觀眾納福，明明是個大美人兒嘛。可是那幾天，旗下城所有相館櫥窗中都擺著他和太太福芝芳的放大照片。梅太太打扮得樸素大方，梅博士長袍馬褂，又明明是個瀟灑的男人。

我也有兩張梅蘭芳的照片，一張穿西裝，一張是寶蓮燈的劇照。他剛到那天，來我家拜客。黑色的轎車在大門口停下來，我正背了書包要上學，聽差說梅蘭芳來了，我就退在門邊看他下車。老媽子正端了個白磁馬桶想從邊門出去，又忙著趕回大門邊來看，馬桶還捧在手裡，幾乎跟穿長袍馬褂的梅博士撞個正著，我不禁摀著嘴笑彎了腰。忽然想起那兩張照片，正好請他簽名，連上學遲到也不顧，就飛奔上樓找照片，慌忙中怎麼也找不到，只看見電影明星胡蝶和徐來的照片，抽屜翻得亂七八糟，被母親訓了一頓，也不許我鑽在門背後看梅蘭芳，只得失魂落魄地上學去了。在那個時候，覺得失去那樣千載難逢的機會，是一生的遺憾似的。長大以後，經過的事情太多，失去的各種各樣的機會也太多，就把一切都看得淡淡然了。

抗戰期中，我一個人在上海求學，寄住在一位要好同學家中，同學的母親是位平劇行家。她幾次三番要帶我去聽戲（她總是說「聽戲」不說「看戲」）。我卻對任何名票都毫無興趣。勉勉強強去看了一次全本四郎探母，坐在熱鬧的戲院裡，一顆心卻是飄飄蕩蕩、淒淒冷冷的，只是懷念著家鄉的廟戲、杭州的機關布景戲。那分溫暖、那分歡樂，不會再有。故鄉因戰事音書阻絕，在故鄉的母親白髮日增，卻離我好遠好遠，想起外公和阿榮伯敲著旱菸筒給我講孟麗君、唱戲詞兒，真正成了一場夢。

同學的二姊三妹都是戲迷，每週六都有人來家中吊嗓子。二姊夫妻搭檔票戲，演賀后罵殿，丈夫去「昏君」，三妹悄悄地跟我說：「我二姊夫確實是個昏君，我真替二姊擔心。」我不懂這話是什麼意思，寄居他人家中，萬事都不願多問。後來同學告訴我，二姊夫大模大樣地跟別的女人票甘露寺，他演的是喬國老，卻愛上了孫尚香。家庭因此大起風波。二姊變成一個非常不快樂的人，永不再票戲了。她的三妹只小學畢業，就沒好好上學，跟一個唱小生的有婦之夫因常配戲而日久生情。他們來往的情書，她都大方地拿給她姊姊和我看，原來都是七字一句的戲詞兒。男的還引了兩句古人的詩：「薄命如卿甘作妾，傷心恨我未成名。」老母知道後，氣得重重打了她一頓，卻仍阻止不了如火如荼的愛情，終於背母私奔了。半年以後，她給她母親寫了封信，我也看了，詞兒到今天都記得：「流清淚，稟娘親，個乃郎是痴心漢，女兒豈做無情負義人。若得大娘寬宏量，不論正來不論偏。一心等他功名就，雙雙回得家門再拜老娘親。」有板有眼，標準的戲詞兒。若是配上反二黃或二六之類的調子，唱起來一定盪氣迴腸。她母親一邊看一邊咒罵，罵一陣又哭一陣。最後還是把揉成一團的信紙抖開，摺得好好的，套回信封，鎖在抽屜裡，時常取出來看看哭哭罵罵，卻是十二分愛惜的樣子。我在想中國的地方戲文或平劇忠孝節義情節，能把一個沒有受過高等教育的人，教成知書達禮，但也會讓人走火入魔。像這個同學的妹妹，就是一個例子。

在上海四年，只聽過一次荀慧生的紅娘。印象中，覺得他的四平調婉轉多姿，身背後一朵大大的水紅綢蝴蝶抖得好可愛。後來陪一位長輩住醫院，隔壁病房正巧是荀慧生。那位長輩是四大名旦迷，在陽臺與餐廳裡，老是盯著荀慧生看，看他形容憔悴，全不是當年粉墨登場，紅氍毹上婀娜多姿的神態，她感慨萬千的嘆息：「荀慧生老了，好可惜，他怎麼也老了。」說了好幾遍，彷彿荀慧生都會老，她自己老去就無足惋惜了。

來臺灣初期，因為這位長輩喜歡看戲，我陪她看了不少次越劇。坐在狹窄嘈雜的戲院裡，儘管耳中充滿絲竹之音，劇情與戲詞也都熟悉，卻總引不起興致。呆呆地坐著只為陪長輩。她嘆氣我跟著嘆，她笑我也跟著笑。心情悶悶的，想的都是些陳年舊事。尤其想起在杭州時一位專照顧我的金媽就是嵊縣人，她會唱很好的越劇。夏天的夜晚，她陪我在西湖邊乘涼，坐在長凳上她就唱。唱到「方玉娘祭塔」中「夫妻本是同林鳥，大難臨頭各自飛」的幾句時，便眼淚滾滾而下，她唱的聲音好美好淒涼。母親告訴我她原本是唱越劇的，因不容於婆婆才出來做工，丈夫也不理她了。她平時總是淚眼婆娑的時候居多，父親說她有沙眼，不久她就負氣走了。走以前，她一句句教我唱梁祝的「樓臺會」，好讓我一直記得她。如今我每次一哼，就會想起與金媽在西湖邊乘涼的情景，我已非青鬢年少，金媽想早已不在人間了。

不久永樂戲院就有顧正秋的戲，長輩常要我陪去聽戲。有一次看全本董小宛。演到冒辟疆進宮之時，董小宛從多情的順治帝懷中，又哭倒在魂牽夢縈的冒辟疆懷中，左右為難。長輩就哭得抽抽噎噎的，手帕濕透了，把我的拿去再哭。我卻總掉不出眼淚來，也許心情已老，對所謂的愛情，已經無動於衷了。想想長輩也許是為劇中人而哭，也許是為想起當年在北平的榮華歲月，如今物換星移而哭。總之，一個人能借著眼淚散發一下內心的感觸或鬱悶總是好的。怕的是憂患備嘗以後，存亡見慣，連眼淚都枯涸了。

相依多年的唯一長輩逝世以後，想想她一生絢燦，終趨寂滅，我的心情也似乎隨之同歸寂滅，即使坐在鬧哄哄的戲院裡，總有一分「笙歌歸院落，燈火下樓臺」的曲終人散之感，所以就寧願不去看戲了。

自從電視有平劇與地方戲的播演以來，我總是盡可能地收看。尤其是歌仔戲，我反而特別喜愛，因為他們的服裝，他們的一舉手一投足，都逗引我深深地懷念故鄉，懷念偎依在外公、母親或阿榮伯的身邊看廟戲的好日子。儘管我一個人靜悄悄地坐在屋子裡，四周沒有熙攘的人群，沒有高高的彩臺，沒有四姑或阿菊。但他們都隨同螢光幕的彩色，在我眼中、心中浮動、旋轉。有時，一個小動作會使我莞爾而笑，因為那都像是童年時代最熟知的情景。也都是外公、母親、阿榮伯最津津樂道的忠孝節義故事。外公曾經對五叔說過這樣的話：「做人一世，也就是演戲。一上了臺，就要認認真真把戲演好，由不得自己偷工減料的。」在我心中，外公是位哲學家。

我常常想，如果外公、母親、阿榮伯如今都健在的話，該多麼好？但長輩總要故去，戲總有落幕的一刻。因此，我看戲時，也能保持一分輕鬆愉快的心情了。

作者簡介

——琦君（1917-2006）

詳見本書頁四〇。

1976 —— 春天坐著花轎來 —— 管管

春天坐著花轎來，春天就是那個樣子，坐著花轎來。你說春天坐著飛機來麼？吾說不！春天坐著飛機來，就聽不到鳥們在山林裡的唱著的嘴和沾滿春雨的翅膀，春天是坐著花轎來，四個轎伕抬著的大花轎。你說春天坐著汽車來的麼？吾說不！春天坐著汽車來，就聞不到花們吐出的氣，就看不清葉子們薄薄的柔柔的有著透明的綠色筋脈的小手。那麼他說春天是走路來的呢，是嗎？是誰說春天是趕路來的。請報上個萬兒來吧，是吾蒲公英說的，那可一定不會錯，那天春天打從我們的路上過，他那雙穿了繡花鞋的腳還踏著我蒲公英的肩膀呢，你瞧這是春天踩在我身上的泥巴！吾看這是放風箏的孩子踏的泥巴吧？你這位大人可就不會斷案了，請你大人明鏡高懸，再虎目一觀，這是什麼顏色的泥巴。這是哪個城鎮的泥巴？那麼你蒲公英說說看這是哪鄉、哪鎮的泥巴？大人呀，蒲公英斗膽回話，我們這兒都是黃泥巴，方圓幾百里，都是黃泥巴。而春天踩在我身上的泥巴是黑泥巴，除非俺蒲公英聞野狗的屎，騾子的乾屁橛，聞的俺的鼻子有變，不過我可以說這些黑泥巴是來自一個湖濱的泥巴？可您蒲公英兒就越說越神啦，你的鼻子怎會聞出這是來自一個湖畔的黑泥巴？蒲公英斗膽，回你大人的話，你若是不嫌，請用你的尊鼻聞聞看，這黑泥巴還夾雜著一丁點兒嫩蘆葉的味道，設若蒲公英判斷不差，這春天是路過湖濱踩著剛發芽的蘆葦來的，所以泥巴有蘆葉那一股子青青香氣，大人，你總吃過用蘆葦包的粽子，那種蘆葉氣，不過這年輕的蘆葉，可不是那包粽子的老蘆葉的香氣。算你斷的對，但春天依然是坐著轎子來的，這俺就不懂，請大人明示，你蒲公英自然不懂，你只看到那雙繡花鞋，可就沒看見遠處停著的那座轎子，怪只怪你蒲公英老是住在路邊，老是長小矮個子，你可曾看到那遠河稠稠如酒的春水，還有那村鎮的嗩吶聲，那蘆葦聲裡又抬著一座花轎子？這個我蒲公英可不曾看到，至於蘆葦聲，每年春天我總是聽，而且還聽到那些孩子們說，經常是有些轎抬進那一大堆梨花林子，又抬出那一大堆柳樹林子，不過，你大人就聽不到，夜晚那些蚯蚓翻泥土的聲音，還有那些螻蛄挖地道的聲音，以及不久之前村前小河裡解凍化冰的聲！因此俺還吟詩一首，不妨吟來請大人斧正：

春風撲面霜。
村溪化冰鏘。
昨日才結蕾。
醒來滿樹花。

當然俺蒲公英是不會作詩，只是打油幾句，請不要責怪。這詩可真不錯，昨天我遇到曹雪芹他還跟我說，作詩很簡單，只要有好句子，管他娘的押不押韻和平仄呢。所以說，人家都說你這不是詩了。所以林黛玉才一氣之下寫那種什麼都不管自由自在的新詩。話雖如此說，但帶著手銬腳鐐跳舞也是一種享受，那可不，那可真是一種中國功夫呢？

吾是一口咬定春天是坐著花轎來的，為的是那份古典，當然春天也會下轎來踏踏才把雪吃完了的麥地，以及那比轎都走得快的燕子，他要為小燕子來安排他們的房子，春天不坐轎子來行麼，看吧，這雨說下就下了。如果不坐轎子來，豈不會沾濕了他那雙繡花鞋。他那雙繡花鞋，是要等著好去梨花林裡，踩那一地的梨花的。就帶把掃帚來吧，掃掃那些梨花，丟到溪裡去，讓那些在河面吹泡兒的魚兒來吃，那些鳥兒們是不吃落花的，他們專等吃那些那些早熟的果子，如同那個新郎專等吃那個那個坐在轎子裡新娘的臉上那一枚果子。

那些落花怎麼能掃得完喲，這裡也是，那裡也是，滿園子都是落花，滿街都是落花，滿世間都是落花，就任它去吧，花若不落，哪來的滿林你擠我撞的青頭果子，一陣風來，你是不會聽到果子與果子互相撞擊聲？那也不是寒山寺的鐘聲。再住幾天，你就可以去林裡坐著，聽，聽那些果子熟透落地的響聲。如果再下幾場雨，如果再過一個冬，明年你就可以來這枚果子處，看一株剛剛出生的小樹，而那些落花和葉子，都已經化為塵土，你就不必去掃，自有風來掃，歲月來掃，不知是哪位老和尚說過的：

待要地上淨，拋卻掃帚柄。

想想也是，古往今來有多少落花呢，掃花的人來？落花來？自有歲月來掃，所謂空階落葉閒不掃，任它逍遙？

那麼你吃到的果子，你細細品品看，是否也有落花味，落葉味，以及風雪春風味，還有太陽曬到的味，月亮照到的味。

吾一口咬定春是坐著花轎來的，如果中山北路那一排排剛剛從樹枝裡鑽出小腦袋的楓葉張著嫩嫩小手的楓葉，如果是泥巴路，如果沒有大樓，如果沒有汽車，如果沒有那麼多人，讓春坐著花轎從那一排排的楓樹的路上走過，那楓葉的小手不住的捉著那花轎的纓絡，那該多好看。而且後面前面還有嗩吶吹著……

作者簡介

——管管（1928-），本名管運龍，中國人，山東人，膠縣人，青島人，臺北人。寫詩五十多年，寫散文四十多年，畫畫五十多年，喝酒六十一年，戒菸五十多年，罵人七十多年，唱戲六十五年，看女人七十年七個月，迷信鬼怪八十三年，吃大蒜八十八年零七天，單戀六十九年零二十八天；結婚十九年，妻一女，子二。好友六十六，朋友四千多，仇人半隻。曾演出《六朝怪譚》、《策馬入林》、《超級市民》、《梁祝》、《掌聲響起》、《暗戀桃花源》、《52赫茲，我愛你》、《暑假作業》等電影、電視、舞臺劇三十三部之多。

迷眼流金

王鼎鈞

我家住在古城的西隅。出門西行，走完半條街，越過一片菜圃，就是古城的西牆。這可能是先人的一大錯誤，就我而論，根本不該住在城西。

你不知道傍晚在城頭散步有多麼愉快。站在城牆上和縮在灰沉沉的四合房裡完全是兩個世界、兩種經驗。天高地闊，風暖衣輕，放眼看麥浪搖蕩，長長的地平上桃柳密如米點，是故鄉一大勝景。倘若天氣好，西天出現了落日晚霞，非等到那豔麗的天幕褪盡顏色，你不忍離開。你會把那一片繽紛一片迷茫帶進夢裡，再細細玩索一次。

唉，你不知道，一旦登城西望，你會看見何等遼闊何等遙遠的田野。你會有置身大海孤舟中的哀愁。你需要一點興奮或一點麻醉，落日彩霞就是免費的醇酒和合法的迷幻藥。晚年的太陽達到它最圓熟的境界，給滿天滿地你我滿身披上神奇。它輕輕躺在寬大平坦的眠床上，微微顫動。如果眠床再鋪一層厚厚的雲絮，它就在雲裡絮裡化成琥珀色的流汁，不肯定型，不肯凝固，安然隱沒。一天結束了，而結束如此之美，死亡如此之美，毀滅如此之美，美得你想死，想毀滅。那時，我從暮靄中走下城牆，覺得自己儼然死過一次。

從前，我們遠祖居住在另一個遙遠的地方，那裡以產桃聞名。為了表示追念，族人特地在古城西郊種植一片桃林。西郊有一條小河，桃林在河岸兩旁展開，遠遠望去，好像貼在天幕上的一條花邊。每年春到，我在單調沉悶的四合房裡捉到迷路的蝴蝶，就知道桃花開了。

千百棵桃樹同時開花是絕對無法隱藏的事情！人站在城牆上，正好眺望一片紅雲。盛開的桃花受到夕陽返照，十里外看得見通天紅氣。世界是如此詭異、虛幻，令人心神恍惚，意志渙散。難怪到了花季，做父母的宣布桃林是孩子們的禁地，千叮萬囑，不許入林玩耍。誰要是反抗家長的告誡，擅自走進這個變色變形的世界，十個少女有九個回家發燒，十個少男有八個迷路。迷了路的孩子坐在河邊痛哭，等父親來救，他的父親帶著獵狗，敲著銅鑼，入林叫喊尋找，叫聲鑼聲震得花瓣紛紛下墜。

我開始接觸新的文學作品，從小說和新詩裡面去找苦悶啊、彷徨啊、絕望啊，蒼白得厲害。這些作品使我回味在落日殘照裡嘗到的毀滅之美。使我通體酥軟，不能直立，數著自己滴血的聲音讀秒。殘照迴光強化了這些作品的效果，使我渴望那些作品所描寫的乃是我的生活。我還沒有戀愛，先已覺得失戀。還沒有經商，先已想像破產。還沒有病，先已自以為沉痾難起。幸福似乎是庸俗的，受苦才有詩意和哲理。活著是卑微的，一旦死亡，就會使許多人震驚、流淚，舉出美德來做榜樣表率，或者誇張死者未來的成就，痛惜天忌英才。

我是沉溺在細膩的流沙裡，無以自拔了。我實在受不了夕陽下桃林的誘惑，尤其是紅花掩映下的那一條河。城牆外緣是大約廿度的斜坡，生滿堅硬的細草，可以當作天然的滑梯。我四顧無人，悄悄滑下去，沿著田間阡陌走。這是我最大的祕密，不能讓任何人看見。夕陽的光線從桃林頂上平射過來，刺得我眼花撩亂，忐忑的心更亂，硬著頭皮一溜煙鑽進桃林，鑽進一條紅通通熱烘烘的甬道。四顧果然無人，可是總疑心有什麼人躲在桃樹後面偷看。啊，那條河！我永遠不會忘記那條河，水波微動，靜寂無聲，花在水裡，霞在水裡，分不出哪是花、哪是水、哪是霞。紅得像火，濃得像酒，軟得像蜜。一躍而入是何等舒適，何等刺激！肉身在火裡溶解，靈魂向霞處飛升，大地乾乾淨淨。

我想死。

我真的想死。

死了，我就是河的神，花的精魂，霞的主人。我就通體透明，仰臥在河床上的錦緞裡，浮在這一片銷骨的氤氳中，消失，消失，永遠消失，無影無蹤，不留一片渣滓。水裡鋪著一層霞，霞裡鋪著一層花，霞和花的岩漿塗在水的背面，水就像鏡子一樣，清晰的映出我的面容。我對自己的影子說，你要撲下去，撲下去，撲進溫柔而有彈性的流體，永遠休眠。

想著想著，心神幾乎粉碎，突然，水中的影像之旁，浮出一張嚴厲而凶惡的臉，瞪著充血的圓眼，來責備我的荒謬。我大吃一驚，跌坐河邊，平息劇烈的心跳。本能的回頭一看，一頭牛站在旁邊。原來是一頭牛，水中倒映著牛臉。河水的顏色那樣濃烈，擰曲了牛的形象。我是驚恐的，牠也是。牠懇切的望著我，有期待，有依戀。可是我總覺得牠的表情裡有許多責難，使我摸著胸口，望河，望一條血河。

記得有一次，我端著半盆清水，承受一滴一滴鼻血，血珠兒在水中像傘張開，像一朵一朵桃花，像一片一片晚霞。終於，滿盆水都渾然一色。盆裡的水愈紅，母親的臉色愈蒼白。母親發現一切止血的辦法全然無效，忍不住放聲大哭，我聽見母親的哭聲，心頭一懍，鼻孔滴血竟停止了。可是母親的哭聲並不停止。俯身向河，滿河是血，是我流出來的鼻血，旁邊有母親的哭聲，哭我生命的萎謝，她的淚是另一種血。可惜啊，血變成汙水。母親啊母親，你為什麼那樣蒼白，難道失血的是你。不錯，是她，我的血管通她的血管，我的皮膚有了傷口，她的鮮血先我而涔涔，除非她的血乾涸，不許輪到我。母親啊母親，你用流血保護我，我必須止血保護你。

我輕輕的撫摩那牛，牛也輕輕抖動肌肉迎接我的手掌。晚霞餘燼將盡，桃林裡泛起一層灰白，牛的面容隨著變了，恢復本來的善良溫順。

我不能死。

牠非常安靜的望著前方。

我騎上牛背，緩緩出林。

抗戰發生了。一個黑臉漢子從戰地逃出來，做我們的國文教師。他的聲音宏亮堅定，平素卻沉默寡言。有一天，他問：

「聽說你會做詩？」

我說，是的。

「把你的作品，寫一首來看看。」

我說，好的。

我呈上一首：

——青青小草隨坡低，

點點春雲與樹齊，

獨立山頭思妙理，

溜圓紅日滾天西。——

他看了，沉吟了一下，對我說：

「詩裡面有衰敗的意味，不好。應該改掉幾個字，寫成另外一個樣子。」

說著，他提筆就改：

——青青小草隨坡生，

點點春雲與樹平，

獨立山頭思妙理，
溜圓紅日起天東。

在他來說，改動了幾個字，用新生的興旺氣象抹去了衰敗，大功告成。可是，在我來說，紙上的旭輝依然是我心中的殘霞，因為我住在城西，不在城東。我看見的是夕陽黃昏，不是雲霞海曙。有些東西已深入我的骨髓肌理，使我的人格起了變化。字面上的塗塗改改無濟於事。唉，這是我住在城西釀成的苦酒。

苦酒換一個名稱還是苦酒。

我發現我的國文老師也是個喜歡苦酒的人，他也常常到西面的城頭散步。他從城南繞到城西，不辭遙遠，必定是愛上晚霞，晚霞在他眼裡冒著火星。他一步一步很沉重，肩膀左右傾斜才提得起腳步來。走著走著，好像為抵抗空氣凝結而掙扎。

終於，他用歌聲衝破沉默：

「流浪到何年何月，逃亡到何處何方，
我們無處流浪，也無處逃亡！……」

我跟著他一起唱：

「那裡有我們的家鄉，
那裡有我們的爹娘……」

唱著唱著，他哭了，掏出手帕來，唱一句，擦一下。我也哭了，沒有掏手帕，我的眼淚太少，捨不得擦掉。哭泣好美好美，流亡好美好美。我恨不得是他，恨不得把他的淚放在我的眶裡，替他流亡……

那年代，我們喜歡唱歌，也有許多歌可唱。音樂老師、國文老師、數學老師都把自己喜歡的歌教給我們，那流亡者，那闊肩厚背的黑臉漢子，唱起歌來全校各教室都聽得見。他率領我們浩浩蕩蕩到四鄉去宣傳抗日，挺胸昂首，引吭高聲，感動得我們這些小孩都覺得自己很偉大。

——我們從敵人屠刀下衝出，
痛嘗夠亡國的迫害恥辱，
遍身被同胞熱血染紅，
滿懷犧牲決心，和最大的憤怒。

唱到押韻的地方，歌聲帶幾分哽咽。但是接著又激昂起來：

——我們帶著救亡的火種，

走遍祖國廣大的城鄉山林，
冒著急雨寒雪霜冰，
不怕暗夜風沙泥濘。

唱著唱著，他的眼睛向遠方看，愈看愈遠，越過房屋，越過城牆，越過地平，向風沙泥濘的廣大山林看去，一臉的認真和堅忍，好像他已置身其間奮勇向前。啊，那是多豐富的經驗！多壯烈的滋味！唱著唱著，我也在那滋味裡醉了。

教完這首歌以後，國文老師就不見了。他沒有跟我們說要到什麼地方去，但是，我認為我知道。當天邊晚霞消失，我彷彿看見天外有一個人背著行囊，挺著胸膛，在大風大雨中奮鬥，在流血流汗中成長。那人是他，那人也是我。我再也不珍惜家庭的溫暖，鄉情的醇美，甚至也不珍惜國家的保護。失去這些比擁有這些更能增加生命的意義。讓我也流亡吧，我也受迫害吧。我又想死了，我想在攀登懸崖峭壁時失足失蹤，讓同伴向山谷中丟幾塊石頭，象徵性的做我的墳墓。讓浩浩天風捲走他們的淚水，落在另一座山的野花上，凝成露珠。

我恐怕是有些失常了。都是夕陽惹的禍。我想，如果我家住在城東……

作者簡介

——王鼎鈞（1925-），山東省臨沂縣人。抗戰末期棄學從軍，一九四九年來臺，曾任中廣公司編審、製作組長、專門委員，中國文化學院講師，中國電視公司編審組長，幼獅文化公司期刊部代理總編輯，《中國時報》主筆，「人間」副刊主編，美國西東大學雙語教程中心華文主編。目前旅居美國。曾獲金鼎獎，臺北中國文藝協會文藝評論獎章，中山文化基金會文藝獎，中國時報文學獎散文推薦獎，吳魯芹散文獎。一九九九年《開放的人生》榮獲文建會及聯合副刊評選為「臺灣文學經典三十」。二〇〇一年獲北美華文作家協會「傑出華人會員」獎牌，二〇一四年獲國家文藝獎。著有散文「王鼎鈞回憶錄」《昨天的雲》、《怒目少年》、《關山奪路》、《文學江湖》，「人生三書」《開放的人生》、《人生試金石》、《我們現代人》；《碎琉璃》、《山裡山外》、《左心房漩渦》、《小而美散文》。小說《單身溫度》。論著「作文四書」《靈感》、《文學種籽》、《作文七巧》、《作文十九問》等。

水之湄

張秀亞

我想，如果將我的生活圖畫展開，會發現一道河，一片湖，一泓幽潭，同一道清溪，這些，反映出我生活的一部分，且包括了我一些生命故事的片斷。

那一道河，靜靜的自我童年的村前流過，小河的岸邊就是打麥場，像是大地向天空展現詩頁的一部分，那麼美好，那麼平整，上面在收穫的季節，點綴著金黃的麥穗，拖著石磙的馬兒，頸際那悅耳的鈴聲，就像那小河的水流一般的清亮。

童年的我，常常是和老傭婦來到水邊看「打麥的」，而我那時童稚的心靈，卻被那條嫵媚的小河吸引住了。

水邊，是那樣的清亮，將澄藍的天，同上面偶爾飄過的碎雲，都拓印了下來，尤其是水邊的蓼花，生得那麼叢密，為河水加了一道名副其實的花邊，偶然，那一座古老的磚砌的彎彎的橋上，有個衣袖飄舉，到村前做法事的挽著白髮的道士走過，使我想到家中前廳掛的那幅古色古香的橫幅……

坐在水邊的我痴痴的望著，耳邊陣陣傳來的打麥場上馬頸的鈴子，老傭婦的語聲，以及打麥的農人的吆喝，都似織入水面的藍天、白雲同銀亮的水紋裡。

那片湖，那片美麗的湖水，啊，與其說它溶漾於我母校的近邊，莫若說它溶漾在我的心裡……四年的學校生活中，湖水，乃是我每日必讀的講義！

哥德的那句詩，好像是為了「我的」湖而寫的：

啊，你新鮮的湖水，
陶醉了我的心靈！

湖邊的老柳樹下，是當年我這懶散而多夢的學生自闢的戶外教室，在其中，我的精神上獲得的，大概比在校內的教室得到的多些。

湖水，它的聲音是多麼的輕柔，汩汩的，汩汩的，其中更配合著青蛙單調的跳水聲，同小魚兒在水底躍動——記得我當時的日記上寫過：「小魚在跳高呢」，水濱，是一大片、一大片的細草，柳樹的影子搖曳其上，就更顯得濃綠得幾乎墨色了，這正好是「理想的詩境」的色調吧。我的幻思與想像是在其中鼓翼的斑鳩。

夏天，湖水鋪上了萍葉，是為夏日美妙的詩篇打的圓圈圈吧。那些臨風招展的荷葉，在風中飄散出格外新鮮的香息，那香息似是帶著綠色，而且含蘊著微微的涼意……

坐在湖水的邊岸，看到對岸那清雅的供茶膳的「集賢堂」，樓窗上疏疏的竹簾緩緩的垂下來了，原來太陽已漸漸升高，湖水遂變得格外的亮麗了，本來湖水有如一盞青燈，如今已成了一個銀盤，盤上，柳枝在照影……這時候，湖邊的腳步聲多了起來，賣花的、賣櫻桃的小姑娘都走過來了，那清脆的聲音竟也像是被湖水洗過的……在那聲音裡，我手中執著的詩集中的句子，也似是離開了紙面，融化在那鮮潔的空氣裡，更融入那溶溶的湖面……

啊，你新鮮的湖水，

陶醉了我的心靈。

啊，可懷念的學生時代，嵌在我那碧綠年光的碧綠的湖水，還有那些在湖邊消度的晨昏，甚至於自學校走向湖邊那成排腳印，仍然那麼清晰的、清晰的，現在我記憶的柳堤上。

還有你，我臺中故居附近的一泓幽潭，你，我的回憶中，是一枝翡翠的胸飾，碧綠而晶瑩。第一次發現這潭水，是接孩子們自學校回來的時候——那已經是好多年前的事了——在一片小樹林後面，潭水眨動著它帶著影翳的、山喜鵲一般的可愛的眼睛。

有人告訴我說那是廢棄了的魚池，也有人說那是行將乾涸的小湖，又何必探詢這幽潭古老的歷史呢？我就喜愛它第一次呈現在我眼前的樣子，我覺得它就是我學生時代那片心愛湖水的縮寫，再一度溫潤了我的生活。

有時和孩子們一起來看這個小小的幽潭，有時我自己坐在潭邊的茂草上背誦古詩。那裡真靜，只聽見風的清歌，雨的長喟，更伴著馬路上的車聲——遠遠聽來像輕輕的咳嗽呢。

湖水邊有數不清的蘆葦，這一種詩文中少不了的植物，我曾戲稱它們為潭水的睫毛，密密的，長長的，使潭水在眨動之間，就格外的嫵媚而動人了。

有時我坐到潭邊，等黃昏一寸一寸的走近……暮色漸濃，潭水加深，星星在上面拋上了好多小銀幣，我曾經悄悄的向自己說，天上的星宿也在潭水中為它們愛情的故事許願呢。這裡，分明是可以做神話、小說的背景！

那一道清溪，蜿蜒著，如一條銀色的小蛇，又在我的記憶中湧現了。

那道終日喃喃著的小溪，在我臺中那幢日式的老屋前的巷口繞過，每次出來，每次回家，我總會聽到它殷勤而快活的致候和祝福。

它的祝福，閃現在水邊那開小白花的灌木叢。

孩子們叫那白花為「香花」，真是個又通俗又寫實的好名字，那花的確是芳香的，那香息是那樣的濃，那樣的醇，像美酒，更像一杯烏龍茶，時常，隨了一陣清晨的曉風，迴旋於我的庭院，進入了我的小窗口，伴著那喃喃的多嘴而又頑皮的活潑溪水。

多少次，我徘徊在溪邊，不為什麼，只是想自溪水的喃喃裡，發現一點大自然的智慧凝聚成的哲學的雋語。

溪水告訴我不息與永恆。

是的，在晴朗的日子，它流；在風雨的日子，它也不改變它的行程，它每日的走著它正當的路子，它所經之處，灌溉了近邊的花、樹和菜畦，帶來了美與愛。

在那琤琮的聲音裡，我聽到了：

逝者如斯！
我聽到了永恆。

作者簡介

——張秀亞（1919-2001），河北人。輔仁大學西洋語文學系畢業，後考入史學研究所。曾任重慶《益世報》編輯，臺灣靜宜大學、輔仁大學教授，講授翻譯及現代文學課程二十五載。十四歲即開始寫作，著譯作品達八十餘種，二〇〇五年《張秀亞全集》出版。

曾獲首屆「中山文藝獎」，首屆「中國文藝協會散文獎」，婦聯會首屆長詩獎，亞洲作家協會終身成就等多種獎項。作品多篇被選入臺灣、香港、新加坡等地之國中教科書及大學教材中。《北窗下》、《三色菫》、《牧羊女》、《湖上》、《曼陀羅》、《凡妮的手冊》、《湖水秋燈》等書均暢銷一時。由於其譯著及作品對中西文化交流貢獻卓著，二〇〇一年八月二日，美國國會特將這位我國作家之生平事蹟，列入美國國會記錄，其錄音、作品、相片、手跡等，亦為美國國會圖書館及各大學圖書館、海峽兩岸文學館永久珍藏。

1983——靚容——林燿德

0

基隆路上奔馳了整夜的卡車和貨櫃，破曉前，總擁有一分奇特的安謐和寧靜——一種缺乏穩定性和安全感的安謐和寧靜。蟄伏在夜幕底下的臺北，彷彿是鋼鐵、水泥、玻璃和磁磚構成的龐大叢林，那是憑藉個人心智和力量所無法企及的團體傑作。巨碩而錯落的建築物，此刻正如墓場中的碑石般，吞噬無數人口，鎮住無數因緣聚合、無數苦集滅道。

1

當黎明奪去了路燈薄弱的光輝，寧靜被零落的雞鳴啼破；油亮的光幕緩緩升起，襯托起都市黑色參差的稜線。我模糊的影子也長長地拉開來了，都市人的面貌和個性，都像這影子一樣的模糊吧？

下一輛貨車，趕上了天明。

清道的婦女，散亂的黑髮在微曦中射出閃閃銀光，隨著動作的俯仰，蓬鬆地游離。幾個慢跑的青年，喘著氣，帶著蒸熱的汗味掠過我的身旁，時時搖動著縮小的背影轉入紅磚路盡頭的彎道。

七點半，臺大校園裡散布著零星的晨起者。就寸土寸金的臺北而言，臺大的視野無疑極佳。從寬廣的椰林大道步行而入，直達活動中心前的圓環，沿路皆可見到做操和練武的人。隨著太陽的上昇，鳥聲吱喳地喧鬧開來，麕集的團體隨處可見，他們各自圍成不規則的圈子，學拳、習劍、做早課，莫不端正凝神，儼然有參禪的氣象。偶爾也有練鐵扇子的婦女，把武俠劇的音樂極不合時宜地大聲播放，突兀的粵語詞曲迴盪在學術機構裡，對一個散步的過客而言，這些音響正如用手指甲搔弄黑板所發出的怪聲般，令人悚然。

2

這個時候如果走進羅斯福路，沿路的膳堂書鋪猶自重門深鎖，公館站前的各路車牌已經站滿了大中小各號學生；公車氣喘吁吁地噴黑煙來去，風一帶，總散在行人的面前。我憶起了姜成濤的歌聲：「晨風輕輕的吹過／曙光也喚醒了陽明山／市面漸漸的醒來／妳早／臺北／讓我們向妳致敬……」絢爛的朝陽正昇起，都市的靚容顯露出爽朗豔麗的色彩和光澤，一座座矗立的建築好似正在晨禱，任是誰站在這碩大無言的都市裡，都可深刻地感覺到：這一切正是文明的本身在說話。

3

為了上課，我常常從臺北搭車到新莊，過一座橋，從一個都市到另一個都市，加上回程，要換四班公車。只要投下幾個硬幣就可以代步的公車，是民權時代最佳的見證吧，臨時工人、法官、小生意人和大學教授都雜坐一車，人潮洶湧的時候，硬擠上車的好漢，不論身分地位，一樣地被夾在車門後的踏板間上下不得，這是封建時代絕無的風景。

乘坐公車，調整自己的目光是門最艱困的藝術。上車後搜尋座位，首先不能太過明顯地左顧右盼，以免引起大眾側目——讓每一個乘客都發現你汲汲於坐下確是一樁窘迫的事情。步向目標尤應不疾不徐，恰到好處，既不可現出狼狽的模樣，又須趕先一步、快人一籌。

4

某漫畫家曾經傳授學生，在公車裡應滿不在乎地看著對面的乘客，攫取觀察人類面部表情的機會。但很明顯的，如此大膽地注視對方，往往被認為是一種冒犯的舉動，而狠狠地瞪了回來。因此，內斂而不失敏捷的眼光，正是好事者在車上所應抱持的理想姿態，否則往往在這種目光的戰爭中，惹得坐立難安的不快。

對於提著公事包或是菜籃子的小市民，公車的擠最是苦不堪言；偏偏許多小市民，都需要在相近的時間內搭乘有限的車次。在一個酷暑的下午，夾在人堆中，心貼心，背貼背，濁重的呼吸吐在彼此的臉上，酸臭的汗氣陣陣蒸起，又不時甩來一束女子油膩的長髮，帶著刺鼻的味道打在鹹濕的面頰上，這種滋味恐怕是所有公車常客的共同經驗吧。而下車的這關尤其險惡，有人不斷拉鈴、有人大呼下車，一方面又有人拚命在人堆的隙縫中鑽營，車未靠站，已是一片大亂，不下戰時防空洞恐慌的氣氛。對於別有用心的雞鳴狗盜，公車的擠卻是妙不可言——職業或玩票的扒手和毛手所表現的猥瑣作風，早已成為公共道德和治安的黑死病。

躍下種類不一的公私車輛，不同職別、不同階層的奮鬥者紛紛地湧入各個商業辦公大廈，這裡一樣充斥著戰鬥般的氣氛，時間就是商業的生命——當打卡鐘聲清脆地在耳畔響起，隨著走向辦公桌的步履，一日的職業生涯已開始倒數計時。

5

電梯是高樓巨厦內部交通的樞紐，在繁忙的分秒裡，無數的電梯上上下下，載著人貨，載著千萬種不同的心情，也載著隱匿的罪惡，電梯把這些都載到陌生的空間或是熟悉的高度。在大厦腹中空曠無人的走廊上等待電梯，總令愛幻想的朋友生起陣陣寒意，門啟處，誰也不曉得會出來什麼東西。或是處身空敞的大電梯裡，在亮可鑑人的銅壁上發現：唯一同行的陌生紳士，正把他那雙又白又大的手伸向你的後頸……事後，他拍拍手從容地步出電梯，沒入大厦裡數百間套房裡的某一間，或是消失在街角的人潮裡……這種念頭的幻想成分固然濃厚，但在大廈管理成為治安瓶頸的今日，也絕非空穴來風。

電梯到達目的地前剎那間對乘客重力的干擾，是許多人永遠無法適應的。但是大多數的乘客寧願受到熟悉的重力干擾，這代表著你即將安然步出電梯的斗室。偶然的機會裡曾經聽到某教授躬述其真實體驗——電梯裡的小燈正順著數字前進時，忽然間一切靜止，陷入黑暗，莫名的驚悸襲上心頭，三數種令人凜然汗出的猜測飛竄入腦海，停電？故障？一個人被關在黑暗的盒子裡，瘋狂似地敲打和吼叫……如此意外發生的機率或許不高，但在新聞紙上有關電梯事故的顯赫標題震撼下，以及新建華廈愈來愈多的層數，使得乘坐電梯，委實有上天堂或下地獄般的漫長和無奈。有如世襲的天性，電梯裡的人們彷彿豎著利刺取暖的刺蝟，保持著微妙的空間關係，或雙目低垂、屏息凝神，或兩眼發直、喃喃報數。在如釋重負地步出電梯前，如一群沉默而枯燥的雕像。

6

不僅是西裝革履的白領階級藉由電梯直達辦公處所；北上求職的鄉村少女也由電梯裝載著輸送到生疏的環境。她手中剪報上的地址，是能夠提供理想和熱情來奮鬥的場所，抑是斂財騙色和逼良為娼的可怕陷阱呢？隱伏著危機的房間，它的外觀和大廈裡所有的房間一模一樣，而門後，卻通往無間之地獄。

平房時代已經遠逝，人口急遽的膨脹，使得公寓生活一躍而成為絕大部分居民所須面對的事實。一棟棟的國民住宅由政府斥資興建，在寸土寸金的臺北，每戶平均二十餘坪的面積，一方面顧慮到市民的經濟能力，另方面則一地難覓，只有嚴格地控制坪數以增加戶數。（但是住者有其屋的理想，是否也應斟酌傳統文化的背景？）二十餘坪的生活空間，僅僅適合於由父母子女構成的核心家庭，而極難塞下由直系三代組成的折衷家庭，忘了加上祖父母的房間，真擔心此間老人家們的歸宿，也會步向西方社會的殘酷公式——必須孤獨地度過人生蕭然的冬天。

單身公寓在近年慢慢崛起，獨身者蝸居在數坪大的套房裡。這裡的主人有許多都是三十歲以上的未婚或離婚的職業女性，她們把狹小的空間布置得美輪美奐，毫不吝惜地投入大部分所得，或許她們是寄望回家時，華麗的房飾可以溫暖、滋潤獨身的寂寥歲月吧？獨身，會使女人漸漸喪失對職業和生活的理想和熱情嗎？如果只是為了活著而活著，人生就會成為沒有刑期也沒有大門的牢獄。

市中心有許多半舊的樓房，底層開設各式各樣的店面，樓上則分隔成許多空格，成為簡陋價廉的宿舍。此處房客在經濟能力上遠遜於單身公寓的居民，因為工作或求學上的便利，而暫時委身於鴿籠般的窄小宿舍。一層樓裡用木板隔成數十間，擺一張床便幾無迴身餘地。重考生、臨時工和小店員同在擁擠、嘈雜、空氣氤氳汙濁的斗室內默默棲身。這些流動戶口，在龐大的都市裡，顯得渺小而無助地臣服在環境的淫威下；有時更易遭受命運之神無情的摧殘。前一陣子，一棟此類樓房慘遭祝融之禍，報紙刊出幾具焦黑殘骸，可想見當時如地獄般的慘狀——黑暗中混雜著尖叫和跑步聲，濃煙帶著炙熱的溫度沿著狹隘的樓梯和侷促的通道疾速滾動……

7

住宅區的建築有著令人厭煩的雷同。這種雷同不在其形而在其意。公園對於調整都市人生理和心靈的雙重視覺，具備顯著之價值。在層層公寓的包圍中，寥寥數百坪甚至只有數十坪的人工綠地，正是四周居民無價之公器。沈復先生在「浮生六記」中，記載他兒時把蝦蟆幻想成龐然巨物的本領，這種能力現代都市人也都在無形中培養出來。把一棵樹看成百棵樹，一朵花視為萬朵花，都市人把公園當作大自然濃縮成的藥片。

道旁的木棉在光禿的枝頭端出朵朵豔紅的大花，不時因風而落，啪啪地撞跌在紅磚路上。走在都市的靚容裡，感到莫名的哀戚如霧升起，是懷舊的情緒吧？文明前進的旋律和都市成長的流程在我心中穿梭……而我只能坐在紅磚道上的白欄椅子，看往來車輛的流體竄逝，夾帶嘯聲，如春秋的戰陣衝殺。懷舊的情愫，對於都市人的心靈而言是否過分造作？都市人已習慣於面對未知的未來、面對劇烈的變遷，把時間浪費在回憶中沉醉般的感傷，是一種恐怖的奢侈吧！都市面貌的日新月異，把人鍛鍊得冷漠。十年，僅僅十年就可以改變一個區域中每一個最小的細節。無常的圍牆、無常的鄰居，都市是一座無常的叢林，水泥牆上迴盪的噪音如同野獸的嘶吼，交織的道路向八方奔馳，劃開大地的皮膚……都市出生的人是沒有故鄉的，他們從生到死，都像乘坐一列永不停歇的快車，永遠地進站、出站，遺忘了起點，也不存在著終點。

8

落陽，在沉悶、黏濕的穹狀塵罩外緩緩下移，光線穿過靉靆的塵罩，折射成無比迷濛幻美的黃昏，這種在鄉野裡無法看到的綺麗景象，正是空氣汙染帶來的意外禮物，但也是人類生存危機的強烈啟示。

華燈初上，赭色已染遍天幕，愈近地面顏色愈深，直觸及一列黑色的高低稜線。晚霞似血，像是最哀豔的傷口，深深地割開天幕，滾湧出火焰般閃動、跳躍的雲彩。

夜來臨，市中心所有的商業都蔚然蓬勃，川流不息的人，川流不息的車。而越是多人多燈多熱鬧的地方，偶然察覺的，一股不期而生的寂寞也越大。夜總會和地下舞廳內，正充滿著微醺的氣息，飄忽的燈影在扭舞的軀幹上打出斑駁的光彩，強悍的熱門樂聲、雜沓窸窣的人聲，時時流動在指間、腋間和股間……盡情的舞呵，舞開肢體，舞回原始，舞向洪荒，就像是古代筮者祈福的狂擺。

刺激，如一朵極快凋萎的黑花，或許你一腳才跨出舞場，另一腳已踩入寂寞了。儘管街道上仍是霓虹燈火一片烱明，你卻只是一片空白和茫然……空白的情緒像滴在宣紙上的水墨，在街道間渲染開來。每一條明亮的街道都通向黑暗，既是黑暗的盡頭，也是黑暗的開端。孤寂，孤寂是都市人共通的命運，每個人都像是瀚海中形單影隻的明駝，項上駝鈴和著一個個深陷的腳印叮噹響起……

9

公車的夜奔，令人有鏤骨銘心的深刻印象。從木柵到臺北，一路無情閃逝的路燈，刺入視覺的中心，凝成一個光點。行車的韻律，是種聽不見的脈搏，乘客們各有不同的目的地，但是每個人都同樣地希望能夠更快到達該到的地方，全車的人凝結出一股無名的意志——不是你的、也不是我的，而是一股共同和強大的意志。這股意志配合著車速，以鐵獸之軀向前疾刺，隨著車身刺進辛亥隧道……和著轟轟的車聲，緩和而顯得濕辣的方燈塊塊打下光線，在隧道裡，人人都有張屍色的臉和紫色的唇，甫出隧道，清涼襲來，臺北也襲來，我喃喃念道：「臺北，你是我們世襲的財產！」

在都市進步繁榮，整齊秩序的靚容裡，卻存在著難以解決的文明苦果——擁擠、罪惡、噪音和汙染。「都市呵，交織著文明和無明、交雜著希望和失望、交融著理性和繆性……」我默默地想，靜靜地等待著窗前今夜的曇花。那曇花的葉，向無垠伸展；那曇花的白瓣，開，開，輕輕盪開，在無垠中盪開。

作者簡介

——林燿德（1962-1996），生於臺北市城中區。國立臺灣師範大學附屬高級中學、私立天主教輔仁大學法律系財經法學組畢業。曾獲時報文學獎、聯合報文學獎、梁實秋文學獎、全國優秀青年詩人獎、全國學生文學獎、國家文藝獎等多項大獎。

著有短篇小說集《惡地形》、《大東區》、《非常的日常》；長篇小說集《解謎人》、《一九四七・高砂百合》、《大日如來》、《時間龍》；詩集《銀碗盛雪》、《都市終端機》、《妳不瞭解我的哀愁是怎樣一回事》、《都市之甍》、《一九九〇》、《不要驚動不要喚醒我所親愛》；散文集《一座城市的身世》、《迷宮零件》、《鋼鐵蝴蝶》；評論集《一九四九以後——臺灣新世代詩人初探》、《不安海域——臺灣新世代詩人新探》、《羅門論》、《重組的星空》、《期待的視野》、《世紀末現代詩論集》、《敏感地帶——探索小說的意識真象》等。二〇〇一年楊宗翰曾主編一套五冊之「林燿德佚文選」（《新世代星空》、《邊界旅店》、《黑鍵與白鍵》、《將軍的版圖》、《地獄的佈道者》），收錄作者人生最後五年間的散佚發表作品，包含詩、散文、小說、翻譯與評論。

1984 —— 李家寶 —— 朱天心

李家寶是隻白面白腹灰狸背的吊睛小貓，之所以有名有姓，是因為牠來自妹妹的好朋友李家，家寶是妹妹給取的名兒，由於身分有別於街頭流浪到家裡野貓狗，便都連名帶姓叫喚牠。

李家寶剛來時才斷奶，才見妹妹又抱隻貓進門我便痛喊起來，家裡已足有半打狗三隻兔兒和一打多的貓咪！我早過了天真爛漫的年紀，寧愛清潔有條理的家居而早疏淡了與貓狗的廝混，因此一眼都不看李家寶，哪怕是連爸爸也誇從未見過如此粉妝玉琢的貓兒。

有了姓的貓竟真不比尋常，不知什麼時候開始，牠像顆花生米似的時常蜷臥在我手掌上，再大一點年紀，會連爬帶躍的蹲在我肩頭，不管我讀書寫稿或行走做事，牠皆安居落戶似的盤穩在我肩上。天冷的時候，長尾巴還可繞著我脖子正好一圈，完全就像貴婦人大衣領口鑲的整隻狐皮。

如此人貓共過了一冬，我還不及懊惱怎麼就不知不覺被牠訛上了，只忙不迭逢人介紹家寶的與眾不同。家寶是短臉尖下巴，兩隻淩爍大眼是橄欖青色，眼以下的臉部連同腹部和四肢的毛色一般，是純白色。家裡也有純白的波斯貓，再白的毛一到家寶面前皆失色，人家的白是粉白，家寶則是微近透明的瓷白。

春天的時候，家中兩三隻美麗的母貓發情，惹得全家公貓和鄰貓皆日夜為之傾狂，只有家寶全不動心依然與人為伍，為此我很暗以牠的未為動物身所役為異。再是夏天的時候，牠只要不在我肩頭的時候，都是高高蹲踞在我們客廳大門上的搖窗窗檯上，冷眼悠閒的俯視一地的人貓狗，我偶一抬頭，四目交接，牠便會迅速的拍打一陣尾巴，如同我與知心的朋友屢屢在鬧嚷嚷的人群中默契的遙遙一笑。

家寶這些行徑果然也引起家中其他人的稱嘆，有說牠像個念佛吃素的小沙彌，也有說寶玉若投胎做貓就一定是家寶這副俊模樣。我則是不知不覺漸把家寶當作我的白貓王子了。

曾經在感情極度失意的一段日子裡，愈發變得與家寶相依為命，直到有一天妹妹突然發現，問我怎麼近來所寫的小說散文乃至劇本裡的貓狗小孩皆叫家寶，妹妹且笑說日後若有人無聊起來要研究這時期的作品，定會以此大作文章，以為家寶二字其中必有若何象徵意義。我聞言不禁心中一慟，永遠不會有人知道，僅僅是一個寂寞的女孩子，滿心盼望一覺醒來家寶就似童話故事裡一夜由青蛙變成的王子，家寶是男孩子的話，一定待我極好的。

這之後不久，朋友武藏家中突生變故，他是飛F－五E的現役空官，新買的一隻俄國獵狼犬乏人照顧，便轉送給我們了。狗送來的前一日，我和妹妹約定誰先看到牠誰就可以當牠的媽媽。是我先看到的，便做了小狗「托托」的娘，托托剛來時只一個多月，體重五公斤，養到一年後的現在足足有四十公斤，這多出來的三十五公斤幾乎正好是我的零食和買花的零用錢，而耗費的時間心力更難計算。

自然托托的這一來，以前和家寶相處的時間完全被取代。由於家裡不只一次發現家寶常背地裡打托托耳光，不得不鄭重告訴家寶，托托是娃娃，凡事要先讓娃娃的。家寶只高興我許久沒再與牠說話了，連忙一躍上我的肩，熟練到我隨口問：「家寶尾巴巴呢？」牠便迅速拍打一陣尾巴，我和牠已許久沒玩這些了，而牠居然都還記得，我暗暗覺得難過，但是並沒有因此重新對待家寶如前。家寶仍然獨來獨往不理其他貓咪，終日獨自盤臥在窗檯上，我偶爾也隨家人斥牠一句：「孤僻！」真正想對牠說的心底話是：現在是什麼樣的世情，能讓我全心而終相待的人實沒幾個，何況是貓兒更妄想奢求，你若真是隻聰明的貓兒就該早明白才是！

但是只要客人來的時候，不免應觀眾要求表演一番，我拍拍肩頭，牠便一縱身躍上我肩頭，從來沒有一次不順從我，眾人嘖嘖稱奇聲中，我反因此暗生悲涼，李家寶李家寶，你若真是隻有骨氣的貓兒，就不當再理我再聽我使喚的！可是家寶仍然一如往昔，只除了有時跟托托玩打一陣，不經意跟牠一照面，牠兩隻大眼在那兒不知凝視了我多久，讓我隱隱生懼。

家寶漸不像以前那樣愛乾淨勤洗臉了，牠的嘴裡似乎受了傷，時有痛狀，不准人摸牠的鬍子和下巴一帶，因此鼻下生了些黑垢，但就是如此，家寶仍舊非常好看，像是很有風度修養的紳士唇上蓄髭似的，竟博得「小國父」的綽號。而我並沒有注意到牠的日益消瘦。

元宵晚上家中宴客，商禽叔叔的小女兒奴奴整晚上皆貓不釋手，自然我也表演了和家寶的跳肩絕技。奴奴見了自是抱著家寶喜歡得不知怎麼好，妹妹遂建議把家寶送給奴奴，反正家寶是最親人且尤需人寵惜的，現在遭我冷落，不如給會全心疼牠的奴奴好。我想想也有道理，一來見奴奴果真是真正愛貓，非如其他小孩的好玩沒常性，二來趁此把長久以來的心虛愧歉做一了斷，至於家寶的要生離此——到底是貓啊！此一去有吃有住，斷不會如人的重情惜意難割捨吧！便答應了奴奴。

臨走找裝貓的紙箱繩子，家寶已經覺得不對，回頭一眼便看到躲在人堆最後面的我，匆亂中那樣平靜無情緒的一眼，我慌忙逃到後院痛哭一場。

忍到第二天我才催媽媽打電話問問家寶情況。回說是剛到的頭天晚上滿屋子走著喵喵叫不休。現在大概是累了，也會歇在奴奴和姊姊肩上伴讀。我強忍聽畢又跑出門大哭一場，解貓語若我，怎麼會不知道家寶滿屋子在問些什麼呢！

一星期後，商禽叔叔阿姨把家寶帶回，說家寶到後幾天不肯吃飯。我又驚又喜的把紙箱子打開，家寶已不再是家寶了，瘦髒得不成形狀。我餵牠牛奶替牠生火取暖擦身子，牠只一意的走到屋外去，那時外面下著冷雨，牠便坐在冰濕的雨地裡，任我怎麼喚牠牠都恍若未聞，我望著牠呆坐的背影，知道這幾天裡牠是如何的心如死灰形如槁木了，不錯，牠只是隻不會思不會想的貓，可是我對牠做下無可彌補的傷害則是不容置疑的。

由於家寶回到家來仍不飲食且嘴裡溢出膿血，我們忙找了相熟的幾位臺大獸醫系的實習小大夫來檢查，說家寶以前牙床被魚刺扎傷一直沒痊癒且隱有發炎，至於這次為什麼突然會惡化到整個口腔連食道都潰爛，他們也不明白。原因，當然只有我一人清楚的。

此後的一段日子，我天天照醫師指示替家寶清洗口腔和灌服藥劑牛奶，家寶也曾經有回復的跡象。但是那一天晚上天氣太冷，我特別灌了一個熱水袋放在牠窩裡，陪著牠，摸了牠好一會兒，牠瘦垮得像個故障破爛了的玩具，我當下知道牠可能過不了今晚，但也不激動悲傷，只替牠擺放好一個最平穩舒適的睡姿，輕輕叫喚牠各種以前我常叫的綽號暱稱，有時我叫得切，牠就強撐起頭來看看我，眼睛已撐不圓了，我問牠：「尾巴巴呢？」牠的尾巴尖微弱的輕晃幾下，牠病到這個地步仍然不忘掉我們共同的這老把戲，我想牠體力有一丁點可能的話，牠一定會再一次爬上我的肩頭的，重要的是，牠用這個方式告訴我已經不介意我對牠的種種了，牠是如此有情有意有骨氣的貓兒。

次日清晨，我在睡夢中清楚聽到媽媽在樓下溫和的輕語：「李家寶最乖，婆婆最喜歡你了噢……」我知道家寶還沒死，在撐著想見我最後一面，我不明白為什麼不願下樓，倒頭又迷濛了一陣，才起身下去，家寶已不在窩裡，摸摸熱水袋，還好仍暖，家寶這一夜並沒受凍。

我尋到後院，見媽媽正在桃樹下掘洞，家寶放在廊下的洗衣機上，我過去摸牠、端詳牠，牠還暖軟的，但姿勢是我昨晚替牠擺的，家寶眼睛沒闔上，半露著橄欖青色的眼珠，我沒有太多死別的經驗，我只很想摸暖牠，湊在牠耳邊柔聲告訴牠：「家寶貓乖，我一直最喜歡寶貓。你放心。」便去撥牠的眼皮，就闔上了，是一副乖貓咪的睡相，牠的嘴巴後來已被我快醫好了，很乾淨潔白，又回到牠初來我們家時的傻模樣，可是，我醫好了牠的傷口，卻不知把牠的心弄成如何破爛不堪。

家寶埋在桃花樹下，那時還未到清明，風一吹，花瓣便隨我的眼淚閃閃而落。現在已濃蔭遮天，一樹的桃兒尖已泛了紅，端午過後就可摘幾個嘗嘗新了。我常在樹下無事立一立，一方面算計桃兒，一方面伴伴墳上已生滿天竺菊的李家寶。

作者簡介

——朱天心（1958-），祖籍山東臨朐，生於高雄鳳山，臺灣大學歷史系畢業。早有夙慧，就讀北一女時期寫就的《擊壤歌》，曾風靡一整代青年學子。自《我記得……》後風格一變，開發新題材，《想我眷村的兄弟們》、《古都》、《漫遊者》皆已成為臺灣文學史上的代表性重要著作，相關的討論文章無數。除了專事寫作，並長年關注政治性公共事務，近年擔任街貓志工，著有《獵人們》、《三十三年夢》等書。

從前

張讓

從前，我們住在鄉下，海邊的一個小漁村。

那時，父親在城市上班，僅是薪水微薄的小公務員。母親在村裡的小學教書，獨自帶養五個小孩。我六、七歲，領著下面一群更稚年的小小孩。由於人丁多，收入少，生活十分儉嗇，經常吃的是魚乾、醃菜。然而鄉下有的是綠油油的田，高蒼蒼的樹，不管大小孩和小小孩，總能自得其樂。

夏天的時候，上面藍天開著雲朵，下面水田汪汪映著天色。大小孩和小小孩結伴在田埂上走單槓，抓蜻蜓。蜻蜓有好些種顏色，最不受人愛的是黑色、細長尾巴的，因為最常見。大家總愛捉大紅身大紅尾或橘色的。鮮豔的顏色在小孩眼中，有不可形容的吸引力。像過年的紅春聯、樹上的大黃花、市場裡紅橙柔軟的柿子和蠟筆盒裡所有日常生活裡少見的顏色，都十分珍貴可喜。我畫圖時格外愛用力把一大片一大片厚厚油油的顏色塗上紙，太用力，蠟筆斷成了三、四節，手上、指甲裡盡是五顏六色，但紙上有一個再美麗不過的世界。綠臉的那個醜八怪是對面的大壞蛋，穿紅衣紅鞋的漂亮人兒，當然，是我。

然後夜晚來了，田野上追逐的人影便在濃起來的炊煙和夜色中淡下去。

淡去的人影回到家，在屋裡的燈光下重新聚為人形。大一點在撿菜洗菜的是我，小一點正光著身準備進澡盆的是弟妹中的一個，蹲坐在地上彎著身的人影是母親。

夏天時，洗澡水涼涼的，小小孩欣然入浴，玩得水花四濺。冬天時是一盆滾沸的水，小小孩被剝光了衣服，瑟瑟而抖，看見蒸騰騰的水氣起了可怕的聯想。母親伸手入水，把指頭煮給小小孩看。奇怪那指頭形狀顏色不變，母親臉上也笑笑的。不過，那不代表什麼。大人是奇怪的東西，他們可以任意走進門外的黑裡去，或蹲在井邊用一大堆衣服造泡泡，卻不准你晚上出門，或對衣服上幾滴田裡來的泥巴漬哇哇叫。而現在，他們煮了自己的指頭不夠，還要來煮你的。母親對小小孩的抗議無動於衷。她雖然不十分強健，終於把掙扎的裸小孩活生生丟進去煮了。這樣壞的媽媽一定不是親生的，小小孩憤怒的想。白白的皮肉紅起來，母親在上面抹上肥皂，搓出一朵朵白雲樣的泡泡來。哭泣的小小孩快樂起來，在煙霧升騰的盆裡忘卻了先前的恐慌。讓他出來成了另一種困難，但母親終於把這群惹禍精都調理成香噴噴的娃娃。

該做菜了。母親把澡盆和板凳挪走，清理了地上的湖泊和沼澤。能做的菜不多，或者是大盤空心菜、鹹魚，或者有新鮮的帶魚、鯊魚。但是總有白淨淨的飯，和鍋巴。沒有比鍋巴更美味的零食了。在灶上溫文四合的火上煮出來的，爽脆香酥。有時母親逗不過我們嘴饞，先給鍋巴吃。有時得等飯到鍋底了，才吃得著。

這時烹飪正在進行。油煙從鍋裡冒上來，滋滋作響。光從飯廳牆壁上的一盞燈泡照過來。昏昏黃黃，裹在煙裡環舞而上。聰明的父親在燈泡後貼上一面原來包裝香菸的錫紙，幫助反射燈光，但廚房仍然不太明亮。一個半黑半明的世界，菜在鍋裡說話，煙升騰在空中，而母親的影子摺疊在灶上、地上，一群飢饞的影子在她身邊打轉，吸嗅飛在空中的晚餐香味。

不記得菜飯竟有不好吃的時候。青菜是綠的，紅燒的魚是醬色，煎炸時是金黃的，飯是白的。那樣簡單的顏色，卻入眼悅目，入嘴可口。而且堅硬的條凳並沒坐疼屁股。在那方圍坐了一群餓鬼的桌上，情勢緊急，搶攻急食之餘，連酸甜都不辨。臀部遠處邊陲，疼痛與否，只能等到口腹空閒了，才能決定。

有時小孩們留戀傍晚，把晚飯搬到戶外。在門口的臺階鋪上草蓆，一級一級下來，直到街邊，像金鑾殿上的丹墀。坐上最高一級，不知怎麼，就彷彿有一種君臨天下的感覺。雖然「天下」很小，高只有三、四級，寬不過左右幾間瓦房。「天子」捧著陶製御碗，裡面是翠玉白菜和瑪瑙小魚。左邊一群袒胸執扇的大人，在靄靄夜色裡拍蚊子，說故事。大半是鬼故事，在咿咿呀呀懾人魂魄的胡琴聲裡，天子們急急丟下飯碗和天下，聽故事去了。

從村裡到海邊有一大片墳崗，大部分是寒苦人家的墳，土裡一個洞放一隻粗瓦罐。少數富人有七彩迴龍、雕花刻草的大墳。窮鬼總是在夜裡出來，瘦骨嶙峋，飄然臨風，面色陰森，形容愁慘。而夜蟲催鳴，燐火交纏飛舞。生前飽受磨難的鬼或許心無惡念，路過撞見的行人不免心虛地想到自己的大過小錯，以為報應在即，魂飛魄散。

大人講的那些故事，當然都是真的。看他們比手畫腳，表情變化萬千，好像臉上也長了手腳四下比畫一樣。可是晚上經常有人從海邊的村裡穿墳越崗而來，甚至下雨天也有人戴著斗笠，披著毛扎扎的簑衣過來。那些大人不怕鬼嗎？當時對那些趕夜穿墳過鬼地到村裡來的人十分敬佩，但更多的是同情。走過那麼多鬼住的地方，又不能把路的那頭折到這頭，一步跳過來，真可憐！

但是，越可怕的東西越可愛。小孩們喜歡聚眾提了紙燈或拿手電筒、蠟燭。往墳崗去探險。到墳崗得先經過一條打橫的窄巷，上坡路，越走越高，越高越黑。一下子村子的光被撂在背後，眼前伸手不見五指，只有手上有限的光剪開黑暗，裂出一線光明。這時人間溫暖明亮的世界在身後。前面是鬼域，是青面獠牙、恐怖陰森的世界。「我，我要回去！」有人再沒法裝膽大了，嗚咽著退兵。陸陸續續有人招供膽小，從前線退到後線。恐懼到盡頭的時候，鬼就真的來了。有人大叫一聲。大家便一窩蜂掉頭死奔。愈跑愈覺得鬼爪由後逼來，扯著衣角，死命不放。媽呀！

奔下來，人世依然燈火明亮，蚊蠅飛舞。鬼故事繼續著，胡琴咿呀，有人唱著淒涼的小調。孩子們散去捉螢火蟲，把人間伸手可及的星辰裝在玻璃罐裡，帶回家。明亮的世界是這樣親切可人，有父母、兄弟、樂聲、爭吵和一切帶生氣的東西：鑽進蚊帳來叮咬的蚊子、田間的蛙鳴、後院的豬。

那時住的是租來的房子。我們唯一的睡房緊靠天井式的後院。院中央一口井，每天我們一桶一桶，由井裡汲取飲食和洗滌用的水。

取水可以望天，最是不可思議。高高在上的藍天白雲在你俯身時，忽然便到了水裡。還有自己，只是不知怎麼，臉總是黑黑的，看不清。桶子入水，嘩啦一聲便沖開了那一方藍天。長大讀到「投石沖開水底天」，立時便想到那口後院的井，真像大地的一隻眼睛一樣。

後院一道窄門，過去便是豬圈，再過去是廁所。上廁所是苦事，尤其是晚上。

後院無燈，入了窄門才有一點模糊的燈光。廁所只是個毛坑，一盞黯然神傷的小燈讓人不致踩進坑裡。但那點微弱之火對聽慣吊死鬼、大頭鬼的孩子來說，實在不足以壯膽。尤其廁所背坡而立，坡後不遠便是群鬼聚集的墳崗。蹲在黑不見底的毛坑上，實在保不準那一刻，便會有手從下面的深淵伸上來遞草紙給你，甚而替你揩屁股。

除了恐怖，上廁所難堪的，是臭。豬圈就在隔壁，滿池的餿水尿糞，惡氣沖天。但是上完廁所出來，經過那群痴肥骯髒的動物回到家，仍照常吃豬肉，並不覺得噁心。似乎，豬圈裡那些不潔蠢物和餐桌上的可口菜餚，並不相關。只有猶太人任這一聯想，破壞了豬肉的美味。那時我絲毫不懷疑能欣賞豬肉，未必便賦予人類殺戮袞袞豬公的權利。似乎偶爾在飯桌上見到豬肉，是天經地義的事。

一個晚上，我夜半由睡夢中驚醒。什麼聲音？我問自己。一會兒，聲音又起。尖銳慘厲，似一枝細針由九幽直刺上來。那聲音持續不久，終於停止。我又睡著了。

第二天，我知道了那聲音來自後院那群可憐的豬。牠們的壽限已到，房東領屠夫來送牠們上西天參了正果。第一次，我體會到人的殘忍。

我仍然照常吃豬肉，不能解釋自己到底由這件事學到什麼。稍大後，我不斷聽到豬可悲的命運是咎由自取的理論。

「牠們若不好吃懶做把自己養得那麼胖。人怎麼會想到去吃牠們？」

「牠們又懶又髒，除了消化食物，一無是處，活該被殺來吃！」

但是像魚蝦、麻雀這些嬌小靈活的動物，也沒逃過被吃的命運。而關於豬的真相，科學家的發現恰恰相反。牠們其實是十分聰明的動物，且相當愛乾淨。只因人糟蹋牠們，飼以腐食，又不為牠們打掃住處，牠們既智不過人，對自己的處境無能為力，只有逆來順受，將潦倒汙穢的一生，在人類精緻的餐盤和尖牙利齒中了結。

不過我對豬的憐憫，也僅止於此。大拜拜時見到沿街伏身竹架、口啣果子的豬公，只驚訝其大，張嘴吐舌而已。而對人，我隱隱嘗到一絲狡猾、兩分殘忍。奇怪的是，內心深處，我覺得那些狡猾殘忍，和我並沒有什麼關係。畢竟，人表面上都是善良可親的。

炎熱的夏天午後。老年人和清閒了的婦女在騎樓底納涼。有人下棋，有人輕搖團扇假寐，有人談天說笑，有人替人捏脖子抓沙，有人讓人用線開臉……街道上，陽光耀眼，騎樓下陰涼幽暗，是一幅強烈對比的畫面。黑的如漆，白的如銀，微微可辨的背景音樂。生命靜止了，一切是那麼豐富、安詳。

的確，物質生活貧瘠的鄉下卻充滿了色彩和生機。

沒有電視，幾個月上一次電影院是人生大事。電影是多麼神奇的東西，原來只是一大片什麼都沒有的白布，後來卻什麼都有了。比大人還大的人在上面活動。房屋和街道看起來並不是平板的，而是有遠近，好像人可以走進去那樣。也有風有雨，但你頭髮不動，地上也沒有水。兩小時的電影帶你走遍天上人間，讓你又哭又笑。書上的故事和世界在那一塊布上都實現了，你不只看到，還聽到。一切都像是真的，幻想竟有成真的時候。看電影是看你的幻想在那裡唱歌、說話，沒有東西比它更吸引人了。

但是錯了，還有布袋戲和歌仔戲。電影畢竟太斯文，又過分進步，讓人搞不清到底是怎麼回事。而現場搭臺演出的布袋戲、歌仔戲五光十色，熱鬧精采，比隔層布的電影要具體、親切得多。

中國民間對顏色的胃口一向濃烈，大紅大紫，大黃大綠。日常生活中不可上身的顏色，統統到了戲臺上。舞臺和背景是鮮豔的彩繪，有光明大殿，盤龍廟堂，甚至偶爾會冒出紅紅紫紫的煙霧。戲服的色彩更熱鬧，每個演員著色不同，但都是明亮得直跳到你眼前的顏色。不只這樣，戲服上還有精緻的刺繡，閃耀的金銀鑲嵌。演戲的臉上塗白抹紅，腮一定豔紅如醉，唇一定血紅如花。鑲了黑眶的眼睛神采流轉，畫過的眉清晰，粉過的鼻高直。然後鐃鈸聲響，琴聲悠揚。美人擰腰回眸，裙裾飄忽，水袖飛揚。英雄力戰群梟，威風八面。所有在場的孩子都靈魂出竅，在舞臺的聲光色彩中水袖款擺，英雄無懼。直到回家了靈魂都還不回轉來，拿夾子插了一頭是釵飾，綁條繩子在腦後是烏絲長髮，床單圍肩一披是美女宮裝，隨便帶子一繫是腰身。頭一擰，手臂一張，蘭指一勾，回眸處眼波欲滴……啊，怎願回到色彩黯淡、故事乏味的真實生活呢！

現實儘管比不上戲劇刺激生動，也並不是真的乏味。沒有玩具，但是有田，有樹，有騎樓。有田，便可以在田隴上走單槓，看風駛過稻浪，看蜻蜓疊羅漢，或者可以和男生在田邊泥地裡挖蚯蚓，在水田裡釣三斑。運氣好的時候不多，上鈎的多是大肚魚。有時釣上來一條水蛇，有時不小心掉到田裡。有樹，便可以爬上去摘果子，摘花，可以捉蟬。竹竿尾沾上瀝青，伸上去，把那「知了——知了」叫個不停的笨東西黏下來，研究牠唱歌的東西。有騎樓，便可以在走廊上丟「ㄤㄚ仙」，甩紙牌，玩彈珠。再怎麼樣，一群孩子總可以玩捉迷藏、官兵捉強盜或辦家家酒。

沒錢，經常沒糖果、餅乾解一時的貪饞或飢餓。母親在家時，有健素糖或鈣片可以吃。有時母親去學校前給我們一毛兩毛，買梅子餅或ㄍㄧㄚ冰。大部分時候是什麼都沒有，但父親回來時就不一樣了。

每個禮拜六，父親從城裡回來。傍晚時，母親把大小孩和小小孩打扮停當，讓大小孩領著小小孩穿過街巷去車站接父親。

大小孩牽著小小孩，小小孩牽著小小孩，唱著歌，帶著笑，乾乾淨淨浩浩蕩蕩出門去。

「去接爸爸啊？」鄰居們微笑相問。

「是，爸爸今天回來。」大小孩代表回答，腳下不停。

市場近了。平時小孩們都要特地到這兒來看熱鬧，今天他們頭也不回，眼也不斜，直直走過去了。

「回來了啊！」鄰居親切歡迎。

「欸。」帶著一群小孩的男子回答，滿臉笑容。

孩子們有的手提餅乾，有的捧著糖果，有的牽著父親的手，在蒼茫夜色中歡歡喜喜，由街的那頭走回家。

母親在做菜，聞聲出來，接過父親的手提箱，那晚菜多，又特別好吃。以後的幾天都有城裡來的糖果、餅乾吃。

母親總是很忙，父親卻陪我們玩。他帶回來第一盒粉蠟筆，示範給我看。簡單幾筆，白紙上忽然走出來小小雞小狗，背後有房子、籬笆，天上有胖胖的雲。很快我比父親更能幹，各色蠟筆下生出許多好玩的東西。顏色真是美麗，哪怕只是一個顏色。尤其是藍色。有那麼多需要藍色的場合：藍天、藍海、藍牆壁、藍衣服、藍花朵。藍色總是不夠用。

父親還是比較能幹。我只會畫畫，他卻還會做玩偶。我們從外面挖來黏土，加上幾根火柴幫忙，造一個女生，又造一個男生，造出一個大家子來：父親、母親、大小孩（我），和四個小小孩。

這一家子後來搬離可愛的村子，搭乘載父親回來的公車，到城市去了。

大小孩那時已經九歲，站在車尾，把鼻子在窗上壓扁了，無限留戀的看著遠去的村子。

「我要再回來的。」大小孩喃喃自語。似乎沒有流淚的必要，聽說要去的新地方，又熱鬧，又好玩。

作者簡介

——張讓（1956-），曾獲首屆《聯合文學》中篇小說新人獎、《聯合報》長篇小說推薦獎、《中國時報》散文獎，並多次入選各家年度散文或小說選集。著作包括短篇小說集《並不很久以前》、《我的兩個太太》、《不要送我玫瑰花》、《當愛情依然魔幻》，長篇小說《迴旋》，及散文集《攔截時間的方法》、《如果有人問我世界是什麼形狀》等，以及兒童傳記《邱吉爾》等，並譯有童書《爸爸真棒》，與小說集《初戀異想》、《感情遊戲》、《出走》和非小說《人在廢墟》、《一路兩個人》。

廣告

梁實秋

從前舊式商家講究貨真價實，一旦做出了名，口碑載道，自然生意鼎盛，無須大吹大擂，廣事招徠。北平同仁堂樂家老鋪，小小的幾間門面，比街道的地面還低矮兩尺，小小的一塊匾，沒有高擎的「丸散膏丹道地藥材」的大招牌，可是每天一開門就是顧客盈門，裡三層外三層，真是擠得水洩不通（那時候還沒有所謂排隊之說）。沒人能冒用同仁堂的名義，同仁堂只此一家，別無分店，要抓藥就要到大柵欄去擠。

這種情形不獨同仁堂一家為然。買服裝衣料就到瑞蚨祥，買茶葉就到東鴻記西鴻記，準沒有錯。買醬羊肉到月盛齋，去晚了買不著。買醬菜到六必居，也許是嚴嵩的那塊匾引人。吃螃蟹、涮羊肉就到正陽樓，吃烤牛肉就要照顧安兒胡同老五，喝酸梅湯要去信遠齋。他們都不在報紙上登廣告，不派人撒傳單。大家心裡都有數。做買賣的規規矩矩做買賣，他們不想發大財，照顧主兒也老老實實地做照顧主兒，他們不想試新奇。

但是時代變了，誰也沒有辦法教它不變。先是在前門大街信昌洋行樓上豎起「仁丹」大廣告牌，好像那翹鬍子的人頭還不夠惹人厭，再加上誇大其詞的「起死回生」的標語，猶嫌招搖不夠盡興，再補上一個由一群叫化子組成的樂隊，吹吹打打，穿行市街。仁丹是還不錯，可是日本人那一套宣傳伎倆，我覺得太討厭了。

由西直門通往萬壽山那一條大道，中間黃土鋪路，經常有清道夫一杓一杓地潑水，兩邊是大石板路，供大排子車使用，邊上種植高大的柳樹，古道垂楊，夾道飄拂，頗為壯觀可喜。不知從哪一天起，路邊轉彎處立起了一、兩丈高的大木牌，強盜牌的香菸，大聯珠牌的香菸，如雨後春筍出現了。我每星期週末在這大道上來往一回，只覺得那廣告收了破壞景觀之效，附帶著還惹人厭。我不吸菸，到了吸菸的年齡我也自知選擇，誰也不會被一個廣告牌子所左右。

坐火車到上海，沿途看見「百齡機」的廣告牌子，除了三個大字之外還有一行小字「有意想不到之效力」。到底那百齡機是什麼東西，有什麼意想不到的效力，誰也說不清，就這樣糊裡糊塗地發生了廣告效果，不少人盲從附和。《小說月報》、《東方雜誌》也出現了「紅色補丸」的廣告，畫的是一個佝僂著腰的老人，手附著胯，旁邊注著「圖中寓意」四個字，寓什麼意？補丸而可以用顏色為名，我只知道明末三大案，皇帝吃了紅丸而暴崩。

這些都還是廣告術的初期亮相。邇後廣告方式，日新月異，無孔不入，大有氾濫成災之勢。廣告成了工商業的出品成本之重要項目。

報紙刊登廣告，是天經地義。人民大眾利用刊登廣告的辦法，可以警告逃妻，可以鳳求凰或凰求鳳，可以叫賣價格低廉而美輪美奐的瓊樓玉宇，可以報失，可以道歉，可以鳴謝救火，可以感謝良醫，可以宣揚仙藥，可以賀人結婚，可以賀人家的兒子得博士學位，可以一大排一大排訃告同一某某董事長的死訊，可以公開訴願喊，可以公開歌功頌德，可以宣告為某某舉辦冥壽，可以公告拒絕往來戶，可以揭露各種考試的金榜，可以……不勝枚舉。我的感想是：廣告太多了，時常把新聞擠得局處一隅。有些廣告其實是浪費，除了給報館增加收益之外，不免令讀者報以冷眼，甚或嗤之以鼻。同時廣告所占篇幅有時也太大了，其實整版整頁的大廣告嚇不倒人。外國的報紙，不限張數，廣告更多，平常每日出好幾十張，星期日甚至好幾百頁，報僮暗暗叫苦，收垃圾的人也吃不消。我國的報紙好像情形好些，廣告再多也是在那三大張之內，然而已經令人感到氾濫成災了。

雜誌非廣告不能維持，其中廣告客戶不少是人情應酬，並非心甘情願送上門來。可是也有聲望素著的大刊物，一向以不登載廣告為傲，也禁不住經濟考慮而大開廣告之門。我們不反對刊物登載廣告，只是登載廣告的方式值得研究。有些雜誌的廣告部分特別選用重磅的厚紙，彩色精印，有喧賓奪主之勢，更有魚目混珠之嫌。有人對我說，這樣的刊物到他手裡，對不起，他時常先把廣告部分盡可能地撕除淨盡，然後再捧而讀之。我說他做得過分，辜負了廣告客戶的好意，他說為了自衛，情非得已。他又說，利用郵遞投送廣告函的，他也是一律原封投入字紙簍裡，他沒有工夫看。

我不懂為什麼大街小巷有那麼多的搬家小廣告到處亂貼，牆上、樓梯邊、電梯內，滿坑滿谷。沒有地址，只具電話號碼。黏貼得還十分結實，洗刷也不容易。更有高手大概會飛簷走壁，能在大廈二、三丈高處的壁上張貼。聽說取締過一陣，但是野火燒不盡春風吹又生了。

有吉房招租的人，其心情之急是可以理解的。在報紙上登個分類小廣告也就可以了，何必寫紅紙條子到處亂貼。我最近看到這樣的大張紅紙條子貼在路旁郵箱上了。顯然有人去撕，但是撕不掉，經過多日雨淋才脫落一部分，現在還剩有斑駁的紙痕留在郵箱上！

電視上的廣告更不必說，天下沒有白吃的午餐，沒有廣告哪裡能有節目可看？可是那些廣告逼人而來，真殺風景。我不想買大廈房子，我也沒有香港腳，我更不打算進補，可是那些廣告偏來呶呶不休，有時還重複一遍。有人看電視，一見廣告上映，登時閉上眼睛養神，我沒有這樣本領，我一閉眼就真個睡著了。我應變的辦法是只看沒有廣告的一段短短的節目，廣告一來我就關掉它。這樣做，我想對自己沒有多大損失。

早起打開報紙，觸目煩心的是廣告，廣告，出去散步映入眼簾的又是廣告，廣告，午後綠衣人來投送的也多是廣告，廣告，晚上打開電視仍然少不了廣告，廣告。每日生活被廣告折磨得夠苦，要想六根清淨，看來頗不容易。

作者簡介

——梁實秋（1903-1987），名治華，字實秋，生於北京，是學者、教育家，更是知名的散文家、翻譯家、評論家。曾任北大外文系主任、師大英語系主任、文學院院長等職。一生著作等身，被許為當代最重要的文學家，也是中國人文風格最為典型的大師，有「文壇的至聖先師」、「中國新文學的瑰寶」、「國之寶」的美譽。著有《雅舍小品》、《雅舍散文》、《浪漫的與古典的》、《槐園夢憶》、《梁實秋論文學》、《英國文學史》等三十餘種；並譯有《莎士比亞戲劇全集》、《塵世情緣——吉爾菲先生的情史》、《咆哮山莊》等。

酸梅湯與糖葫蘆

梁實秋

夏天喝酸梅湯，冬天吃糖葫蘆，在北平是不分階級人人都能享受的事。不過東西也有精麤之別。琉璃廠信遠齋的酸梅湯與糖葫蘆，特別考究，與其他各處或街頭小販所供應者大有不同。

徐凌霄《舊都百話》關於酸梅湯有這樣的記載：

> 暑天之冰，以冰梅湯為最流行，大街小巷，乾鮮果鋪的門口，都可以看見「冰鎮梅湯」四字的木檐橫額。有的黃地黑字，甚為工緻，迎風招展，好似酒家的帘子一樣，使過往的熱人，望梅止渴，富於吸引力。昔年京朝大老，貴客雅流，有閒工夫，常常要到琉璃廠逛逛書鋪，品品骨董，考考版本，消磨長晝。天熱口乾，輒以信遠齋梅湯為解渴之需。

信遠齋鋪面很小，只有兩間小小門面，臨街是舊式玻璃門窗，拂拭得一塵不染，門楣上一塊黑漆金字匾額，鋪內清潔簡單，道地北平式的裝修。進門右手方有黑漆大木桶一，裡面有一大白瓷罐，罐外周圍全是碎冰，罐裡是酸梅湯，所以名為冰鎮。北平的冰是從十剎海或護城河挖取藏在窖內的，冰塊裡可以看見草皮木屑，泥沙穢物更不能免，是不能放在飲料裡喝的。十剎海會賢堂的名件「冰碗」，蓮蓬桃仁杏仁菱角藕都放在冰塊上，食客不嫌其髒，真是不可思議。有人甚至把冰塊放在酸梅湯裡！信遠齋的冰鎮就高明多了。因為桶大罐小冰多，喝起來涼沁脾胃。他的酸梅湯的成功祕訣，是冰糖多、梅汁稠、水少，所以味濃而釅。上口冰涼，甜酸適度，含在嘴裡如品純醪，捨不得下嚥。很少人能站在那裡喝那一小碗而不再喝一碗的。抗戰勝利還鄉，我帶孩子們到信遠齋，我准許他們能喝多少碗都可以。他們連盡七碗方始罷休。我每次去喝，不是為解渴，是為解饞。我不知道為什麼沒有人動腦筋把信遠齋的酸梅湯製為罐頭行銷各地，而一任「可口可樂」到處猖狂。

信遠齋也賣酸梅滷、酸梅糕。滷沖水可以製酸梅湯，但是無論如何不能像站在那木桶旁邊細啜那樣有味。我自己在家也曾試做，在藥鋪買了烏梅，在乾果鋪買了大塊冰糖，不惜工本，仍難如願。信遠齋掌櫃姓蕭，一團和氣，我曾問他何以仿製不成，他回答得很妙：「請您過來喝，別自己費事了。」

信遠齋也賣蜜餞、冰糖子兒、糖葫蘆。以糖葫蘆為最出色。北平糖葫蘆分三種。一種用麥芽糖，北平話是糖稀，可以做大串山裡紅的糖葫蘆，可以長達五尺多，這種大糖葫蘆，新年廠甸賣的最多。麥芽糖裹水杏兒（沒長大的綠杏），很好吃，做糖葫蘆就不見佳，尤其是山裡紅常是爛的或是帶蟲子屎。另一種用白糖和了黏上去，冷了之後白汪汪的一層霜，另有風味。正宗是冰糖葫蘆，薄薄一層糖，透明雪亮。材料種類甚多，諸如海棠、山藥、山藥豆、杏乾、葡萄、橘子、荸薺、核桃，但是以山裡紅為正宗。山裡紅，即山楂，北地盛產，味酸，裹糖則極可口。一般的糖葫蘆皆用半尺來長的竹籤，街頭小販所售，多染塵沙，而且品質粗劣。東安市場所售較為高級。但仍以信遠齋所製為最精，不用竹籤，每一顆山裡紅或海棠均單個獨立，所用之果皆碩大無疵，而且乾淨，放在墊了油紙的紙盒中由客攜去。

離開北平就沒吃過糖葫蘆，實在想念。近有客自北平來，說起糖葫蘆，據稱在北平這種不屬於任何一個階級的食物幾已絕跡。他說我們在臺灣自己家裡也未嘗不可試做，臺灣雖無山裡紅，其他水果種類不少，沾了冰糖汁，放在一塊塗了油的玻璃板上，送入冰箱冷凍，豈不即可等著大嚼？他說他製成之後將邀我共嘗，但是迄今尚無下文，不知結果如何。

作者簡介

——梁實秋（1903-1987）

詳見本書頁二一〇。

1986

人骨念珠

林清玄

陽光正從窗外斜斜照進，射在法師手上的一串念珠，那念珠好像極古老的玉，在陽光裡，飽含一種溫潤的光。

每一粒念珠都是扁圓形，但不是非常的圓，大小也不全然相同，而且每一粒都是黑白相雜，那是玉的念珠吧！可能本來是白的，因歲月的侵蝕改變了一部分的色澤，我心裡這樣想著。

可是它為什麼是不規則的呢？是做玉的工匠手工不夠純熟，還是什麼原因？我心裡的一些疑慮，竟使我注視那串念珠時，感到有一種未知的神祕。

「想知道這是什麼樣的念珠，是嗎？」法師似乎知道了我的心事，用慈祥的眼睛看著我。

我點點頭。

「這是人骨念珠，」法師說，「人骨念珠是密宗特有的念珠，密宗有許多法器是人的骨頭做的。」

「好好的念珠不用，為什麼要用人骨做念珠呢？」

法師微笑了，解釋說一般人的骨並不能做念珠，或者說沒有資格做念珠，在西藏，只有喇嘛的骨才可以拿來做念珠。

「人骨念珠當然比一般的念珠更殊勝了，拿人骨做念珠，特別能讓人感受到無常的迅速，修持得再好的喇嘛，他的身體也終於要衰敗終至死亡，使我們在數念珠的時候不敢懈怠。」

「另外，人骨念珠是由高僧的骨頭做成，格外有伏魔克邪的力量。尤其是做渡亡法會的時候，人骨念珠有不可思議的力量，使亡者超渡，使生者得安。」

……

說著說著，法師把他手中的人骨念珠遞給我，我用雙手捧住那串念珠，才知道這看起來象玉石的念珠，是異常的沉重，它的重量一如黃金。

我輕輕的撫摸這表面粗糙的念珠，彷彿能觸及內部極光潤極細緻的質地。我看出人骨念珠是手工磨出來的，因為它表面的許多地方還有著銼痕，雖然那銼痕已因摩挲而失去了銳角。細心數了那念珠，不多不少，正好一百一十粒，用一條細而堅韌的紅線穿成。

捧著人骨念珠有一種奇異的感受，好像捧著一串傳奇，在遙遠的某地，在不可知的時間，有一些喇嘛把他們的遺骨奉獻，經過不能測量的路途匯集在一起，由一位精心的人琢磨成一串念珠。這樣想著，在裡面已經有了許多無以細數的因緣了。最最重要的一個因緣是，此時此地它傳到了我的手上，彷彿能感覺到念珠裡依然溫熱的生命。

法師看我對著念珠沉思，不禁勾起他的興趣，他說：「讓我來告訴你這串念珠的來歷吧！」

原來，在西藏有天葬的風俗，人死後把自己的身體布施出來，供鳥獸蟲蟻食用，是謂天葬。有許多喇嘛生前許下願望，在天葬之後把鳥獸蟲蟻吃剩的遺骨也奉獻出來，作為法器。人骨念珠就是喇嘛的遺骨做成的，通常只有兩部分的骨頭可以做念珠，一是手指骨，一是眉輪骨（就是眉心中間的骨頭）。

為什麼只取用這兩處的骨頭呢？

因為這兩個地方的骨頭與修行最有關係，眉輪骨是觀想的進出口，也是置心的所在，修行者一生的成就盡在於斯。手指骨則是平常用來執法器、數念珠、做法事、打手印的，也是修行的關鍵。

「說起來，眉骨與指骨就是一個修行人最常用的地方了。」法師邊說邊站起來，從佛案上取來另一串人骨念珠，非常的細緻圓柔，與我手中的一串大有不同，他說：「這就是手指骨念珠，把手指的骨頭切成數段，用線穿過就成了。手指骨念珠一般說來比較容易取得，因為手指較多，幾人就可以做成一串念珠了。眉輪骨的念珠就困難百倍，像你手中的這串，就是一百一十位喇嘛的眉輪骨呢！

「通常，取回喇嘛的頭骨，把頭蓋骨掀開，鑲以金銀，作為供養如來菩薩的器皿。接著，取下眉輪骨，這塊骨頭異常堅硬，取下時是不規則的形狀，需要長時間的琢磨。在喇嘛廟裡，一般都有發願琢磨人骨念珠的喇嘛，他們拿這眉輪骨在石上琢磨，每磨一下就念一句心咒或佛號，一個眉輪骨磨成圓形念珠，可能要念上幾萬甚至幾十萬的心咒或佛號，因此，人骨念珠有不可思議的力量也是很自然的了。」

法師說到這裡，臉上流露出無限的莊嚴，那種神情就像是，琢磨時凝聚在念珠裡的佛號與心咒，一時之間洶湧出來，接著他以更慎重的語氣說：

「還不只這樣，磨完一個喇嘛的眉輪骨就以寶篋盛著保存起來，等到第二位喇嘛圓寂，再同樣磨成一粒念珠。有時候，磨念珠的喇嘛一生也磨不成一串眉輪念珠，他死了，另外的喇嘛接替他的工作，把他的眉輪骨也磨成念珠，放在寶篋裡……」法師說到這裡，突然中斷了語氣，發出一個無聲的讚歎，才說：「這樣的一串人骨念珠，得來非常不易，集合一百一十位喇嘛的眉骨，就要經過很長的時間，而光是磨念珠時誦在其中的佛號心咒更不可計數，真是令人讚歎！」

我再度捧起人骨念珠，感覺到心潮洶湧，胸口一陣熱，感受到來自北方大漠中流蕩過來的暖氣。突然想起過去我第一次執起用喇嘛大腿骨做成的金剛杵，當時心中的澎湃也如現在，那金剛杵是用來降伏諸魔外道，使邪魔不侵；這人骨念珠則是破除愚痴妄想的無明，顯露自性清淨的智慧。它們，都曾是某一高僧身體的一部分，更讓我們照見了自我的卑微與渺小。

我手中的人骨念珠如今更不易得，因為西藏陷共，一串人骨念珠要飛越重洋關山，輾轉數地，才到這裡。在無神論者統治下的西藏修行者，他們眉輪結出的念珠，猶如在汙泥穢地裡開出清淨美麗的蓮花，每一粒都是一則傳奇、一個誓願、一片不肯在時間裡凋謝的花瓣。

我曾經聽過一個關於西藏喇嘛美麗的傳奇：

中共剛占據西藏的時候，曾大肆屠殺喇嘛，有一天，一位共軍正要用槍打死一位老喇嘛時，喇嘛對那個兵說：「你可以等一下嗎？」

「早晚也是死，為什麼要等？」那個兵說。

他的話還未說完，喇嘛已騰空而起，飛上數丈，霎時又墜落下來，落地時竟是盤腿而坐，原來他已經進入禪定，神識脫離而圓寂了。

他的眼角還掛著一滴晶瑩的淚。

喇嘛為什麼瞬間坐化呢？原來在佛經記載，殺阿羅漢出佛身血者都要墮入無間地獄，這位喇嘛悲憫要弒他的小兵，為免他造下惡業，寧可提前結束自己的今生。這不是長在汙泥裡的蓮花嗎？那眼角的淚正是蓮花上最美的露珠。

記得第一次聽這則故事，我也險險落淚，心靈最深的一角被一些無法言說的東西觸動。後來每一次每一次，我遇到可恨的人、要動氣的事物時，那一角就立即浮起喇嘛縱身飛起的身形，那形影裡有無限的悲憫，比我所有的氣恨都更深刻動人。

「你可以等一下嗎？」這語句裡是飽含了慈悲，一點也沒有怨恨或氣惱，你輕輕重複一次，想到斯景斯情都要落淚的一種無比平靜柔和的語氣。這人間，還有什麼可以動氣的事？這人間，還有什麼可恨的人嗎？只要我們也做一朵清淨之蓮，時常掛著悲憫晶瑩的露水，那麼有什麼汙泥可以染著我呢？

在空相上、在實相上，人都可以是蓮花，《法華經》說：「佛所說法，譬如大雲，以一味雨，潤於人華。」《涅槃經》說：「人中丈夫，人中蓮花，分陀利華（即白蓮花）。」《往生要集》裡也說：「如來心相如紅蓮花。」

人就是最美的蓮花了，比任何花都美！佛經裡說人往生西方淨土，是在九品蓮花中化生。對我們來說，西方淨土是那麼遙遠，可是有時候，有某些特別的時候，我們悲憫那些苦痛的人、落難的人、自私的人、痴情的人、愚昧的人、充滿仇恨的人，乃至於欺凌者與被欺凌者，放縱者與沉溺者，貪婪者與不知足者，以及每一個不完滿的人不完滿的行為……由於這種悲憫，我們心被牽引到某些心疼之處，那時，我們的蓮花就開起了。

蓮花不必在淨土，也在卑濕汙泥的人間。

如淚的露水，也不一定為悲憫而流，有時是智慧的光明，有時只是為了映照自己的清淨而展現的吧！

在極靜極靜的夜裡，我獨自坐在蒲團上不觀自照，就感覺自己化成一朵蓮花，根部吸收著柔和的清明之水，莖部攀緣脊椎而上，到了頭頂時突然向四方開放，露水經常在喉頭湧起，沁涼恬淡，而往往，花瓣上那悲憫之淚就流在眉輪的地方。

我的蓮花，常常，一直，往上開，往上開，開在一個高曠無邊的所在。

喇嘛眼角的那滴淚，與我心頭的那滴淚有什麼不同呢？喇嘛說：「你可以等一下嗎？」我的淚就流在他的前面了。

我手上的這一串人骨念珠，其中是不是有一粒，或者有幾粒是那樣的喇嘛留下來的？

我恭敬地把人骨念珠還給法師，法師說：「要不要請一串回去供養呢？」

我沉默地搖頭。

我想，知道了人骨念珠的故事也就夠了，請回家，反而不知道要用什麼心情去數它。

告辭法師出來，黃昏真是美，遠方山頭一輪巨大澄紅的落日緩緩落下，形狀正如一粒人骨念珠，那落日與念珠突然使我想起《大日經》的幾句經文：「心水湛盈滿，潔白如雪乳。」「雲何菩提？謂如實知自心。」

如實知自心，正是蓮花！正是般若，正是所有迷失者的一盞燈！

如果說人真是蓮花，人骨念珠則是一串最美的花環，只有最純淨的人才有資格把它掛在頸上，只有最慈悲的人才配數它。

作者簡介

——林清玄（1953-），臺灣高雄人，被譽為「當代散文八大家之一」，二十歲出版散文集《蓮花開落》，正式走上散文創作的道路；三十歲前攬盡臺灣各項文學大獎；三十二歲時入山修行三載，出山後寫成「身心安頓」系列，風靡整個臺灣地區；四十歲出版「菩提」系列，暢銷數百萬冊。四十多年來，他著書兩百餘部，且本本暢銷。作品曾多次被中國大陸、港臺地區及新加坡選入中小學教材。

二師在田

阿盛

十二歲之前，我的志願總只有一個，不論是內心揣想或書寫作文，概皆如是——我將來長大後要立志做曾祖。

並不清楚曉得是否有同學與我同樣。那些和我一般經常打赤腳上學的鄉下孩子，雖說在半為交差半為分數而寫的作文中一直強調立志做偉大人物，卻從未怪笑我的志願；再且，印象中我想不起有誰裝作小大人似的炫耀過什麼，我們都光著身子泡在溪水圳水中，都曬得亮黑，都受不住被嘲弄，也都沒什麼特別的小心眼——不論誰家有幾甲肥地或幾分旱田。

我說的是小學五年級之前。

五年級的導師狠狠的教訓了我一場，他斥罵指責我志願太怪異、太不實際、太不像個讀過書的人；可是，問都沒問一聲為什麼我這麼寫。我於是憤怒的撕掉一本五角錢的作文簿，憤怒的在往後的作文中大談立志當校長，同時，在難忘的羞辱記憶中，逐漸認明了一些本來不該探悉的大人們的心思。

為了那樁不愉快的經驗，我打過無數次架。有什麼樣的老師就有什麼樣的學生，居然連那些往昔天天一起牽牛吃草的同學都學老師的口氣：哈！小小一個，倒要立志當老人？

我當然饒不得誰，我自三歲起在田泥裡打滾，從培秧到收割我都會一點，我吃自家種出來的米菜，當然沒有理由吃這種虧，縱是打不贏，也要小拳換大拳。

不滿老師，另有一點。學校厲行說國語運動，我老是被糾舉處罰，說一句閩南語，罰五角錢，另外得在脖子上掛個牌子，上書「我愛說國語」數字；五角錢，嚴重得很，我到街路上撿拾橘子皮，一串串拿去中藥店換銀角，然後交繳罰金。老師竟嫌我逛馬路不懂檢點，可是，問都不問一聲為什麼我會衝口說出閩南語，或者我何處拿來的錢。

賺錢辛苦，我極了解。老師說，各位同學，這個月的補習費三十元，還沒交的舉手。幾個人舉起手。老師說，某某某，你是不是把錢拿去買零食了？不要騙老師。某某某低下頭。老師說，三十元，教你們真辛苦，為什麼不交？叫你爸爸來找我。某某某眼眶紅紅的。老師說，再過兩天要全部交齊，聽到沒有？要記住。幾個人同時喊聽到。

結果還是有些同學交不出補習費。三十元是真不少，紅心番薯一斤才四角，風雨調順的季節裡，三角錢就買得到。

老師生氣了，同樣考試不好，沒交補習費的人總是挨打較重。然後，三三兩兩的，同學轉班了，轉到自由班去，自由班就是不補習的班，不補習就表示不升學，不升學就是不考初中，不考初中就表示讀完小學後自由發展，所以，正常上課按時放學，自由得很。

我不自由。每日清晨六點起床，一個鐘頭後人在學校，溫習功課、考試，接著上課，國語算術、算術國語，降旗典禮完畢，開始補習，夜晚九點放學，回家另得寫作業。

於是我在作文中寫下世故的言語，即使題目不是「我的志願」，也故意明示將來當校長要改掉令人痛苦的補習。老師發怒了。你站起來！你小小年紀，專會與人作對，以前你立志要當曾祖，胡亂說，現在又立志要當校長冤枉老師，你是什麼東西！你出來！

站出去逃不掉要挨打。老師把鋼筆放在我手指縫裡，用力一捏，那種痛，我若是形容得出來，早就拿到全校作文比賽冠軍。

作文比賽，老師派定別人，我瞞著參加，題目是「我最敬愛的人」；我寫下對曾祖父的追慕，寫下要效法曾祖父的原因，也寫下兩句曾祖父傳下來的對聯：「為師應念子弟苦，做人莫傷父母心」。我得到同年級第一名。

老師沉著臉，不高興我強出頭。合該有事，我算術月考只九十三分；若比滿分少一分，照例得挨打一下，打手心。老師宣布改換處罰方式，打手背，輪到我，玄天上帝爺可以作證，七下盡是沉重特別；有兩三天，我端碗筷顫顫抖抖。

自然會有那麼些同學瞧出我與老師不對心口。昔日同在溪裡打水仗的同學，有幾個不往來了，而由於老師對待有差，家境較富裕的同學顯然意識到該有優越感，變得不太喜歡與那些寒酸的同學親密。

我懷念四年級的導師，他也為我們補習，整整一年，他沒有問過一聲「誰還沒交錢？」他經常買鮮魚送給成績好的同學，他告訴我們，在桌子上劃分界限是很不好的行為，他勉勵我們，將來做任何事都會有出息，只要正正當當努力，他先說明何處犯錯，先問明何以犯錯，才不輕不重的打手心……那時候，補習從不超過晚上七點。

疑惑是難免。我不斷的默書、演算，不斷的擔心考不到一百分，並且不斷的期待督學；督學是唯一能夠讓老師害怕的人。不過，督學讓我失望了好幾次，好幾次校方通知督學要來，結果都不見人影。

終於有一次，督學真的出現了。老師喝令我們躲在課桌下，不准出聲，他自己鑽進講桌下，教室外有人聲，走廊上有皮鞋聲，手電筒的光線數次照過教室天花板，蟲聲唧唧唧，蛙鳴十分聒噪。督學走了，校長來了，校長說，某老師，剛剛處理得很好，嗯，各位同學，以後督學白天來，問你們有沒有買參考書，你們要說沒有，問你們有沒有補習，要說沒有……

老師吩咐的話與校長全同。四年級的導師不同，他堅持要上體育課和音樂課，校長與他吵，從辦公室吵到教室，結果，我升上五年級後再也沒有看見他。老師說，各位同學，校長的話要記住，督學很凶，抓到要記過的，知道不知道？別忘了。臺下一聲喊知道。

我還知道一件事。點點滴滴從大人們的交談中得知，督學查補習，其實是有嘴無心。我聽過同治祖太說，做人啊，有嘴無心，鐵當作金。這意思是，空嘴嚼舌必定誇大不實。

同治祖太是我心目中的活神，另有一位活神是光緒祖太，由於鄉裡同時有兩位祖太，為了分別，各以出生朝代做稱呼；光緒祖太小了幾歲。記憶中，沒有人敢在祖太面前不敬，從來沒有；偏是老師例外。

不可思議的例外。有一日休假，老師騎著腳踏車路過公厝，光緒祖太正在公厝前的榕樹下納涼，袒露上身。老師指著祖太對人說，不禮貌啊，該穿件上衣才好。聽說話的人說，老太媽麼，沒關係啦。老師說，有害教化呢。對方怒說，這是什麼話！人上八十天地大，誰不是吃乳長大的？老太媽的老奶養出幾代人呢，有什麼見不得人的？老師氣呼呼的離去，臨行說了一句老反癲。

最生氣的人，有我一個；我沒見過這樣的事。四年級的導師見到祖太，恭恭敬敬的彎腰喊，太媽，身體好嗎？太媽，老康健喔。碰到老歲人，他彎腰恭恭敬敬的說，有閒來我家奉茶，遇到聽不懂他的半生閩南語的人問話，他也耐心的字句重複。他是江蘇人，他責備過我講太多方言，卻是他體諒的不叫我掛牌子、不罰我錢，他真正曉得我不是那種存心不受教的人，他真正尊重我出娘胎後就開始聽說學說的語言。

光緒祖太大約不知道我為了一句老反癲而氣得想打老師；她口中的老師，永遠是應該絕對尊重的人，她連「一」字都不認識，可是她與同治祖太都說，孔子公的門徒最值得崇敬。孔子公的門徒，泛指當老師的人。

孔子公不敢收隔暝帖，這是老歲人說的，話意與人有旦夕禍福、天意無法預料等同。五年級暑假期間，豪雨造成大水；水稍退，我們照常上學，暑假得上學，一天七節課，學校規定夜間補習暫免。可是，老師認為距初中聯考只一年多，須得加緊訓練，所以放學之後要補習一個鐘點，我們另外繳錢。問題出在這裡，夜間歸家，有個同學落水，撈上來急救，差一點點就一去不回。

這一回，老師嚇得收斂了一些，卻未聞他告罪。我將大哥的解說記在週記中，大雨，黑夜都不是害人落水的真正原因，原因在於晚上補習。老師的反應簡直是狂亂，他用藤條狠打，不讓我吃中飯，罰站一下午，並且正式宣告要把我轉到自由班。

自由班的人不繳錢，我可是交了補習費；我對家人隱瞞挨打的事，然後做了童年生活中最大的一次妥協，我有好腦筋，我從小在老人群中長大，多少明白退一步就不危險。我在繳補習費的時候向老師道歉。老師說，你這鬼腦袋裡到底裝了什麼？誰教你的？怎麼老是跟老師作對？太聰明了不好，老師以前當學生，乖得很。

我乖得很，裝作乖得很。同治祖太恆常這麼說，吞一口氣吃百年；我並沒有明確的概念要活百歲，但是我完全明白，不將對老師的憤怨表露出來，至少現實有好處，吃虧挨打會少一點。

接下來的半年，我果然很少挨打。

然後，升上六年級，我高高興興的日日早早上學，考試增多了，功課增多了，夜裡依然補習到天黑黑。卻是導師換了人。

新導師就是四年級時的導師。我重新受教於一位溫藹可親的人；新校長規定，補習班不能放鬆，不過，夜晚上課不得超過八點，並且土風舞課、音樂課、體育課都不准挪用。我快快樂樂的聽從導師的話。至少因為他會經常拍拍我的頭問，小冬瓜，國語有沒有進步一點？

小冬瓜三個字的語調，比大壞蛋三個字聽起來順耳多了。五年級的導師公然稱我壞蛋，老師說，你遲到五分鐘；又去貪玩啦？壞蛋。老師說，你的字太差了，壞蛋。老師說，不聽話的小孩是壞蛋。老師說，你這樣壞，將來一定是大壞蛋。老師說，小時候壞蛋，長大了也是壞蛋。我很清楚曉得沒有同學與我同樣，我很快就發現，即使與我一般打赤腳上學，有些同學會故意或不故意的裝作小大人似的炫耀自己是好學生而不是壞蛋。同學之間也生出了許多小心眼，同時值日負責打掃清潔，總是有些人認定壞蛋學生應該多做一點。唯一可幸的是，我家有幾甲肥地，沒有人敢指罵我是窮人。

我極其喜歡新導師，有幾分是因為他不嘲弄窮家人。他笑著說，某某某，你的補習費可以記帳，長大了一次還給老師喔。他笑著說，老師家裡沒有一分旱田，比你們還窮呢。他笑著說，以前天天吃番薯籤，白米一點點，照樣努力讀書做人。他笑著說，誰比武訓還窮？乞丐也可以辦學。他笑著說，某某某，嘲笑別人不穿鞋，傷別人的臉，以後別這麼說。

說起來，是我走運，新導師在有形無形中為我塗掉許多心思的黑點。我很放心的按照自己的想法寫作文，很放心的伸出手挨打手心，很放心的在週記中記下感想的話言，並且很放心的考上初中，然後告別了本來就該放心快樂的童年。

一年過了又是一年，春秋流轉沒什麼不同，改變的是人。同治祖太與光緒祖太相繼駕鶴西歸返瑤池，儘管當時我已成年，依舊我心目中當她們是活神。兩位曾祖級的人過去了，而十二歲時的志願，也已經過時了兩次十二年，我有過很多的志願，有的根本做不到，也有的實現一些些；我一直沒有立志做大人物，踏著歲月的步履痕跡，我每天都進步一點點。

十二歲之後兩紀年，我遇見小學五、六年級兩位導師，我應邀參加資深績優教師表揚大會。兩位老師幾乎都立刻認出我，我望著兩個灰白的頭，除了寒暄，竟然說不出什麼得體的語言。還是六年級的導師提起一件事，老師說，某某啊，老師以前到過你家，如今仍記得你曾祖父那幅掛在牆上的對聯。我敬謹聽著，五年級的導師被拉到一邊談話，六年級的導師胸前戴朶紅花，紅花不刺目，反是微微映紅了多線條的臉，很好看的一張多線條的老人臉。老師說了很多往事，老師說，某某啊，當年我也是不喜歡補習，這好像稻秧不該被壓垂，學校就是秧田……記得某某某嗎？他有志氣呢，十八歲那年，他一次還清十一個月的補習費，我不收，說什麼也不收……學生長大了，豐收囉……老師疼啊，疼這種肯上進的人……我覺得眼睛澀澀的，老師的笑聲與江蘇語音在耳中交響，突然我衝口說出一句閩南話：老師真像我阿祖。老師似乎揣想了一下，哈哈大笑。老師說，阿盛，你這個小冬瓜，還是念念不忘要做曾祖嗎？

作者簡介

——阿盛（1950-），本名楊敏盛，臺灣臺南新營人。東吳大學中文系畢業。曾任職中時報系十七年。著作：散文集《行過急水溪》、《十殿閻君》、《夜燕相思燈》、《萍聚瓦窯溝》、《三都追夢酒》、《海角相思雨》等二十三冊、小說《七情林鳳營》等二冊、歌詩《臺灣國風》。主編散文選集二十二冊。作品多篇選入多版大學、高中國文科課本。曾獲南瀛文學傑出獎、五四文藝獎、吳魯芹散文獎、吳三連獎文學獎、中國文藝協會文藝獎章、中山文藝獎等。

你不能要求簡單的答案

張曉風

年輕人啊，你問我說：

「你是怎樣學會寫作的？」

我說：

「你的問題不對，我還沒有『學會』寫作，我仍然在『學』寫作。」

你讓步了，說：

「好吧，請告訴我，你是怎麼學寫作的？」

這一次，你的問題沒有錯誤，我的答案卻仍然遲遲不知如何出手，並非我自祕不宣——但是，請想一想，如果你去問一位老兵：

「請告訴我，你是如何學打仗的？」

——請相信我，你所能獲致的答案絕對和「駕車十要」或「電腦入門」不同。有些事無法作簡單的回答。一個老兵之所以成為老兵，故事很可能要從他十三歲那年和弟弟一齊用門板扛著被日本人炸死的爹娘去埋葬開始，那裡有其一生的悲憤鬱結，有整個中國近代史的沉痛、偉大和荒謬。不，你不能要求簡單的答案，你不能要一個老兵用明白扼要的字眼在你的問卷上作填充題，他不回答則已，如果回答，就必須連著他的一生的故事。你必須同時知道他全身的傷疤，知道他的胃潰瘍，知道他五十年來朝朝暮暮的豪情與酸楚……

年輕人啊，你真要問我跟寫作有關的事嗎？我要說的也是：除非，我不回答你，要回答，其間也不免要夾上一生啊！（雖然一生並未過完）一生的受苦與歡悅，一生的痴意和絕決忍情，一生的有所得和有所捨。寫作這件事無從簡單回答，你等於要求我向你述說一生。

●

二歲半，年輕的五姨教我唱歌，唱著唱著，就哭了，那歌詞是這樣的：

「小白菜呀，地裡黃呀，三歲兩歲，沒有娘呀……生個弟弟，比我強呀，弟弟吃麵，我喝湯呀……」

我平日少哭，一哭不免驚動媽媽，五姨也慌了，兩人追問之下，我哽咽地說出原因：

「好可憐啊，那小白菜，晚娘只給他喝湯，喝湯怎麼能喝飽呢？」

這事後來成為家族笑話，常常被母親拿來複述。我當日大概因為小，對孤兒處境不甚瞭然，同情的重點全在「弟弟吃麵他喝湯」的層面上。但就這一點，後來我細想之下，才發現已是「寫作人」的根本。人人豈能皆成孤兒而後寫孤兒？聽孤兒的故事，便放聲而哭的孩子，也許是比較可以執筆的吧！我當日尚無弟妹，在家中驕寵恣縱，就算逃難，也絕對不肯坐入挑筐。挑筐因一位挑夫可挑前後兩個籮筐，所以比較便宜。千山迢遞，我卻只肯坐兩人合抬的轎子，也算一個不乖的小孩了。日後沒有變壞，大概全靠那點善與人認同的性格。所謂「常抱心頭一點春，須知世上苦人多」的心情，恐怕是比學問、見解更為重要的，人之所以為人的本源。當然，它也同時是寫作的本源。

●

七歲，到了柳州，便在那裡讀小學三年級。讀了些什麼，一概忘了，只記得那是一座多山多水的城，好吃的柚子堆在橋的兩側賣。橋在河上，河在美麗的土地上。整個逃離的途程竟像一場旅行。聽爸爸一面算計一面說：「你已經走了大半個中國啦！從前的人，一生一世也走不了這許多路的。」小小年紀當時心中也不免陡生豪情俠意。火車在山間蜿蜒，血紅的山躑躅開得滿眼，小站上有人用小瓦甑悶了香腸飯在賣，好吃得令人一世難忘。整個中國的大苦難我並不瞭然，知道的只是火車穿花而行，輪船破碧疾走，一路懵懵懂懂南行到廣州，彷彿也只為到水畔去看珠江大橋，到中山公園去看大象和成天降下祥雲千朵的木棉樹……

那一番大播遷有多少生離死別，我卻因幼小只見山河的壯闊，千里萬里的異風異俗，某一夜的山月，某一春的桃林，某一女孩的歌聲，某一城垛的黃昏，大人在憂思中不及一見的景致，我卻一一銘記在心，乃至一飯一蔬一果，竟也多半不忘。古老民間傳說中的天機，每每為童子見到，大約就是因為大人易為思慮所蔽。我當日因為混然無知，反而直直窺入山水的一片清機。山水至今仍是那一硯濃豔的墨汁，常容我的筆有所汲飲。

小學三年級，寫日記是一件很痛苦的回憶。用毛筆，握緊了寫（因為母親常繞到我背後偷抽毛筆，如果被抽走了，就算握筆不牢，不合格。）七歲的我，哪有什麼可寫的情節，只好對著墨盒把自己的日子從早到晚一遍遍地再想過。其實，等我長大，真的執筆為文，才發現所寫的散文，基本上也類乎日記。也許不是「日記」而是「生記」，是一生的記錄。一般的人，只有幸「活一生」，而創作的人，卻能「活二生」。第一度的生活是生活本身；第二度則是運用思想再追回它一遍，強迫它複現一遍。萎謝的花朵不能再豔，磨成粉齏的石頭不能重堅，寫作者卻能像呼喚亡魂一般把既往的生命喚回，讓它有第二次的演出機緣。人類創造文學，想來，目的也是在此吧？我覺得寫作是一種無限豐盈的事業，彷彿別人的捲筒裡填塞的是一份冰淇淋，而我的，是雙份，是假日裡買一送一的雙份冰淇淋，豐盈滿溢。

也許應該感謝小學老師的，當時為了寫日記把日子一寸寸回想再回想的習慣，幫助我有一個內省的深思的人生。而常常偷來抽筆的母親，也教會我一件事：不握筆則已，要握，就緊緊地握住，對每一個字負責。

●

八歲以後，日子變得詭異起來，外婆猝死於心臟病。她一向疼我，但我想起她來卻只記得她拿一根筷子，一片制錢，用棉花自己捻線來用。外婆從小出身富貴之家，卻勤儉得像沒隔宿之糧的人。其實五歲那年，我已初識死亡，一向帶我的傭人因肺炎而死，不知是幾「七」，家門口鋪上爐灰，等著看他的亡魂回不回來，鋪爐灰是為了檢查他的腳印。我至今幾乎還能記起當時的懼怖，以及午夜時分一聲聲淒厲的狗號。外婆的死，再一次把死亡的巨痛和荒謬呈現給我，我們摺著金箔，把它吹成元寶的樣子，火光中我不明白一個人為什麼可以如此徹底消失了？葬禮的場面奇異詭祕，「死亡」一直是令我恐懼亂怖的主題——我不知該如何面對它？我想，如果沒有意識到死亡，人類不會有文學和藝術，我所說的「死亡」，其實是廣義的，如即聚即散的白雲，旋開旋滅的浪花，一張年頭鮮豔年尾破敗的年畫，或是一隻心愛的自來水筆，終成破蔽。

文學對我而言，一直是那個挽回的「手勢」。果真能挽回嗎？大概不能吧？但至少那是個依戀的手勢，強烈的手勢，照中國人的說法，則是個天地鬼神亦不免為之愀然色變的手勢。

讀五年級的時候，有個陳老師很奇怪地要我們幾個同學來組織一個「綠野」文藝社。我說「奇怪」，是因為他不知是有意或無意的，竟然絲毫不拿我們當小孩子看待。他要我們編月刊，要我們在運動會裡做記者並印發快報；他要我們寫朗誦詩，並且上臺表演；他要我們寫劇本，而且自導自演。我們在校運會中掛著記者條子跑來跑去的時候，全然忘了自己是個孩子，滿以為自己真是個記者了，現在回頭去看才覺好笑。我如今也教書，很不容易把學生看作成人，當初陳老師真了不起，他給我們的雖然只是信任而不是讚美，但也夠了。我仍記得白底紅字的油印刊物印出來之後，我們去一一分派的喜悅。

我間接認識一個名叫安娜的女孩，據說她也愛詩。她要過生日的時候，我打算送她一本《徐志摩詩集》。那一年我初三，零用錢是沒有的，錢的來源必須靠「意外」，要買一本十元左右的書因而是件大事。於是我盤算又盤算，決定一物兩用。我早一個月買來，小心地讀，讀完了，完好如新地送給她。不料一讀之後就捨不得送了，而霸占禮物也說不過去，想來想去，只好動手來抄，把喜歡的詩抄下來。這種事，古人常做，複印機發明以後就漸成絕響了。但不可解的是，抄完詩集以後的我整個和抄書以前的我不一樣了。把書送掉的時候，我竟然覺得送出去的只是形體，一切的精華早為我所吸收，這以後我欲罷不能地抄起書來，例如：從老師借來的冰心的《寄小讀者》，或者其它散文、詩、小說，都小心地抄在活頁紙上。

感謝貧窮，感謝匱乏，使我懂得珍惜，我至今仍深信最好的文學資源是來自雙目也來自腕底。古代僧人每每刺血抄經，刺血也許不必，但一字一句抄寫的經驗卻是不應該被取代的享受。彷彿玩玉的人，光看玉是不夠的，還要放在手上撫觸，行家叫「盤玉」。中國文字也充滿觸覺性，必須一個個放在紙上重新描摩——如果可能，加上吟哦會更好，它的聽覺和視覺會一時復活起來，活力瀰漫。當此之際，文字如果寫的是花，則枝枝葉葉芬芳可攀；如果寫的是駿馬，則嘶聲在耳，鞍轡光鮮，真可一躍而去。我的少年時代沒有電視，沒有電動玩具，但我反而因此可以看見希臘神話中賽克公主的絕世美貌，黃河冰川上的千古詩魂……

讀我能借到的一切書，買我能買到的一切書。

劉邦、項羽看見秦始皇出遊，便躍躍然有「我也能當皇帝」的念頭，我只是在看到一篇好詩好文的時候有「讓我也試一下」的衝動。這樣一來，只有對不起國文老師了。每每放了學，我穿過密生的大樹，時而停下來看一眼枝椏間亂跳的松鼠，一直跑到國文老師的宿舍，遞上一首新詩或一闕詞，然後懷著等待開獎的心情，第二天再去老師那裡聽講評。我平生頗有「老師緣」，回想起來皆非我善於撒嬌或逢迎，而在於我老是「找老師的痲煩」。我一向是個痲煩特多的孩子，人家兩堂作文課寫一篇五百字「雙十節感言」交差了事，我卻抱著本子從上課寫到下課，寫到放學，寫到回家，寫到天亮，把一本本子全寫完了，寫出一篇小說來。老師雖一再被我煩得要死，卻也對我終生不忘了。少年之可貴，大約便在於膽敢理直氣壯地去痲煩師長，即便有老天爺坐在對面，我也敢連問七、八個疑難（經此一番折騰，想來，老天爺也忘不了我了），為文之道其實也就是為人之道吧？能坦然求索的人必有所獲，那種渴切直言的探求，任誰都要稍稍感動讓步的吧？

●

你在信上問我，老是投稿，而又老是遭人退稿，心都灰了，怎麼辦？

你知道我想怎樣回答你嗎？如果此刻你站在我面前，如果你真肯接受——我最誠實、最直接的回答便是一陣仰天大笑：

「啊！哈……！」

笑什麼呢？其實我可以找到不少「現成話」來塞給你做標準答案，諸如「勿氣餒」啦、「不懈志」啦、「再接再厲」啦、「失敗為成功之母」啦，可是，那不是我想講的。我想講的，其實就只是一陣狂笑！

一陣狂笑是笑什麼呢？笑你的問題離奇荒謬。

投稿，就該中嗎？天下哪有如此好事？買獎券的人不敢抱怨自己不中，求婚被拒絕的人也不會到處張揚，開工設廠的人也都事先心裡有數，這行業是「可能賠也可能賺」的。為什麼只有年輕的投稿人理直氣壯地要求自己的作品成為鉛字？人生的苦難千重，嚴重得要命的情況也不知要遇上多少次。生意場上、實驗室裡、外交場合，安祥的表面下潛伏著長年的生死之爭。每一類的成功者都有其身經百劫的疤痕，而年輕的你卻為一篇退稿陷入低潮？

記得大一那年，由於沒有錢寄稿（雖然，那年頭，稿件視同印刷品，可以半價——唉，郵局真夠意思，沒發表的稿子他們也視同印刷品呢！——可惜我當時連這半價郵費也付不出啊！），於是每天親自送稿，每天把一番心血交給門口警衛以後便很不好意思地悄悄走開——我說每天，並沒有記錯，因為少年的心易感，無一事無一物不可記錄成文，每天一篇毫不困難。胡適當年責備少年人「無病呻吟」，其實少年在呻吟時未必無病，只因生命資歷淺，不知如何把話刪削到只剩下「深刻」，遭人退稿也是活該。我每天送稿，因此每天也就可以很準確地收到兩天前的退稿，日子竟過得非常有規律起來，投稿和退稿對我而言，就像有「動脈」就有「靜脈」一般，是件合乎自然定律的事情。

那一陣投稿我一無所獲——其實，不是這樣的，我大有斬獲，我學會用無所謂的心情接受退稿。那真是「純寫稿」，連發表不發表也不放在心上。

如果看到幾篇稿子回航就令你沮喪消沉——年輕人，請聽我張狂地大笑吧！一個怕退稿的人可怎麼去面對衝鋒陷陣的人生呢？退稿的災難只是一滴水一粒塵的災難，人生的災難才叫排山倒海呢！碰到退稿也要沮喪——快別笑死人了！所以說，對我而言，你問我的問題不算「問題」，只是「笑話」，投稿不中有什麼大不了！如果你連這不算事情的事也發愁，你這一生豈不要愁死？

●

傳統中文系的教育很多人視之為寫作的毒藥，奇怪的是對我而言，它卻給了我一些更堅實的基礎。文字訓詁之學，如果你肯去了解它，其間自有不能不令人動容的中國美學，聲韻學亦然。知識本身雖未必有感性，但那份枯索嚴肅亦如冬日，繁華落盡處自有無限生機。和一些有成就的學者相比，我讀的書不算多，但我自信每讀一書於我皆有增益。讀《論語》，於我竟有不勝低迴之致；讀史書，更覺頁頁行行都該標上驚嘆號。世上既無一本書能教人完全學會寫作，也無一本書完全於寫作無益。就連看一本爛書，也令我怵目自惕，引為負面教材，為文萬不可如此驕矜昏昧，不知所云。

有一天，在別人的車尾上看到「獨身貴族」四個大字，當下失笑，很想在自己車尾也標上「已婚平民」四個字。其實，人一結婚，便已墮入平民階級，一旦生子，幾乎成了「賤民」，生活中種種繁瑣吃力處，只好一肩擔了。平民是難有閒暇的，我因而不能有充裕的寫作時間，但我也因而了解升斗小民在庸庸碌碌、乏善可陳生活背後的尊嚴，我因懷胎和乳養的過程，而能確實懷有「彼亦人子也」的認同態度，我甚至很自然地用一種霸道的母性心情去關懷我們的環境和大地。我人格的成熟是由於我當了母親，我的寫作如果日有臻進，也是基於同樣的緣故。

●

你看，你只問了我一個簡單的問題，而我，卻為你講了我的半生。文章千古事，得失寸心知，記得旅行印度的時候，看到有些小女孩在織地毯，解說者說：必須從幼年就學起，這時她們的指頭細柔，可以打最細最精緻的結子，有些毯子要花掉一個女孩一生的時間呢！文學的編織也是如此一生一世吧？這世上沒有什麼不是一生一世的，要做英雄、要做學者、要做詩人、要做情人，所要付出的代價不多不少，只是一生一世，只是生死以之。

我，回答了你的問題了嗎？

作者簡介

——張曉風（1941-），原籍江蘇省銅山縣（徐州）。筆名曉風、桑科、可叵，東吳大學中文系畢業。曾任教東吳大學、陽明大學。二十五歲出版第一本散文集《地毯的那一端》，獲中山文藝散文獎，為至今得獎人中最年輕的一位。另獲國家文藝獎、吳三連文學獎等，並獲選十大傑出女青年。寫作版圖以散文創作為主，亦旁及劇本、雜文、論述、童書、評述、小說和詩作。著有散文集《地毯的那一端》、《你還沒有愛過》、《再生緣》、《我在》、《從你美麗的流域》、《玉想》、《我知道你是誰》、《星星都已經到齊了》、《曉風戲劇集》、《送你一個字》、《花樹下，我還可以再站一會兒》。三度主編《中華現代文學大系》散文卷、《小說教室》等。

1988

娘，您又在搗鬼兒了？

朱炎

至疼至親至愛的娘：

在青島砲火四起的街頭匆匆離開您的時候，您大概是四十七歲，我十三歲；前年五月在香港小旅館裡，我們娘倆重逢時，您已八十四歲，而我也年過半百了。大哥由深圳背著您上下火車，在排隊時跟那些冷漠、無禮而又懵懂的邊界少年，數度衝突。六十多歲的他，背著他三十七年沒見的老娘，像是背著他的真理，他的十字架，他的權威，他生存的憑藉和理由，猛不可擋！

我獨守旅館房中，都快把手錶看爛了，才驚聞一陣緊張忙亂的腳步聲和電鈴聲，一開門，見到佝僂黑瘦的您仰著頭在找尋我，然後，還來不及攙扶，您已癱落在門檻裡！娘您好老好累啊！我抱您在懷的感覺，好像一起滑落到一個離這個世界離這個時代非常遙遠的夢境裡；可是，等我仔細看您，又突然感覺您的一切，竟是那樣陌生。記憶中的您和眼前的您，實在太不一樣了。

那夜，我們母子三人依偎在一起，又叫又唱，快樂似神仙。大哥哭著向您撒嬌，您罵他沒出息；卻對我百般縱容。快四十年了，您對長子和幼子的態度，竟沒有變，真是奇怪！可憐的大哥很識相，看我們累得差不多了，就催我跟您睡一張床，他自己則在我們的腳下面搭了個臨時鋪。半夜醒來，我無意中見到大哥撐起身子來偷看您正在端詳我的臉。大哥和我分別由美國和臺灣跟由吉林來的您在香港相會，當中還隔著三十七年，真難令人相信那不是個夢！

娘，這幾十年您是怎麼活過來的？我知道您堅強而有異乎尋常的韌力；可是，我也記得您非常敏感，心腸軟弱得像嫩豆腐。爹爹死在您懷裡，您是沒掉半滴眼淚，因為您在搜索枯腸，合計著如何不讓姊姊、五弟和我也餓死；而且，老家的爺爺奶奶，也在挨餓受凍。可是，我也想著您在我五、六歲時，常常背著家人，一個人跑到夭折的三哥墳上去痛哭不停。您談笑著說跟兆元家二大娘一起討飯時的趣事，也很得意地回憶您如何在鬥爭臺上跪著跟幹部們辯論，時不時地把大襟裡摭的粑粘拿出來偷著啃幾口。「你鬥你的，我吃我的。」您笑得嘎嘎的，露出沒有牙的牙齦，像個淘氣的嬰兒。您說氣急的幹部搧您幾耳光，您也嚼嚼粑粘，和著血吞下去了。同臺長跪的五弟叫罵著去護您，被人一劈柴差一點把膀子卸下來。您竟還說五弟閃得妙，不然，腦袋早就開花了！可是，提到姊姊撇下六個孩子投水自殺，您就支支吾吾，語焉不詳。只說她傻，說她想大哥、二哥和我想得睡不著覺，又見您和五弟被當成黑五類充軍到塞外，就發了瘋，爹爹和姊姊都不應該活在這個世界上：他爺兒倆都太多情、太君子、太靦腆；可是，娘，您也不要氣，他們絕對無意在您最需要家人堅強的時候，撒手而去，塌您的臺，他們真的是活不下去了。您不也有靦腆的時候？比方說，那幾天您一直「嚼」我不該讓您睡那麼好的床。我說那是您媳婦兒和我到街上去跑遍家具店才好不容易選回來的，您就說：「俺睡慣了草窩兒，不稀罕你們的什麼床。給我在地板上鋪上點兒草，比什麼床都舒服。」我說不能那樣，您就動了肝火兒。後來我才知道，前夜您起來坐在床上數您的隨身寶物——家人的照片、媳婦們送的禮物、我的老友們送的補品等等——不小心滑下床來，跌了一跤。可是您就是不願承認自己也有不小心吃虧的時候。又如那一次早上五點，您就吵著要我送您上醫院打補藥針。跟您磨到七點，我只好背著您去等計程車，剛一出後門，就遇上在外文系教書的一個同事，我們娘倆兒都不大好意思，我把您放下來，您站在那裡像個怕生的小姑娘。其實，娘，我們都用不著害羞，他是我學生，而且不久前才死了母親，不會笑話我們。

娘，兒子知道您是我們家最有膽識、最聰明的人；如果您和爹爹換過來，家人就不會受那麼多罪。在那個年頭，那種環境裡，一個婦道人家再有魄力、再能幹，也無可如何。雖然如此，您對我們家的貢獻，還是沒人能比！爺爺奶奶和姑姑們自認為是書香門第，官宦世家，根本瞧不起您這個小戶人家的女兒，讓您飽受屈辱；但是等到他們受地痞流氓欺侮時，您卻挺身而出，為維護他們的尊嚴挺身而出，甚至奮不顧身。您疼憐姑姑們，為公婆送終，好像他們過去對您有至大的恩德一樣。爹爹飽讀詩書，在那個混亂的時代裡，一籌莫展，所以堅決反對孩子讀書，認為「百無一用是書生」。但是您想盡辦法讓我們讀書。我小時候出名地調皮。您什麼都容忍，只有兩樣事，絕不寬諒。一是不念書，一是欺侮弱小。我這好打抱不平的老脾氣，是您的真傳；雖然因此挨了不少揍，吃了不少痛，總是改不過來。您如果看著我荒廢了課業，往往會在半夜叫醒我，一面擰我的大腿裡子，一面嚴予訓斥，等我告了饒，才講一些苦兒成功的故事給我聽。現在，我仍然偶爾運用您這一套家法來教訓您的孫兒女。我深信，大哥家的七個兒女，個個成材，二哥家的三個孩子，品學兼優，都是您特別看重讀書的結果。我的兒女讓我吃盡苦頭，這也許是因果報應：讓父母受苦者，恆為兒女所苦！不過，娘，請您放心，他們會慢慢改好的。娘，您知道嗎？他們好喜歡聽我講述您的故事；

我小時候受您責罰的鮮事，他們都已耳熟能詳。您的一切，都已成了家珍，成了百述不厭的傳奇！娘，您知道嗎？自從在桃園國際機場接到您，全家人就為您所迷，心裡想的。嘴上說的，都離不開您！我們愛聽您談我們朱家祖先的事——事實上，我對上幾輩人物的認識，都是由您那裡學來的。

娘，您從不叫苦，從不抱怨。談到您在東北那二十幾年，好像是在敘述別人的事情。「我不哭，」您說：「我唱歌。哭瞎了眼，就見不到你們了。」我們央求您唱自己編的歌，您就一邊想著一邊唱：「擡頭遙望長白山，想起家鄉好心酸，田園宅子鬥了個淨，還給加上個地主名……」您說八、九年前，您病得爬不起來，五弟正在為您的後事犯愁，卻突然接到我們還活著的消息，您就振作起精神活了下來，把壽衣當了過年的新衣。於是，要看看您數十年來生死不明的兒子這個念頭，支撐著您老人家又萬般勉強地多活了七、八年，而且拖著疲憊衰弱至於極點的身子，歷經萬水千山，來到臺灣。可敬可愛的老娘，您守節四十年，義不帝秦，拚死尋子於九千里外，其中的辛苦，有誰知道？娘您是多麼勇敢、多麼慈愛、多麼孤獨、多麼可憐！您所經歷的，豈不就是中國近百年來的磨難？您所表現的，豈不就是億萬父母的心意？

您來到富庶的寶島，看見大家都過得這麼好，撫今思昔，心裡定然有萬千感慨。您一直對親友們說：「我已經到天上了，這不是帝王的生活嗎？」但是，娘，兒子知道，面對過去的一切，您有無限寂寞，太多困惑：「同是中國人，為什麼有人活在天上，有人活在地下？難道我四十年的罪白受了？」孩子沒法解除您老人家的寂寞和困惑；因為，這不是咱娘倆兒可以辦得到的。等到有那麼一天，所有的中國人都願一起面對這些問題、一塊兒尋求答案，才有辦法。然而，娘，您卻沒有白白地跋涉萬里來到臺灣。您見到了十七、八個兒孫，無數親友，您跟他們侃侃而談，把他們感動得熱淚盈眶。還有我好多難友，都把您當成自己的娘，圍著您耍寶，或是輪流背您到處跑。其實，娘，我根本沒通知誰，只要一個人碰巧來訪，遇見您，就會惹來一大群。您也坐過了火車和飛機，嘗遍了山珍海味，照您所說「小時候胖不算胖。老來的福才算福」，您也算是很有福氣了。

娘，您有個特點，實在了不起，那就是：推己及人，拿人家的孩子當自家的孩子。記得小時候，我們那個破落大戶，窮得常吃野菜、洋槐花和榆樹皮；能夠借到一升斗的大豆小米，烙幾張煎餅，捲上個雞蛋，就讓我們孩子眉開眼笑了。可是，您卻常把貪吃的我們叫住，並「狠」心地把我們手上的煎餅裂一大塊遞給沿街討飯的叫花子。我們連聲抗議，您卻笑靨孜兒地說：「別那樣嘎咕（小氣），哪個孩子不是爹娘的寶！」您把我們的衣服拿給人家的孩子穿，也有一套道理，我們不依，您會理直氣壯地罵人：「誰的？你的？你哪裡來的？老天爺的！」窮人家的孩子生了病，您會親手為他們捏出火氣或是用拔罐子拔出寒氣或是用艾子煮雞蛋給他們吃或是燒薑湯讓他們發汗，忙來忙去，像熱鍋上的螞蟻。您對自己的孩子，當然更不必說，大哥二哥生重病，都是您從死神手中把他們搶了回來，您教我們「男兒志在四方」，別憋在那個小地方沒出息；您在大家最瞧不起讀書人的世代，鼓勵我們刻苦努力，盡量充實自己。您最疼愛我，只是因為我是您的短處，因為我小時候最瘦最弱、最好惹是生非、最討人厭。快四十年沒見，您都老成那個樣子，可是對我的翼護，竟然丁點兒未變，真是不可思議。每次跟您鬧著玩兒，您還是會像從前那樣笑著罵我：「搗鬼兒，不說一句正經話！」那陣子，我沒能把生活安排好，忙亂成一團，常常顧不了您要我陪您說話兒「隱躁兒」

（解悶兒），碰到床鋪就呼呼大睡。那天下午，一覺醒來，睜開眼看到您蹲在床頭，雙手捧著一個調羹，上面放著一個剝好的煮蛋。見我醒來，您趕緊遞給我，說：「吃晌午飯的時候，我看他們捨不得多給你個雞蛋吃，就偷了一個，給你補補身子，快吃下去！」我不忍心向您解釋，立刻翻身起來，把雞蛋三口兩口就吃進肚裡。娘，兒子好喜歡看您那種「吃在兒肚樂在娘心」的愉快表情！

我原跟您兒媳婦商量好，為您準備好多小紅包兒，等大年初一後輩親友給您老人家拜年的時候，您可以每人發一個，讓您開開心，也讓我們重溫四十年前的舊夢。可是，娘，正如您在最後幾天常常說的：「花無百日紅，人無千日好，」您竟在當年十一月十七日就含笑而去了。那天清晨，您媳婦兒和我上樓請安，怎麼都喊不醒您，她驚叫一聲，把我嚇呆了。我摸摸您的胸口，還軟軟暖暖的，但是我已無法為您穿上褂子。我把一切交給您媳婦兒處理，自己跑到學校去接待外賓——我一時沒法面對那個樣子的您！

您一直都是那麼清醒、生動。您只是在臨去的前一天早晨，纏著我不肯放我去上班。您拉著我，摸了又摸，親了再親，端詳個沒夠。我還以為您又在想爹爹——因為那幾天您常說爹爹「老不知羞」，竟然來纏您，甚至要您跟他走，「別拖累孩子了。」我點上一根菸，裝出爹爹當年那個「飯後一根菸」的悠閒模樣兒，說：「娘，您看我像不像他？」您忍不住說了一聲「像！」後來覺著我在開您的玩笑，逗著您玩兒，就有些不好意思地說：「這孩子，就愛搗鬼兒！」孩子原來會錯了意——您只是不捨得撇下我們遽爾長去！

娘，您終於看到了所有的孩子，就這樣放心地走了。可是，我們費了那麼大的勁兒把您接出來，還沒能夠好好伺候您，就再也沒有機會了，心裡實在「閃」得慌！也極不甘心！您最愛在緊要關頭說說笑笑，在艱困難挨的日子裡苦中作樂，在孩子們難以自處的時候故意開玩笑、搗鬼兒。娘，您這次是不是又開了個大玩笑？又在搗鬼兒？娘，兒子深信：不管天國的門有多麼窄，您一定可以擠得進去，而且會在那裡過得很開心！是不是啊，娘？

永遠親您的兒子朱　炎　叩上

——民國七十七年一月三日下午四時四十分

作者簡介

——朱炎（1936-2012），山東安邱人。臺灣大學畢業，西班牙馬德里大學文哲博士，美國克萊蒙研究院博士後研究員。回臺後，歷任臺灣大學外文系副教授、教授、文學院院長，也擔任中央研究院美國文化研究所所長、國科會副主任委員、中華民國筆會會長、九歌文教基金會董事長、中山文藝獎審議委員會召集人等職務。著有《我和你在一起》、《期待集》、《苦澀的成長》等散文及短篇小說《酸棗子》等著作。其中，散文集《苦澀的成長》於一九八一年獲得中興文藝獎；《我和你在一起》於一九九〇年獲得國家文藝獎。

尋親

——記我與外祖父許錫謙

楊照

前兩天，外婆還在問我，為什麼最近又都沒有人談論起二二八，是不是國民黨政權又不准了？我確實了解在事件四十一週年前後，一份反對派雜誌來訪採外祖父事跡，以及其後在雜誌刊登的一篇報導，是如何激動了外婆隱忍了將近半個世紀的苦楚心事，我也明白若果這陣攪擾又僅只是一陣風波吹過，對外婆等守多年的心將是怎樣的折磨。

我沒有辦法向她說明目前整個大眾媒體無可避免浪潮式的計畫起伏。明年的二月二十八日前後，相信還會有別人來訪求在監院調查報告中被列名為花蓮暴亂首犯的許錫謙先生，可是在一年的下半年，要想繼續追索許錫謙先生在事變中真正扮演的角色，幾乎是不可能引起公眾社會上任何注意的。

我知道外婆在獲知我自美歸返後從市區南郊轉兩班車來家時，心中真正的急切。媽說從今年年初，島上的人不再避忌地談論二二八，並且有人開始稱說外祖父許錫謙的名字之後，外婆便不時陷入對生命盡頭將至的徘徊低沮中。她不只一次對媽說她覺得自己將不久於世，並且深信外祖父要來接她走了。從我懂事以後，外婆也已不只一次因著生活的不順遂而萌生對生命的失望與懷疑，但從未聽她提起過外祖父。外婆一生所受的艱辛，外祖父的死是最主要的肇因，可是她卻很少怪起這件事。如今她反覆地說外祖父將來接她到另一個世界，其中含藏的是如何深厚積累的無奈與怨懟啊。亦因此我感受到外婆娓娓怨訴二二八冤情時帶給我的龐大壓力。

當報上連零星對二二八事件的翻案報導都不再出現的年中暑熱季節，外婆必定是極其渴望我，家族中唯一曾在報上塗寫東西並且專習歷史的後生，能夠替以三十二歲青年慘死於事件中的外祖父做一點文章。更何況早一年，當島上的社會力澎湃衝擊破鬆了白色恐怖期殘餘的禁忌時，媽就曾以感慨與驕傲摻雜的心情告訴了外婆，我如何在懵懂無知的高中時代，閱讀過幾本選戰中春筍般冒生的黨外雜誌，便大言夸夸地宣稱要翻找一切資料探追外祖父死於事件的真實始末的。我現在回想起來，深深為當時的魯莽、不恤人情的虛矯感到咎赧不已。我不知道這樣的少年無知是否曾給身歷死亡震駭及政治恐怖懾人氣氛的母親帶來失眠的夜晚。我已不記得爸媽是否給過我怎樣的勸告，不過我想當時年少氣盛，長久處於縱容、信任的家庭教育下的我，似乎也不太可能接受以事實上自己一無所知的政治迫害的陰影為由，而中斷了對一項理想的追求。更何況當時幼稚初讀過哲學的心靈裡，總以追求真理為人生暗夜裡發散光芒的最高目標，這項能夠同時尋索歷史真理並解答我童騃以來的困擾的工作，對我確實是充滿了吸引力。

在七〇年代末期，美麗島事件剛剛發生過的第二年，說老實話，真的沒幾個人知道二二八是什麼。我還記得那是高二的下學期，剛編完一期自己非常不滿意的校刊。正和高中時期思想上過往最為密切的好友構思著創辦一份「建中學報」的高蹈夢想。那時候眼睛長得比頭頂還高。至少高出兩、三尺自以為看得見所有人的頭頂斑雜的白頭髮。覺得校刊必須考慮全校同學的立場限制了我們才智的發揮，因此想收納一些格外枯燥、嚴肅的文章，編一份刊物給少數人讀。在構想過程中，恰逢主管校園社團及刊物的訓育組長來校刊社不知交代什麼事情，我們便順帶詢問這樣一份刊物出現的可能性。在陳訴想法當中，我隨口提及我對二二八的興趣，並以之證明校刊不可能刊登的題材、文章確實有必要由另一份刊物所容納。我當時竟然幼稚到認為對二二八的研究會是一項枯燥無味的歷史考據，因與校園生活距離太遠的理由所以不可能出現在校刊上，現在回首當時自己充滿自信的話語，只能慨嘆地當作生命中最大的笑話呵呵一笑罷。

有趣的是，訓育組長，一位三十歲上下中興中文系的畢業生，竟然對我的二二八研究沒有激烈的反應。他只是說二二八恐怕沒有什麼找得到的資料了。他也像包括我自己在內的臺灣青年輩一樣，不知道什麼是二二八。

學報的構想很快被我們的浪漫情緒所推翻，轉為成立詩社的夢，詩社的夢又隨著高三聯考的迫近而嘩然雲散。而我對二二八的興趣也如訓育組長所預見的，在無法碰觸材料的反覆挫折裡寸寸地折沒了。雖然後來因意外讀到吳濁流先生的《臺灣連翹》而重燃起我的研究情緒，但是在這麼多年後的現在，面對外婆衷心依盼我能以一個孫子的身分，在她的晚年，為汨沒在政治無情軋壓的結構下沉埋四十年的許錫謙先生訴冤，我依舊無從擺脫那種訪覓未得時的不安。

我不知道該如何跟外婆說我依然不了解許錫謙先生，我不知道他是怎樣的人，不知道他的政治立場、社會思想，不知道他做著什麼打算，也不知道他在二二八中扮演了怎樣的角色。從我小時候開始對於一直是親人口中不同的幻影浮動的外祖父的尋找，還沒有結束，事實上隨著母親家族的種種悲劇的不斷發生，似乎也尚未有要結束的跡象。

在出版了兩本小說集之後，最近開始有人問我為什麼會想寫小說，我給的答案他們常常都不滿意。遇多了這類的追問，我有時不免也自己迷疑起來，是否寫小說也如同做偉人一般，必定有性格內在的本質性原因？我回想童稚的幼年時代，倒是發現了我對童年的記憶與小說似乎有些類比可通的地方。每每與人談論童年時，我發覺自己最大的特異處就在我對小時候的記憶格外薄少。當別人侃侃而談三、四歲乃至幼稚園、小學初期的種種時，我常是保持著目瞪口呆歎為觀止的表情，更不必說三島由紀夫《假面的告白》裡那個記得出生時家中情景的孩子了。我比較清楚的記憶要從十歲左右才開始。十歲以前的事則大部分是經由別人口中的記述拼湊後在腦中想像重建的。

例如說我三、四歲時有一回到在南昌街上開著文具店的舅舅家裡去玩，在門口聽到了賣烤番薯車喀喇喇喀喇喇竹製響板的聲音，我便和舅舅說我要買烤番薯，正忙著招呼客人的舅舅隨口應了一聲好。眼看著對街賣番薯的要推車離去了，心急的我便不顧一切邁起小步子向街心度過。舅舅送走了買東西的客人，轉眼卻不見了小孩，他慌忙奔出來，看見我正走到車輛川流往來的十字路口。四面的車同時擠來，司機根本看不見路上這麼矮小的生物。於是舅舅大叫著：「有囝仔！有囝仔！」冒險穿過車叢跳來，所有來車應聲戛然停止運動。團團圍著一個舅舅和他的外甥。

我曾聽舅舅說過許多次。我一直覺得自己記得那樣驚險萬分的一幕。後來高中時期，舅舅已經開始習慣性的酗酒了，我剛從興隆路他家出來，腦裡映滿的是表妹談起她爸爸時臉上的不屑，我不知如何排遣心緒中鬱積的愁憤，車子飛馳在羅斯福路上，我想起舅舅在慨嘆：「你們小時候最喜歡到阿舅家，現在都不來了，看不起阿舅了。」之後，黯然地再次講起這個童年故事。於是我在南門市場下了車，找回南昌路，靠近福州街的地方。我想像著三歲的我從店裡跑出來，跑向南昌、福州兩條街交叉處。舅舅，三十歲時喜歡與我父親下幾盤象棋，對未來依舊不曾灰心的舅舅衝出來在亂車間救我。我注視著那閃爍著夜市燈影的路口，忽然明白了我自以為的童年回憶事實上其中含納了多少虛構的成分。我記憶中建構起來舅舅大喝一聲止住各方車輛一事發生的地點是兩條像介壽路一樣寬廣的馬路。車子毫無困難地往來飛馳。即使考慮進去我童年人小對外界事物的比例反映，我依舊確信，不可能是南昌和福州兩條窄窄小小的街。

這很明顯是我自己摻入的虛構成分在作祟。我心裡惦想著舅舅酒後漲紅的臉，以及無從勸解頻頻起身到冰箱裡取酒的身影，匆匆地朝寧波西街的方向走了。我想童年記憶裡何妨保留點想像、虛構的餘地，真理、事實在一個人私藏的記憶裡似乎並沒有那麼重要，不是嗎？畢竟我只有一個舅舅。

也許就是這種逐漸對虛構與事實雜混的寬容，使我選擇了小說這一形式作為主要的表達途徑也說不定。至今我對寫散文還有些本能的避忌，恐怕也是因為被劃入散文領域的文章中所寫的事件往往必須承受別人把它當作全然事實看待，不容許摻雜些虛構的緣故罷。我的部分冠名為散文的作品，常被施予自傳性的閱讀，而使我困擾不已。幼年記憶的經驗，讓我連在撰寫自傳時，都逃不開虛構事蹟的混淆。

除了小學以外，每次入學都有一大堆表格塞在一方牛皮紙袋裡帶回一一填寫。其中一定有一份自傳。從十幾歲準備晉入國中一直到大學畢業二十郎當歲在部隊的入伍訓練時填寫安調資料，自傳一項差不多沿襲著一般的模式來引導你敘述、回憶你這一生的過去，甚且展望剩餘等待開展的未來。姓名、出生、家庭、學歷、交友情形、影響最深的人、最崇拜的人以及對三民主義統一中國的看法等等等等。高中入學的自傳是在臨要交的前一晚才趕寫的。我已渾然無從追溯當時寫作的心情了，只記得急就章的情形下，對於最崇拜的人一項我竟然捨棄了孫中山先生而填上我的外祖父許錫謙先生。至於崇拜的理由我寫的是當時我心目中綜合長輩們許多不盡相同，甚至不完全能並容的說法，而後自己創造出來，符合當時少年教育體制形塑的價值所能接受的偉人模式。今天，作為一個受著正式史學研究工作嚴格訓練的我，對當時聽來的傳說已全然無能予以拆解並追探各個部分的來源了。

那時我甚至不知道「二二八」這個名詞，更不要說這個名詞背後代表的沉傷痛楚的歷史意義。只曉得在母親十二歲那年，我父母的家鄉花蓮有一場涉及本省人、外省人仇殺的意外事變。許錫謙先生，作為花蓮首富許柳枝先生的獨子，極為年輕時便在地方享有相當影響力的青年，冒著危險出面擔負起居間協調、消泯雙方仇恨的任務。因著他的努力才使得花蓮一地，不像島上其他地區一樣，鄉里喋血。然而這樣一位熱心於社會平和公義的青年卻被當時的花蓮縣長誣陷為匪諜，因而在蘇澳到臺北的路上為政府槍殺。事隔不知多久之後，原花蓮縣長自己被揭露為匪諜，同樣遭到了逮捕與槍殺的運命。這似乎就證明了許錫謙先生乃是忠於國家、熱愛桑梓以至於被邪惡的潛伏匪徒所謗害的了罷。我的自傳最後還寫著為了償還我外祖父所背負的不白罪名及感念他在亂世中維持許多本省、外省人的性命，政府甚且曾有意在花崗山，花蓮市區最高點上，塑立他的銅像呢。

在了解二二八來龍去脈後的現在，對這樣一種將自己外祖父的事蹟照著體制的成規來予以隆崇的努力，只能感到像是荒謬的大拼湊了。可是對我當初要練習著將少年浪漫情懷投射上國家這樣龐大的集體意象的心靈而言，外祖父的悲劇性犧牲正如同一個新的、與我有特殊私密關係的吳鳳傳奇了。約莫就是那時候，詩人楊牧創作的詩劇《吳鳳》以書本形式出現在坊間。原本對詩人耽美、音節整然的詩便已傾心不已的我，更是捧讀誦閱再三，詩劇中間若干段落，我至今仍可整節默誦。大約也是因為這個原因，兩年後美麗島事件發生後風聲鶴唳的期間，丁中江在電視上力竭聲嘶地以「現代吳鳳」自美，在我心中引起的強烈反感，似乎正象徵著體制神話對我的束約鬆動的開始。一九八六、八七年間，我在南部服役期間，一面讀著陳其南先生所著系列文章抨擊教科書中宣揚的吳鳳神話，一面在非常偶然的情形下間接地觸及丁中江司法黃牛一案，當時苦主控訴司法黃牛所開記者會時的發言稿，還是出於我的手筆。這樣雙管齊下地，古代與現代吳鳳神話在我意識中同時轟然崩解，殆亦與我開始認真思索反體制觀念的時機若合符節。

曾有一段時間，我很想追究我高中入學自傳中所記下的許錫謙英雄傳奇中各個部分的原始來源。大概是醒悟後回首過往荒謬的一種羞慚與不可置信的情緒在作祟罷，我尤其對銅像那一段耿耿於懷。我確實不記得有誰跟我這樣說過了，但卻又很不願意承認那時年少的我竟是徹底地接受了教育體制的銅像象徵，以至於自己在陳述中揑造了這麼一段作為結尾。我常有衝動想問母親在我從小以來聽過的關於外祖父之所以死在政府軍的槍下的解釋中，是否真的有銅像一說。

一直到前兩年，在一本舊雜誌上讀到柯旗化先生的訪問錄。其中有一段是柯太太說的，她說在柯旗化先生因著政治理由入獄的十數年中，對她而言最大的艱難是如何讓他們的兒女們相信，爸爸不是個罪犯、不是個壞人，不是所有坐牢的人都是壞人。我站在書攤上反覆地讀著這段話。這是戒嚴文化對這個社會心理狀態很嚴重的一種傷害。我想著柯先生的子女們，他們似乎無可避免要在人生的路上面臨一個兩難選擇：接受這個體制的價值並因而以之裁判、輕視他們其實正直、無罪的父親；或者相信許多與他們父親一樣的義人受著法律不公平的折磨，並因而不信任這個社會宣稱的法治秩序。無論是哪一種選擇，都帶著濃厚的悲劇氣味，叢結的難局裡留給他們逃躲掉悲劇遭遇的只有細細的稜線一道。這是另一種社會宰制下的出生不平等。

我跟幾位朋友談論過這件事，我的結論是，我們常常忽視了這個泛政治化社會中政治對人的運命的干擾與支配。尤其對照著大眾傳播媒體在戒嚴、解嚴的討論中一再強調戒嚴只施行百分之三，及「國王的新衣」式的推論——戒嚴法只對壞人有影響，你如果覺得受到戒嚴法的限制，你就是壞人——等種種說法，我強烈感覺到揭破這種「隱性政治」對島上居民的無情吞蝕實在是迫在眉睫的龐大工程。

中夜夢迴，一個南臺灣星夜晴朗的晚上，我起身如廁時才突然悟及，我自己何嘗不是這樣悲劇性網絡裡的準犧牲者？我的母親呢？十二歲作為長女目睹父親的屍首從外面抬回來，憲兵——應該代表社會正義與公理的暴力合法使用者——隨而巡邏於門口，原本熱絡往來的親友頓時匿跡隱身，母親是如何在恐懼中將對這個政權的不滿忍隱下來，同時還保有對外祖父一貫的熱切思念？當我們孩童這一輩開始曉事，預期著孩子們可能要問起外祖父的事，對母親應該造成了很大的壓力罷。尤其是孩子們從六、七歲起便送進學校接受政治如何偉大的神話宣傳，我想像到母親必定是如何地憂煩用心以至於嘗試給過我們許多不盡相同的關於外祖父生平事蹟的說法，禁不住悲從中來。

這時再想追究銅像一說的來源變得如此無謂了。不管是母親說的或我自己創造虛構的，我們都還是體制扭曲了的價值判斷下的犧牲者。我們試圖虛構自己的過往回憶來適應、討好既定的價值，這成為我們努力在這個體制下避免變得精神錯亂的悲劇性的自我改造。

這種外範下的自我改造的影響一直深深地存留在島上的人心裡，至少我所看到的，留在我們家族的心裡。年少的時候，我們常常驚訝，甚至不滿於父母對人超乎常理的戒防。我們與上一代在人際的情緒反應上有著極其突兀的兩極化差異。由於完全不了解我們父祖一輩過去真正的經歷，以及長期浸漬於大眾傳播媒體權威性、不容爭議的敘事口吻，我們對人、事的表面總是傾向於簡單的全盤採信。尤其是對於社會的實相一無所知的學生時代，看上一代他們隨時保持著對人的品格、動機的疑慮，覺得簡直是不可思議的道德缺憾。

說老實話，我不知道父母真的信任過誰，父母他們寧可自己付出數倍的時間與精力於事業上，卻不曾真正長期僱用過幫手。小時我真的覺得爸媽是這個社會中若干自己圈限的孤島之一。在當時天真稚幼的觀念裡，總以為這是上一輩沒有機會接受像我們所受的新的、「開放心靈」的教育所致，心中急切地想這些人為什麼不離開自己的島，大家交通、融流在一起呢？

我真的無法想像年長一輩，耳聞目睹甚至親歷了政治白色恐怖時期的人們，看著自己的子女接受了教育體制的灌輸轉成政權的擁護者，因而幾乎完全斷絕了兩代經驗溝通的可能性時，心中的哀戚、無奈是如何排遣的？我的父母至今與這個社會保持著最小程度的交涉，亦因此，二二八事變四十週年那天，我晚上回家時聽姊姊說父母外出去參加演講會，母親並特地化妝打扮時，心中為之訝異不已。那的確是值得紀念的一個夜晚。父母參加演講會回來後，我們全家人第一次坐下來，平心靜氣地談二二八，以及在事件中死去的外祖父許錫謙先生。連平素對母親提起過去常面露不耐的大姊也終於棄祛了體制教育加諸於她的箍殼，熱切地傾聽母親詳訴外祖父遇難前後的種種。

二二八過後的星期假日，我在營中留守，到總值星官室前點過名後，我便把自己關在寢室裡寫小說〈煙花〉。一天內寫了一萬餘字。我還記得寫到王和順被殺那段時已經九點鐘了，我還沒有吃晚飯，我的筆飛快地摩擦在稿紙上，藉著一筆一畫的舞走，我彷彿重新走過外祖父許錫謙先生死前走的路，我禁不住淚水盈眶，幸好休假日寢室裡只有我一個人，我起身枕趴在上層床的床沿上大哭一場，哭完後，不顧手指的痛楚痠麻，把小說寫完。

哭過了，小說也寫了，可是對二二八，特別是對一個逝去多年的親人的尋索卻不可能因此就結束。複雜的情結依舊在我胸中攪繞。一九八七年上半年，連續以不同的技法寫了兩篇關於二二八的小說後，我發現自己心中因為私心考慮而來的避忌。我變得不太愛提死於事變中的外祖父。由於長久以來投身於文學創作工作中養成對文學超然立場的執著，我開始擔憂是否有人會把我的小說汙蔑為一種受難心理不平衡下的發洩。自從島內的政治衝突在七〇年代末期逐漸激化，不再能以假造的太平景象掩飾日益嚴重的社會問題後，許多立意純善想要以文學的手段重新正對臺灣社會的過去與現在的文學家，都曾經遭到這類惡意的矮化。這也是所謂「陰謀理論」建塑當中曾加以利用過的一塊磚石。他們說這個社會其實是乾淨無垢的，只有少數野心陰謀分子在其中搗亂。這些一小撮壞分子之所以不願社會繁榮，一是因為被更大的邪惡力量所支使、控制；另一則是因為他們惡行不容於社會，被正義力量懲罰了，他們不甘心，存心報復。這群野心分子必須被制裁。而對制裁過程心有不滿的又成為新的野心分子。就這樣許多主張各異的反對運動者被一個簡單的道德評審給納入所謂「陰謀分子」的系譜裡。

說老實話，當時我害怕因為外祖父死於二二八一事而使我的作品被納入這個系譜中，以致失去了作品原本在社會上能發揮的力量。我很愚蠢地高估了這個時代嚴肅的文學作品的力量。事實上，商業資本秩序與泛政治環境配合下產生的冷漠才是社會上真正的主流。兵役期間的最後幾個月，在不斷被政戰部約談的騷擾中，我終於認清楚自己這種避忌的可笑。累積我在軍中所接觸的政治教育手法及幾次與政戰官長談的經驗，我發現對於根本不相信自己說的話的人實在沒有什麼好怕的。我不只一次在政戰部裡誠懇地問政戰官：「你明天早晨剛醒來的那一剎那，你會相信自己今晚跟我說的這些都是真的、都是對的嗎？」他們，尤其是年輕一輩的政戰官，往往在別人認定他們相信這些的時候才會變得很堅持，在長官、上司面前他們是很堅定，在把他們當思想敵人，以為他們就真的那麼天真地相信政治教材上寫的一切的人們面前，他們也很堅定。但在同僚間，在面對自己時，他們不是。我誠摯地請問他們如何能相信自己口裡說出，與政治教材相呼應的話時，我可以看到他們眼底的遲疑。我以是悟及在這個開始質疑體制成規的時代，誠實與懇切似乎才是文學的出路。

一九八七年九月，我抵達美國波士頓對岸的劍橋鎮，在《軍旅札記》的自序文中，我第一次誠實地寫下許錫謙先生的名字，並且承認對他在事變中喪生原因的追探，與我的思想轉折有密切的關係。那時節，在查爾斯河畔重讀自己的兩篇關於二二八的小說，燦亮亮的初秋陽光下，我竟不由自主地感到一陣淒寒。儘管經過這許多年的追尋，我與我的外祖父距離還是那麼遙遠。雖然在〈煙花〉裡借用王和順這個角色摹寫許錫謙先生過世前後的景況，可是那畢竟不是真正許錫謙先生的故事。我還是不知道他。

一九八八年三月，在美洲版的《時報週刊》上意外逢遇外祖父的名字。在楊亮功的「二二八事件調查報告」中，花蓮縣一段：「三月四日暴民召開民眾大會……許錫謙為陸空軍總司令……及國軍開到，奸匪四十餘人……向新武邑附近逃逸……」我拉開宿舍的百葉窗，望著北國尚未還暖以致無法看見松鼠跳躍的草地，「暴民」、「奸匪」字樣代替了松鼠在我眼前迅速地游移。

我知曉了在島上的外婆、爸媽和阿姨在調查報告發表後積極投入替外祖父洗刷罪名的活動。我也重新整理歷年來蒐集關於二二八的資料及若干心得筆記。李登輝總統就職後的記者會上說應該把二二八留給歷史家去談，我不知道像我這樣正在受著正規歷史學博士班教育的人有沒有資格列入李總統所謂的「史家」陣中，但我知道作為初涉臺灣近代發展的歷史工作者，有些話我必須說，我也有資格說。可是不知為什麼，每回提筆寫下關於二二八的題目，外祖父許錫謙先生遺照裡那張三十一歲英挺煥然的容顏總梗著我的思路，我開始懷疑原本的自信，經過這麼多年，對自己的外祖父猶然無法知曉，我還該對二二八說什麼嗎？

父親寄來一份反對雜誌上刊登的翻案文章。讀著我再度感到淒涼。長期以來臺灣子民的歷史失焦明顯地在我們家族遲來的悲憤中呈露。在長期的斷層情形下，現在我們已完全無法了解當時臺灣人的想法了，這種脫節使得整個二二八的爭辯缺乏中心定點。難道還希望由四十年後的執政者宣布許錫謙先生無罪來終結這個悲劇嗎？這不是再一次陷入了歷史真相必須接受政治權力肯定與否認的陷阱中嗎？我在大西洋岸的異邦宿舍中擲筆廢然，起身踱步，茫然的無力占滿我心。

兩日後接獲二姊來信，信中忿忿不平地說：「大家都很關心外祖父的事，只有舅舅，成日還是喝酒，說：『叫國民黨賠一百萬來啦！』」我翻出雜誌看上面刊登外祖父抱著幼年時的舅舅的照片，不免開始幻想人生的「如果」。如果許錫謙先生沒有被殺，舅舅將是一方首富及鄉里政治影響者的繼承人，他心裡不會有小時家道頓時中衰的陰影，他不會因被寡母隻手養大而長期被外婆以小孩看待，他不會……我突然很想勸勸二姊，不必忿忿不平，舅舅這一生抗拒環境的擠榨，也走得夠遠了，也許他跌跤了，但我這一刻了解他走的是多麼不容易保持平衡的路。他誤以為一百萬能對悲劇的發生做點補償罷，就像其他人誤以為四十年後向當政者討來的公平可以補償些什麼是一樣的了。事實上，臺灣這些年來的悲劇代價是無從償還的。唯有我們認清這個事實我們才能面對歷史，以歷史的悲劇事實來防止造成這種悲劇的體制在未來製造更多的悲劇……

許錫謙先生若還健在，剛剛過七十歲。他從青年時代便愛在陽光下打野球，他若還健在，也許還會與我談論呂明賜在日本的英勇表現呢。走在查爾斯河畔茵綠的草地上，我便冥想著四十餘年前，這位不愛待在家中的花蓮首富後生揮棒、奔馳在草地上時，腦中究竟轉著些什麼……

我將繼續追索冥想。

作者簡介

——楊照（1963-）本名李明駿，臺灣大學歷史系畢業，美國哈佛大學博士候選人。現為新匯流基金會董事長，並在「Bravo91.3」、「九八新聞臺」主持電臺節目。長期於「誠品講堂」、「敏隆講堂」、「趨勢講堂」開設人文經典選讀課程。著作等身，橫跨小說、散文、評論、經典導讀等領域。

1988

深情

姚宜瑛

1

兒時常跟著父母品茶，尤其在黃昏時分，精緻的茶具和好茶，日子在茶香中顯得華美靜好。父親過世後，母親仍喜在黃昏時靜坐。她常常孤獨的面對著碧紗窗外那一片青綠亭亭的法國梧桐沉思，茶香隱隱，暮色漸濃，歸鳥聲啾啾，四周寧靜極了，時光在此一刻彷彿凝住。

母親八十九歲了，還喜歡黃昏時靜坐，薄暮時，我常常陪在她身畔，或在小廊上喝茶，或在母親房裡。我也喜愛游移在白天和黯夜間，那種朦朧、幽微的氣氛。

那天黃昏，應該要開燈了，我仍半倚在母親床上聽音樂、翻晚報，母親則坐在藤椅上。藤椅是特別為母親買的，輕便、靈巧，她喜歡怎樣移動都不大費力。靠著衣櫥的桌子畔，放著一張笨重的靠背椅，另一張圓形藤椅則依著房門。

音樂聲輕柔如水在房裡迴旋。

母親忽然對我說：「妳大舅媽來了！」

房裡只有我母女二人，窗外暮色沉沉。

「你大舅媽來看我了！」母親對著房門口的圓藤椅說。

母親生性樂觀，又幽默風趣，常說些笑話或和我們開個小玩笑，逗得我們哈哈大笑。有一天下午，她到我書房裡，站在我背後，拍拍我的肩說：

「客人來了！」

我連忙站起，快步走出去，我以為是朋友來了，哪裡有人？一轉身，只見母親穿了黑絲垂地長旗袍，佩帶了她最喜愛的全套珍珠首飾，還換了新配的金邊眼鏡，她老人家正優雅的、笑吟吟的支著拐杖，盛裝站在我面前。客人原來是指她自己。

我急著跑出去，沒有想到是母親和我開玩笑。

這次，我不上當了！我笑著問：「大舅媽在哪裡？」

「喏！坐在房門口圓凳上。」

母親手足七人。大舅媽育子女五人，四十多歲就守寡。我的父親去世時，母親也正盛年，所以大舅媽對我和弟弟分外疼愛，對母親更是親切照顧，她老人家在抗戰第二年就過世了。

我以為母親是寂寞，一人胡思亂想，所以看到過世的親人。可是，我心裡也隱隱不安，母親年紀大了，正如她常說已是「風前殘燭」，我應該多陪伴她，因此，我把許多事情盡量推辭、放下。尤其到黃昏的時候，我總是賴在她房裡，早早把燈打開。雖然母親興致已沒有以前好，不太愛說話，可是我在她身畔，我感覺到她心裡是安慰的。有一天，母親忽然對我說：

「妳小舅舅來了。」

我正在看晚報。見母親臉上有欣慰的神色。她又說：「妳小舅舅坐在靠背椅上。」

小舅舅是母親最小的弟弟，外祖父母過世後，父母奉外婆遺命，回娘家主持家業，不久老宅子分家，未婚的小舅舅和小姨母就和我們同住。後來，小舅舅在杭州藝專畢業，回宜興老家結婚，守著祖產並在農民銀行工作，他每天下班回來，一定要到母親房裡說說話。後來被鬥，貧病飢寒而歿。母親每次提到小舅舅就流眼淚，說他可憐，死後連一床蓋的棉被也沒有。

母親剛來臺灣的冬天，我抱了一床全新的棉被給她，她看棉被半天不說話，忽然淚簌簌而下：

「小菊，我願意把這床棉被給妳小舅舅……」

我撫著棉被，想起小舅舅對我的好，也跟著眼濕。母親一生辛勞，總是照顧別人，扶持弱小。她這樣說是難忘那個瘋狂如野獸、貧困如乞者的時代，和小舅舅去世時的淒涼。有一回，母親經過廚房，聞到火腿冬瓜湯的香味，欣然說：

「這塊火腿是好的，留一碗給妳小舅舅！」我記得夏天裡，小舅舅最愛的是火腿冬瓜湯。火腿是香港朋友送的，真正的蔣腿。母親精廚藝，她聞到氣味都識得好壞。只是手足深情，自己過好日子了，往往情不自禁想起往日苦難歲月中種種心碎的人和事。

從此，父親也常常來看望母親，穿著深灰色嗶嘰長袍。小姨母也常常來。好幾個月，黃昏時母親房裡，常有去世的長輩們來看望母親。家裡人都擔心，母親真是老了！丈夫兒子下班回來，我們故意逗留在她房裡說笑，逗她喜歡。我們希望母親是眼花或者思念親人。我們想到應該多陪伴她，伴她多過幾年安靜的歲月。

母親的房間是樓下最好的一間，兩面有四扇大窗。對著後院的窗前，除了她喜愛的兩盆金桂，我又搬來幾盆蘭花，和兩株盛開的洋菊，垂在窗欄上。她坐在房裡時時可以看到她喜愛的花。我又找出幾幅國畫，請她挑選。把牆上原有的裝飾都換掉，甚至我把窗簾也換成有喜氣的暗紅色，連桌上檯燈也換了一百支的強光。家裡人和親戚來訪也都擠在她房裡陪她聊天。母親精神好時是有說有笑，有時要清靜就笑著把我們全部趕出來！「出去，出去，你們吵死了！」六二哥和表嫂來看她，也常常趕他們回家，要他們回家好好照顧兩個孩子，但是我們都依戀她老人家。我們想到母親已是西下的夕陽，一天天步向黑暗。

其實，母親十分健康，胃口好，沒有一點病痛，血壓正常，脈息比我還強。她對生命也充滿了希望，她常說要活一百一十歲，我們一致又幫她加了十歲，笑鬧著：「媽媽，妳要活一百二十歲！」

但是，我心裡的憂愁是與日俱增。偶爾和親友聊起，他們安慰我是老人家眼花了。好友信佛，常常來看母親，她要我多燒金紙、錫箔給去世的長輩們。在我家工作多年的曾太太，則力勸我應該去天后宮燒燒香。

四十多年來，我早晚焚香從未間斷過一天。剛來臺灣的時候，因為青春年少，常常因思念母親而哭泣。我想，當年從大陸來臺的同胞，都和我一樣因思親而哭過長夜。後來，聽從父執張伯伯的教導，教我早晚一炷清香拜天地，為我遠方的母親祈福。現在回想，我一生從來沒有一件事如此認真，執著過。偶然我生病或出門旅行，家人都會記得幫我燒香。戰亂使我們骨肉分離，不能常見親顏，只好在千山萬水之外，焚香祈禱而已……這是我們中國人最沉痛的悲劇。張伯伯曾任上海新聞局局長，早已退休，我小的時候他曾經抱過我，還在他皮袍上撒過尿，他好幾次故意一副捨不得的樣子說：「一件簇新的寶藍緞子皮袍啊！」然後哈哈大笑。故人之女，他見到我是喜歡的。可惜他早已過世多年。如果，他看到母親來臺灣，兩位老人家見面，將不知有多高興！

母親在她的青春年代，是極端新派人物。雖然中國傳統中儒和佛幾乎是不分的，大家庭中總會有長輩拜佛，但母親在庭院深深中，自有她的主張。抗戰時，我去後方讀書，母親卻因思念我而禮佛。我相信信仰和母愛有相同的力量和依靠，因此，我不去想母親是不是老眼昏花！我虔誠的去天后宮進香，求媽祖娘娘賜福給我母親。我在家裡則焚化金紙、錫箔給諸長輩，我感謝他們從遙遠的江南來看望母親。他們應該比我更清楚，母親在大陸上所受的種種苦。我求他們保佑母親多享幾年安靜的日子。

更多時間，我則留在母親身畔，並聽從親友的意見，不去醫院探望病人，不去喪家，只要是為母親好，任何事我都願去做。每天黃昏時候，我則留在母親房中，看書、聽音樂。我相信長輩們如我兒時一樣疼愛我，他們一定很安慰，看到母親被愛圍繞的晚年。長日裡，我在母親衰老而滿足的神情中，漸漸領悟，人生的福分都是自己修煉而來。生活裡點滴的好意、善行，匯聚成敦厚、仁慈、溫馨的人生巨流而綿延不絕。上天知道，上天有眼，會賜福給好心人。

前年冬天，寒雨不停，母親房中暖爐和暖如春，我傍著垂老的母親，如幼時倚母膝、牽母衣，我心靜如水如鏡，滿溢感恩之情。我感謝上天，感謝人世，我也感謝去世的長輩們對我的深情，冥冥中教導我多陪伴母親。在她最後的旅程裡，我們母女分離了漫長的三十五年後，又共度了許多寧靜安詳的日子。

聖誕紅盛開的節日裡，屋裡屋外都是鮮花。新年到，我又買了許多盆花。有時推著母親的輪椅，來來回回，在屋裡也如逛花市，母親看了一屋子的花是喜歡的。農曆新年，我們都向母親叩頭賀年，母親微笑著，說：

「過年，老家後院的老臘梅要開花了。」

臺灣沒有臘梅，我養的幾盆水仙，在過年的喜氣裡倒是清香盈屋。元宵節，母親吃了兩個湯圓。小園裡的紅茶花，隱隱吐出豔紅的花苞，寒雨日日。

母親九十歲了，我凝視著母親日見衰老的容顏，如溫暖我、照耀我的燈火，漸漸黯淡、漸漸遠行。黃昏裡，我坐在母親身畔，心裡的憂慮如窗外漸濃的暮色。

2

母親在去年春天過世。

母親在過世前幾個月，已不太愛走動，天氣冷就靜靜的躺在床上。六二哥常帶著她喜愛的茶食來看望她，自己的親姪子，也會叫錯他的名字。我們故意和她開玩笑，賴在她房裡嘻嘻哈哈的說些笑話，或聊些家鄉舊事來逗她高興。我也常常換上她喜歡的漂亮衣服，到她面前討好，「媽媽，我來綵衣娛親了！」有時，燉些她喜愛的甜食，不要她自己動手，我一匙一匙的餵她，她竟柔順得像孩子，我看了反倒心酸。母親在我兒時，也這樣餵過我。她年輕溫軟的胸懷，哺育過我，懷抱過我……我又怎能回報於萬一？母親每次吃完，總很滿意的連聲說：「謝謝，謝謝！」我心裡是十分清楚，母親是一天天離我遠去，可是，我萬萬不肯接受這種事實。

她常常很突然的冒出一句話：「我死了，妳不要難過！」

「亂講話！」我自己也嚇了一跳，怎麼可以這樣對母親說話。

有一天下午，很冷，母親擁被躺在床上，床頭櫃上插著三枝紅豔的茶花，我靠著暖爐看報，窗外寒雨簌簌。我以為母親睡著了，忽然，她睜開眼睛說：

「小菊，我走了妳不要難過！」

「妳怎麼講這種話？」我好生氣，滿懷委屈，「媽，我想了妳三十五年，我吃了多少苦才見到妳，妳怎麼可以不管我，說要走……」我想起四年前為見到她，所受的種種波折、磨難，我忍不住伏在她棉被上，軟弱的哭泣。

母親一把緊緊的握住我的手，撫著我的背，不停的安慰我，又黯然長嘆，說：「人總是要死的……」她說不下去，她也怕我傷心。深深的母愛化作眼淚，在她黯淡的眼裡閃亮。可是，我怎能接受這種鑽心的痛，我和母親分別了三十五年，再相依才五年。

母親過世後，我睡在她房裡。過了七天，天氣忽然酷寒，我感冒咳嗽得十分厲害，開著暖爐還是冷，原因是我習慣睡覺時開門開窗，所以夜裡更是寒氣逼人。丈夫和兒子都要我睡到樓上去，我不理，佑維說：

「媽，妳咳得這樣，妳的媽媽會罵妳不聽話。」

母親在的時候，對我意見很多，常常批評我，說我走路太快，鞋跟太高，女工浪費也不管……佑維和歸寧回來的女兒之美，姊弟二人常常故意嘲笑我——

「媽，妳的媽媽在罵妳了……妳媽媽在叫妳，哈哈！這麼老還要人管，說妳夜裡不睡覺愛熬夜！」

我已抱了兩個外孫，還有母親來關心我、管我，我是喜歡的。托上天之福，我甚至敢說，我是有點幸福，因為我有萬劫歸來的老母親在身畔。

當天晚上，大寒流過境，我乖乖的睡到樓上，我一直睡不好，下樓喝牛奶、看書，走來走去……我知道，睡在後面兩個房間中的丈夫和兒子都醒著，母親過世的哀傷也銘刻在他們心上。尤其是佑維，幾年來盡心盡力照顧外婆，常常開車帶外婆出去玩，幫外婆洗頭髮，買外婆喜愛的食物，甚至顧念到家裡需要有人照顧，延誤了出國進修的時間，他和外婆祖孫倆感情萬分深厚。我是母親，我也不要他哀傷，我熄了燈。

我依然睡不著，半躺在幽幽的暗夜裡反倒更清醒。房裡的擺設，牆上的相片，梳妝檯上的大鏡子……一件件依稀可見。床頭鐘已三點了，我沒有一點睡意，坐起靠在枕上，不敢開燈，也不知在暗夜裡坐了多久，只聽得雨聲在窗外淅瀝。突然，房中湧進來一股暖流，熱烘烘的像多了個大火爐，而這股暖流瞬間便滿房的流動，溫暖的把我圍繞。我驚訝的看看房門，房門依然開著，門外是走道，我床的左畔是四扇緊閉的窗子，都垂著白紗窗簾。忽然，靠近我床的兩幅窗簾，下半部斜斜的都蒙上一片白色的光，那白光，銀白銀白的，比皎潔的月華還光亮，比剔透的水晶更透明，晶瑩燦爛，伸手可及，可是，這突然而來的景象，使我震驚得不能舉手不能出聲。這片銀光和溫馨的暖流，卻讓我心裡滿溢著喜悅，彷彿是坐在母親身畔，倚在母親懷裡，親沐著母親的氣息。忽然，這一大片附有銀光晶亮的窗簾，飛快的臨空飛舞，彷彿它有形體、有生命、有呼吸、有笑容……在飛揚中流露出快樂、風趣、歡笑……我驚呆了，但我有強烈的感應是母親回來了。這種溫馨快樂的氣氛正是母親，是母親回來了。我盯著銀光燦爛的窗簾一直快樂的飛舞著。媽媽，媽媽，你是不忍見我悲傷，回來安慰我，擁抱我。很長的時間，銀光燦爛的窗簾不停的飛舞著，那股暖流溫馨的擁抱著我。

那晚是農曆二月底，沒有月光，全屋都熄了燈，即使有月光，永遠也不會照到那兩扇窗子上。第二夜、第三夜，我孺慕的心，期盼母親再來。母親一向是提得起、放得下，她斷然走了。現在我又睡在母親房裡，母親再也沒有回來過。母親堅毅剛強，行事果斷明智，從來不會拖泥帶水，說話更是擲地有聲。五年前在香港，我求她隨我回臺灣時，她說過：

「我絕不拖累妳！」

至今我才明白，母親的不拖累，對我是更深厚的愛。過世前半個月，我看她精神不大好，安排送她去住院，她老人家堅決反對，丈夫和兒子也不肯，佑維特別堅持，說醫院裡最好的護士也不及自己家裡人溫暖。那天上午，女婿明健正回國，我們計議請一位他家熟悉又很好的護士來全天候照顧母親，我是好話說盡，但母親執意不要。黃昏時，她喜愛的黃昏，就走了。

我跪在她床前，緊緊握住她的手，不放，不放她走。她乾枯的手在我緊握中，微溫、微冷，漸漸冷去，遠去，床前跪滿小輩給她老人家送行。母親走了。

小園裡紅茶花正盛開，寒雨紛飛。

母親過世，我的童年真正結束。在母親的眼裡、心裡，我永遠是她寶貝的女兒。想起母親辛苦一生，給了我綿密無盡的愛，如有來生，我願再做她的女兒，再享受她的愛。

母親過世，她的精神永遠在我們小輩們身上活著。我的一切是她賜，她愛我，我會更愛我的兩個孩子。

作者簡介

——姚宜瑛（1927-2014），上海法學院新聞系畢業。曾任《掃蕩報》、《經濟日報》記者，《中國文選》主編。一九七二年十月獨立經營大地出版社，為臺灣文學出版界頗富盛名的「五小」之一。創作文類以小說為主。能以犀利的眼光，洞燭世間情事，而將家國的動盪，隱藏在細微生活的織網裡。大陸政策開放後，姚宜瑛經過多方努力，將分別三十多年的母親接到臺灣來善盡孝思，並將這份親情寫成一篇篇感人的散文，著有：《春來》、《十六棵玫瑰》等。

風裡的哈達

席慕蓉

1

我此刻將這上天降下的華物「哈達」呈獻給您，希望永保福澤綿長。

2

這次回家，對我來說，是生命裡面的一件大事。在幾十年的渴望之後，終於可以踏足在祖先遺留下來的土地上，是珍貴的第一次。

所以，我在事前非常謹慎地定了計畫，為了避免任何不必要的干擾，我蓄意把時間安排得極短，只有十幾天。也蓄意把要去的地方減到最少——只去探望父親的草原和母親的河。

一切其他的活動，我都準備放到下一次再去考慮。對這一生裡極為重要的時刻，我不敢多有貪求。

因此，給尼瑪的信上，我也再三強調，希望不要讓太多人知道這件事，我只想一個人安安靜靜地回家。

可是，在剛到北京的那個晚上，尼瑪就告訴我，家鄉的人仍然要歡迎我，他說：

「老家的人不願意照你的意思，這麼多年以來，你是第一個回來的親人。他們說，老祖先傳下來的規矩，從那麼遠的地方回來的孩子，有許多歡迎和祈福的儀式是一定要舉行的。」

有些什麼開始緩緩地敲擊著我的心。我望向尼瑪，望向他誠摯的面容和眼神，慢慢開始有點明白，祖先遺留下來的，不僅僅只是土地而已，還有由根深柢固的風俗習慣所形成的，我們稱它作「文化」的那種規矩。

我一直以為我是蒙古人，可是，在親身面對著這些規矩的時候，如果拒絕了，我就不可能成為蒙古人了。

絕對不能讓事情變成這樣！絕對不能！

這麼多年以來，可以因為戰亂，可以因為流浪，可以因為種種外力的因素，讓我做不成一個完完整整的蒙古人。但是，卻絕不能在此刻，在我終於來到家門前的時候，讓自己心裡的固執和偏見毀了這半生的盼望。

我一定得明白，一定得接受，如果，如果我想要成為真正的蒙古人，就得要照著祖先傳下來的規矩「回家」。

3

在蒙古傳統的禮俗中，到國與國之間的疆界，也就是蒙古最遠的邊界上來迎接客人，是最尊貴的大禮。

為了表示對我的歸來非常喜悅和重視，我的親人決定先派代表在內蒙古與河北交界處來接我。聽說他們要開很久的車才能抵達邊界，在踏一步即是異鄉的地方等待著。

我們這邊在清晨四點就起床，五點多抵達北京西直門火車站，擠上六點多從海拉爾開到北京的草原列車，經過了四個鐘頭左右的車程，在張家口下車。

這次回家，有三個朋友與我同行。一位是尼瑪，一位是沙格德爾，兩人都是在北京做事的蒙古同鄉。另外一位是王行恭，是在臺北工作的東北男子，知道我的計畫之後，臨時決定與我一起回來。他是我多年的好友，年齡只比我小幾歲，所以，我們兩個人的境遇都差不多，都是在身分證上有著一個遙遠的籍貫，卻任誰也沒見過自己的家鄉。

一出了站，阿寶鋼旗長和蘇先生已經在等我們了。阿旗長是父親的好友，所以他一直強調，他不是以官方身分前來，而是受朋友之託來接這個第一次回家的蒙古女兒。

第一次回家的女兒，想去看她父親當年從北京回家時，常要經過的大境門。

大境門上面有一塊很出名的匾額，題著四個漂亮的字：「大好河山」。

前兩年，林東生——我的好友把這張幻燈片放給我看的時候，我一直以為，從這個方向出去，就是內蒙古，心裡很感動。真的，一出塞外，可不就是我們的大好河山？

要等到自己走到了大境門的門樓之前，才發現，原來寫著字的這一面是對著蒙古高原的，也就是說，要有人從塞外回來的時候，才會面對著這幾個字，要從這個方向走進去，才感嘆於中原的大好河山！

漢人蓋的城牆上題的漢字匾額，當然應該是漢人的心聲。

我轉到城樓的另外一邊，從這裡出城往前行才是塞外，我抬頭往門牆上仔細端詳，沒有一個字。忽然想起了長春真人丘處機的那幾句話。快八百年前，十三世紀初，他應成吉思汗之聘，從華北經蒙古前去阿富汗，也好像走的是這個方向。（只是不知道有沒有大境門？）

第一眼望到蒙古草原的時候，他說：

北度野狐嶺，登高南望，俯視太行諸山，晴嵐可愛；北顧但寒煙衰草，中原之風，自此隔絕矣！

——

4

深藏在我們心中，有一種很奇怪的「集體的潛意識」，影響了每一個族群的價值判斷。心理學家說它是「由遺傳的力量所形成的心靈傾向」。

也就是說，去愛自己的鄉土，原來並不是可以經由理智或者意志來控制的行為。

一上了路，來接我們的兩輛吉普車就加足馬力往前直奔，後來才知道這兩個年輕人是地方上出了名的快車手。公路兩旁植滿好幾行的行道樹，已經成林，遠遠的山脊殘留著古長城的遺跡，每隔一段路程，就會是一處平頂的高坡，必須要換成慢速檔攀爬上去，再接著前面的公路。尼瑪告訴我，這裡的人稱這種高坡叫「壩」，他說，再多上幾次壩，就是蒙古高原了。

等到終於抵達了內蒙古的疆界的時候，我的心情可是和八百年前那位長春真人的心情完全不一樣，越往北走，越覺得前方美景無限！

有風迎面吹來，帶著強烈的呼喚。

5

看到他們了！

應該是他們吧？就在公路旁邊，在那幾塊大大小小零亂矗立著的路程指示牌下面。

太陽很大，風也很大，那幾個人站在路旁，都用手擋住陽光，往我們這邊看過來。

這裡就是邊界了嗎？還算是漢人居住的區域，寬廣的公路，稀疏的電線桿，沒有什麼綠的顏色，公路旁低矮的土牆圍著的是農人的房舍，土牆和土地都是一種灰黃黯淡的淺色調。那幾個站在路旁的人，衣服的顏色也是灰灰的，在他們中間，只有一個人與眾不同。

他穿的是蒙古衣服。

一件寶藍色的袍子鑲著金邊，腰間紮著一條金黃耀眼的腰帶，頭上戴著黑色氈帽，腳下是長馬靴，靴套處還繡著花邊。

下了車，我向他走過去，他的身材並不高大，卻很粗壯結實，應該是成年人了，眼睛黑亮，鼻子高而挺直，被風霜染成紅褐色起了皺紋的臉上，卻有著像少年一樣羞澀的笑容。

有人過來給我介紹，說這就是我的姪子烏勒吉巴意日，從家鄉前來接我的。

我的姪子用帶著奇怪腔調的漢語叫了我一聲：

「姑姑。」

這個做姑姑的竟然只能用笑容和握手來回答，剛剛聽到的蒙古名字根本學不出正確的發音，很早就準備好了的話也都忘了。

幸好這時他已經轉身忙著到車上去拿東西準備行禮，沒有注意到我的窘態。有人幫著他，把準備好的東西一樣一樣取出來，有奶，有酒，有鑲銀的蒙古木碗，還有一條淡青色的哈達。

風很大，淡青色長長的絲質哈達很輕，在風裡不斷上下翻飛。

6

我們此刻將這上天降下的華物「哈達」敬獻給您，希望永保福澤綿長。

7

在家裡，每年除夕祭祖，爺爺奶奶的遺像上都會輕輕地放上一條哈達，是從老家帶出來的，父親說那是由一位活佛祝福過的聖物。

父親和母親跪拜之後，就輪到我們這五個孩子按著順序一一叩首，每次我臉紅紅地站起來再向供桌一鞠躬的時候，都覺得供桌上的燭火特別亮，香燭燃燒的氣味特別好聞，再加上蘋果和年糕還有其他供品混雜在一起的香氣，充滿了平安和幸福的保證。

我也記得在燭火跳動的光暈裡，那一條哈達閃耀著的絲質光澤。

過完年，母親就很小心地把哈達摺起來，和爺爺奶奶的相片一起，收到大樟木箱子裡面去，要等下一個除夕才再拿出來。

即或是這樣小心收藏，哈達也一年比一年舊了。有許多地方已經開始破損，顏色也變得灰黯，燭火再亮，再跳動，它也不再有反映的光澤了。

幾十年的時間就這樣過去。母親去世以後，我在那年除夕從樟木箱子裡找出這塊哈達，雖然輕輕軟軟的，拿在手裡一點重量也沒有，卻怎麼樣也掛不上去，幾次試著把它放到母親的相片上，幾次又拿了下來。

終於還是含著淚把它收進箱子裡面去了。

8

先敬奶類的飲料。

我的姪子面對著我，用雙手捧著裝滿了牛奶的銀碗，在銀碗之下，墊著那塊哈達。照著祖先的規矩，我先用雙手捧碗，再用右手無名指觸及碗中的牛奶，然後微微高舉右手，用無名指和拇指向前方彈指三次，敬了天地和祖先之後，才能啜飲故鄉的牛奶。

等每一位朋友都像我一樣，喝了烏勒吉巴意日獻上的牛奶之後，儀式再重新開始，這次碗中注滿的是草原白酒。

依舊是要在接過來之後，先敬天地和祖先，再恭敬地雙手捧碗，啜飲故鄉的醇酒。每一位客人都不能忽略，每一個人都要領受祝福。太陽很大，風也很大，站在寬廣而又荒涼的公路旁，站在踏一步即是故鄉的邊界上，我們這幾個人一遍又一遍地反覆著同樣的動作。

四周很安靜，偶爾有卡車運貨快速呼嘯而過，然後又歸於沉寂。我可以聽見不遠處土牆裡面有雞群在咕咕覓食，有飛鳥細聲叫著飛掠過去。

太陽很大，風也很大，哈達的中段是擺在烏勒吉巴意日往上平放的雙掌上，他用大拇指將兩端緊緊夾住，剩下的哈達就在風裡隨意飛揚，淡青色逆光之處幾乎是透明的，每一翻動，都閃耀著絲質的光芒。

9

回家的路還有一段要走。

按照計畫，我們要先在旗辦公處的招待所裡住一夜，這次是米旗長親自來接待我們了，他是教育界的前輩，人非常開朗。

有幾位家裡長輩從前與我們家是世交的朋友，知道消息，也都趕了來。我們的父母或者祖父母彼此都是好友，可是到我們這一輩相見的時候，卻要一點一滴從頭來解釋。雖說是第一次認識的陌生人，晚餐桌上舉杯互祝的時候，有幾位蒙古男兒卻哽咽不能成聲，為了怕人誤會，還得趕緊啞著喉嚨解釋：

「我只是想起了自己的長輩，心裡難過。」

連王行恭在舉杯的時候，也有好長一段時間說不出話來，我認得多年的朋友，平日那樣冷靜沉著的朋友，心裡也是有碰不得的痛處吧？

我一一舉杯向他們祝福和道謝。祝福你們，我應該熟識卻又如此陌生的朋友，願前路上再無憂傷與苦惱。謝謝你們，每一個人都從那樣遙遠的地方趕來，陪我一起回家。

10

第二天早上出發的時候，已經變成有六、七輛車的車隊了，領頭的兩輛，依舊是那兩位快車手來駕駛。

聽說家鄉的親人會到草原的邊界上以馬隊來迎接我，我把相機給了王行恭，請他到時候幫我拍照。

我知道自己已經開始緊張起來。天有點陰，層雲堆積，有人勸我加衣，我卻覺得心中燥熱難耐，離家越近，越想回頭，一切即將揭曉，我忽然不太敢往前走了。

車子開得飛快，經過一處又一處不斷起伏變化的草原。差不多開了四十多分鐘之後，爬上一段山坡，在坡頂最高處往前看下去，下面是一大片寬廣的山谷，芳草如茵，從我們眼前斜斜地鋪下去，一直鋪到整個山谷，鋪向左方，鋪向右方，再往上鋪滿到對面的坡頂，再一層一層地向後面的丘陵鋪過去，一直鋪到天邊。

在這樣一處廣大碧綠芳草離離的山谷中間，有一小群鮮豔的顏色，因為遠，所以覺得極小；因為顏色，又覺得非常奪目。

尼瑪在我旁邊驚呼：

「看啊！慕蓉，他們在等你。」

這應該是一生裡只能享有一次的美麗經驗！

前面就是我的家了嗎？

這一大片芳草鮮美的山谷，就是我家園疆界的起點了嗎？

幾十年來，在心裡不知道試著給自己描繪了多少次，可是，眼前的景色，卻是從來也想像不出的遼闊與美麗！這真是一生只能享有一次的狂喜啊！還有他們，那正在家園前等待著我的族人，就在我眼前，在山谷的中間，有幾十個人穿著鮮紅、粉紫、寶藍的蒙古衣服，紮著腰帶，有的騎在馬上，有的站在草地上，圍成了半圓如一彎新月的隊形，遠遠地安靜地等待著。

車子開得飛快，我只能在坡頂高處看到那麼短暫的一瞥，相機不在手上，也拍不下來。

不過，沒有相片並不表示沒有紀錄，這紀錄已經在那一瞥之間深深地鐫刻在我的心中。就在那快樂與幸福都沸騰了起來的一瞬間，我忽然看到隊伍裡面，有人雙手捧著一條哈達站了出來，草原上的風一吹過，淡青色的哈達就在風裡飄動，閃耀著對我熟悉得不能再熟悉的，絲質的光芒。

11

我們此刻，將這上天降下的華物「哈達」呈獻給您，歡迎回到故鄉。

作者簡介

——席慕蓉（1943-），祖籍蒙古，四川出生，童年香港，成長於臺灣。一九六六年以第一名畢業於布魯塞爾皇家藝術學院，專攻油畫。出版有詩集、畫冊、散文集及選本等五十餘種。詩作被譯為多國文字，讀者遍及海內外。現為內蒙古大學、南開大學、寧夏大學、呼倫貝爾學院、呼和浩特民族學院之名譽（或客座）教授，並為內蒙古博物院特聘研究員。鄂溫克及鄂倫春族的榮譽公民。

江嘉良臨陣

劉大任

對於世界各地身手矯捷、野心勃勃的萬千乒乓球運動員，三月二十九日至四月九日的聯邦德國魯爾區杜蒙城，就是他們的麥加。

對於遍布全球數以億計的黃帝子孫，杜蒙是一個不大不少的里程碑。三十年前，一個名字叫作容國團的中國人，背著近百年東亞病夫的包袱，擊敗了各國選手，拿下男子單打冠軍，奪得了現代中國人的第一面體育運動的金牌。

甚至可以說，在杜蒙這個以啤酒與煤著名的小小工業城市裡，中國人創造了第一個「世界第一」。雖然這個「世界第一」，在許多人心目中，只不過是兒童玩具似的「遊戲」。一個輕飄飄的乒乓球，重不過一兩，打起來，活動範圍也不過三、五步的距離。然而，這個「遊戲」，可不那麼簡單，為它獻身一輩子的人大有人在。在國際體壇上，它是五大運動項目之一，以參加這個運動的活躍人口統計數字算，它是人類第二大的項目，僅次於足球。在這個運動的專業領域裡，除了運動員、組織者、行政人員以外，還有專門從事研究的理論家、醫生和乒乓學專家。專業教練員會告訴你，現代乒乓球攻球的飛行速度，每小時超過一百哩，質量高的弧圈球，每秒鐘旋轉不下兩百次。

在一次國際水平的競賽中，當這個輕飄飄的白色賽璐璐球體以不到零點四秒一個來回的高速，夾帶著變化多端的強烈旋轉，面向你衝來時，受挑戰的豈止是人體肌肉收縮機制與神經纖維反射機能的複雜協作，運動員的情緒控制、智力判斷、意志品質，甚至可以說整個人的精神組織，都面臨瞬間定成敗剎那決生死的極限考驗。

對於杜蒙城威斯特法侖體育館練習場邊觀眾席上的斯坦納先生與井上先生，這是一場盛會。

「這是我的第五個『世界』，你呢？」

「第三個，下一個『世界』，就在我家鄉日本千葉縣舉行，你來不來？」

「你賭吧！」

「你也玩乒乓球？」

「很慚愧，十五年前開始的。人家是年輕時打乒乓，年紀大了玩高爾夫，我剛好相反，你呢？」

「噢！人生不往往就是這樣？是的，我也玩一點，不過，我的職業是日本乒乓球事業的重振，你知道，日本人五〇年代是世界冠軍，現在，我們有錢了，卻落後了，墮落了。你知道，日本戰敗後，乒乓球給了我們信心和榮譽。美國人大概沒這個問題吧？」

「美國人？我們還沒學會玩這種遊戲，太精巧太細緻了。也許我們也該好好玩玩，是不是？照相機、電腦、汽車，什麼都玩不過你們了，我們也得學學這一類技術難度高的東西，對不對？」

「哈……你看這次誰能拿第一？」

「中國人，當然！」

「誰？」

「江嘉良，當然！」

「江？哦，我們都叫他J．J．」……

對於代表過美國也代表過加拿大的麗兒・紐伯格爾太太（原名Leah Neuberger：綽號Ms. Ping，即乒小姐），杜蒙是重溫生命光采的夢土。環形的威斯特法侖體育館像羅馬時代的競技場，門前車水馬龍，遠處湖水盪漾，四周是新綠初現的公園草坪，高大的花樹含苞待放，半空裡飄揚著五大洲八十一個國家和地區的彩色旌旗，國際健兒的風雲際會，慶典式的喜悅與歡騰，青春歲月，戰鬥吶喊，獵犬的身體，狡兔的動作，紅黃白黑一律發光的皮膚上，大汗淋漓……

乒小姐身上是輕便的絲絨運動服，頭上紮著蝴蝶結，她跟一位相貌凜然的中國男子握手。在他們身後有一庭雄偉的建築，遠處隱約可見百年不壞的天安門城樓。

乒小姐和中國男子的臉上都放著光芒，那是一種奇怪的光芒，一種色質與榮耀的死的混合，一種光澤，瓷器的光澤，乒小姐與周恩來握著手，笑著，站在巴掌大的瓷像裡，別在紐伯格爾太太粉紅色的衣襟上，她稀疏的金髮剛燙過，帶著莎莎嘉寶的風姿。紐伯格爾太太別著她特製的紀念章，在觀眾席上看江嘉良練球，她愛中國人，她愛中國人給過她一生的唯一一個永恆。她的永恆發著瓷器的光澤，在紀念章裡。那是一九七一年，乒乓外交。

「他們，你知道，那些政客，那些官僚，他們都說打開中國的大門，是他們的功勞……」過了中年的莎莎・嘉寶認真地埋怨，「他們不知道，真正造成歷史的是我。中國人認得我，對我好。一九五四年，我打敗過孫梅英、丘鍾惠，當然，兩年後她們又打敗了我，她們是世界冠軍呀！在東京，要不是她們認出我來，怎麼會邀請他們，這批官僚，這批政客……」

對於連任兩屆世界男子單打冠軍的江嘉良，杜蒙可以是天堂，也可以是地獄。

一九八五年，瑞典的哥德堡；第三十八屆世界大賽，來自孫中山故鄉的江嘉良，一路過關斬將，決賽時碰上的是另一名中國選手，四川人陳龍燦，打了一個輕鬆的勝仗。觀眾席上發出開汽水的噓聲。有人說這是中國人預先布置好的比賽，「他們要江嘉良贏，因為他身材好，臉蛋漂亮，像個世界冠軍……」

一九八七年，印度的新德里，英地那・甘地體育館，第三十九屆世界大賽。一個瑞典冷面殺手華德納衝破了中國人的包圍圈。八強決賽打敗陳龍燦，準決賽又宰了滕義。發球刁鑽古怪，正反手能拉能衝能打，節奏彆扭，落點毒，技術全面，近臺礎、點、推、擋、撇，中臺拉扣結合，遠臺放高球打回頭，各有一套本領。

決賽進行時，中國教練團裡有人不敢到場，在旅館房間裡連轉播也不敢聽，電視機響著，人躲進廁所，掌聲雷動時便沖水……

在世界賽上，男子單打採五盤三勝制。第一盤，江嘉良的獨門功夫正手快帶弧圈球不靈光，失誤率高達百分之九十。華德納看準了這個弱點，盡量用拉兩大角的戰術。江嘉良的攻勢也不靈光，小弧圈一拉起來往往就給華德納反手一板打死。少了這兩手，江嘉良攻守兩條陣線都出現危局。二十一比十四。在場中的中國教練面如死灰。

第二盤開局形勢依然。華德納以九比三領先，這個距離再拉大一點就逼上了絕境。江嘉良兩條濃眉皺成黑線一條，換發球時，他不顧擦汗，兩腿蹲地，上下跳動，扭頭轉頸，甩臂搖手，他拚命要求自己加速進入興奮狀態。不興奮到極點，江嘉良打不出水平。目前的形勢要求他超水平。

印地那·甘地體育館可容納兩萬人，世界各地的電視機前，觀眾以億計。以人口算，江嘉良的後援強大，但現場實況卻是一面倒。除了集中坐在一處的百來個旅印華僑組成的啦啦隊，場內兩萬名觀眾絕大多數支持華德納。打倒中國人雄霸乒壇多年的局面，成了在場所有非中國人的共同願望，華德納贏一球，場內便歡聲沸騰一次。江嘉良頂著四方八面的壓力，頂著來自內裡更頑強的壓力，他的手並不軟，該打該殺還是照打照殺，但他的身體太緊太硬，手腕太僵太直。他的失誤餵養著他的憤怒，憤怒使他興奮，興奮使他放鬆……

華德納信心強了，膽子越來越大，他走向不可侵犯的江嘉良禁區，放手發了一個斜線左側旋長球直追江嘉良的身體。這時刻，百分之百的本能反射，因為快如閃電，江嘉良右腳一蹬地，左腳向前方滑一大步，側身，重心還原右腳，持拍手猛烈大爆發，重扣一板。這是最凶狠的江嘉良接發球搶攻，這是拚命的打法，因為對方若是轉擋正手，側身後的江嘉良，勢難搶救。

華德納改發近網下旋球，江嘉良擺短，華德納起不了板，也擺短。江嘉良右腳伸入臺下，右手平伸臺內，調整拍型，一記快撥中路，華德納輕拉江嘉良反手，江嘉良退後一步打直線，華德納大步移位猛拉正手空檔，江嘉良輕輕一墊腳，立即交叉步撲正手，好不容易救了這一球，對方已經打回了頭，落點更刁，因為撲救正手的江嘉良正在向中路位置還原，大板前沖弧圈球，已經拉到了正手位臺角，角度更偏，眼看這一球，就要飛走，但是，江嘉良也飛起來了，一記漂亮的正手快帶，球過了網，江嘉良的右腳才落地，華德納呆了，連拍子都來不及伸出去……

全場驚愕。至少有三秒鐘，聽不見任何聲音。沒有球的聲音，也沒有人的聲音。

這一盤，江嘉良贏得並不輕鬆，二十一比十九。第二十一分靠的是對方的失誤，球一出界，江嘉良空手接住球，持拍手本能地向下一沉，準備把手上兜到的失誤球一板打上天去，半路又縮了回來，球輕輕放回臺面。多年訓練有素的紀律，突然在極端興奮完全飛了出去的身體與精神狀態中，適時收了回來，好像中間連著一條無形的橡皮筋。

這一個無意識的、幾乎失控的動作，使人感覺江嘉良過了嚴峻的一關，第三盤他打得果然得心應手。相反，華德納的第三盤，球路平板，一星星火花也沒有。

第四盤，華德納面臨淘汰，他打得沉著嚴密。事實上，他一路領先，終局前的比數一度到二十比十六，江嘉良落後四分，只要一個球，華德納便可以將戰局逼上第五盤。從雙方的對壘狀態看，華德納的技術實力，已顯優勢，江嘉良靠的是氣勢，靠的是意志力，靠的是不服輸的拚搏精神。但是，華德納也非等閒之輩，發誓要奪世界冠軍，少說也有四年。一九八三年，東京第三十七屆大賽鎩羽之後，華德納狠了心，要出頭，非過亞洲關不可。他到北京學球，苦練對付亞洲近臺快攻的手段。他拿過歐洲冠軍，不但瑞典，全世界都把他看成打敗中國霸權的希望。中國人讓他去了一次北京，第二次申請便擋了駕。「再讓他學下去，不好對付了。」中國人說。

這最後一輪五個發球掌握在江嘉良手上。他擦完汗，走到左半臺，先面向右，準備發正手球。華德納偷偷調整兩腳，心裡的疑問是：側身快拉正手直線，還是壓反手斜線？江嘉良突然轉身，輕輕拋球，反手揮拍，在球底部迅速擦過，發了一個強烈下旋近網短球，華德納跨步向前，一碰球，下了網。接著，發近網中路，打反手，再打正手……一連串巧取豪奪，形勢扭轉，竟以二十一比二十領先，眼看一場惡戰就要結束，江嘉良整個人傻了，眼睛發直，全身精神緊繃，血脈賁張，喉嚨深處發出非人的聲音，聽起來不像吶喊，而像呻吟！手裡依然握著拍，夢遊症患者似的，沿著長方形的比賽場地走了一圈。這個違反常理的舉動，不但江嘉良本人如在夢中，全場觀眾也看傻了，華僑組成的啦啦隊傻了，連裁判員都傻了，雖然規則裡沒這一條，但比賽中的球員形同示威地跨過戰鬥線，到對手的陣地逛上一圈，卻是從未見過的場面。裁判員沒有表態，因為他不知道該如何表態。

戰鬥並沒有在這裡結束，還持續了五個回合，但江嘉良的勝利姿態，已經鎮服全場，鎮服對方，甚至鎮服了自己。華德納最後一球拉出界外，江嘉良左手握拳在空中猛揮，接著，你幾乎可以聽見他全身的細胞一顆顆炸開，是的，你也許聽不見他的細胞，但你絕對不會聽不見他的極其舒暢的哭聲，像一個受盡委曲的小兒女，忽然面對了真相大白的世界……

在所有乒乓球運動員當中，江嘉良的臨陣姿勢，最能傳達間不容髮的臨界點狀態。拉開長鏡頭，對好焦距。裁判員宣判比賽開始，記分員翩出了零比零。江嘉良碎步向前，移向左半臺後方不到一臂的距離，兩腳掌在地下摩擦著，彷彿短跑運動員尋找起跑點，然後身體半蹲，兩腿分立，小腿上狀如紡錘的肌腱，根根暴起，腰部微彎，上身微向前傾，兩臂曲成九十度，小臂向前平伸，持拍手青筋微露，五指形成猙獰曲線，拍底三指並疊，彷彿要摳進板內，拍面大拇指與食指相扣，形成大虎口。

江嘉良臨陣，氣壓立刻上升。站在對面的，無論是誰，立刻感覺一線懸命。因為迎你而來的，是叢莽裡貼地潛伏伺機猛撲的食肉獸，直瞪著你的，是俯衝鷹鷲的兩隻眼睛。

下午兩點到四點，中國隊暖身練習時間，地點排在威斯特法侖四號館。模仿歐洲兩面拉打法的許增才給江嘉良餵球，兩點打一點，江嘉良橫向移位，左推右攻，從正手位回到左半臺，偶爾打一板反手。有個新聞記者注意到了，問中國隊教練：「加反手了？」教練說：「加是加了，用不用得上，還成問題。」觀眾席上，有外國球員觀摩，有敵隊教練偵伺，江嘉良所到之處，總有一群人跟著，少年球迷等他休息的時候簽名，專業和業餘攝影家在周圍尋找角度，捕捉瞬間。有這麼一種氣氛籠罩在四十屆大賽男單比賽的前夕，籠罩著江嘉良。江嘉良的正宗中國近臺快攻打法面臨危機，發球技術不夠硬，前三板優勢沒有了。瑞典人的快彈破了他的反手推擋和小弧過度，南韓人的中臺拉回頭破了他的搶攻。還有波蘭的格魯巴、蘇聯的馬祖諾夫、法國的加提安都趕了上來，技術更全面。左推右攻碰上了新興的橫拍近臺兩面弧快，頂不住了。不久前，在巴塞隆納，江嘉良敗在比利時一個十八歲少年名不經傳的菲律浦・賽伊夫拍下。一九八八年漢城奧運會，江嘉良沒有進入前四名。同年稍後的歐亞對抗賽，江嘉良連前八名都沒打進去。在湖北黃石為這次世界錦標賽備戰的封閉式高強度訓練中，江嘉良加練了新發球，強化了反手攻，但是，模擬比賽中，第一輪便遭淘汰。

眾目睽睽之下，江嘉良奔跑著，揮汗如雨。有這麼一種空氣籠罩著，全世界的好手，配備了現代錄影的便利，專業知識的指導，早就把江嘉良研究得通體透明，江嘉良的每一個動作都在他們心目中背熟了，練好了對策，全世界的好手都來到了杜蒙。在江嘉良搶攻三連冠至高榮譽的每一個關卡上，都埋伏著一個有備而來的刺客。

江嘉良，廣東人，八歲開始學球，二十二歲登上世界男單冠軍的寶座，現年二十六歲，身高一米七五，體重六十五公斤，具有中國乒乓球專家心目中最優秀的體能條件和精神品質，神經類型屬於上上選。中國傳統正宗近臺快攻的代表人物，右手慣用老順風直拍，貼上海紅雙喜 PF- 4 的紅色正膠片，國際乒聯評定一九八五年至一九八九年世界第一號男單種子選手。沒有人知道他此刻心裡想些什麼，但每個人都知道，他只剩下三天，便將臨陣。

作者簡介

——劉大任（1939-），臺大哲學系畢業，早期參與臺灣的新文學運動。一九六六年赴美就讀加州大學柏克萊分校政治研究所，一九六九年獲碩士學位並通過博士班資格試。一九七一年因投入保釣運動，放棄博士學位。一九七二年入聯合國祕書處工作，一九九九年退休，現專事寫作。著作包括小說《晚風細雨》、《殘照》、《羊齒》、《浮沉》、《浮遊群落》、《遠方有風雷》、《枯山水》等，運動文學《強悍而美麗》、《果嶺春秋》等，園林寫作《園林內外》以及散文和評論《紐約眼》、《空望》、《冬之物語》、《月印萬川》、《晚晴》、《憂樂》、《閱世如看花》、《無夢時代》、《我的中國》、《赤道歸來》等。

1989

老兵紀念

陳列

1

那時候，他們並不老，大略是三十、四十幾的年紀。他們的一個小部隊來我們的學校邊，修築因颱風雨而崩塌了的一長段坡坎。那是我第一次看到那麼多兵在工作。而真正吸引我注意的，便是其中占多數的一望便知來自遙遠大陸的他們這些「外省兵」。我常從二樓教室的走廊眺望他們在泥濘裡挖劃搬填走動的樣子；秋日耀眼，草綠色的身影映著黃土坡起伏，許多小小的臉孔褐亮地泛著光。我們上課時，他們的吆喝和笑聲，時而越過圍牆、鳳凰樹和籃球場，悠悠然襯入老師單調的話語裡，不很清楚，卻又是真實的。我有時不意地聽著，沒回過頭去，但經常好像就那樣地聞到了酸酸鹹鹹、淋漓的汗水味。

放學後，我刻意從側門出來，他們有時也收工了，正列隊走入右側相思林中的山路，邊走邊合唱歌曲，或齊聲喊「一、二、三、四」。有幾次，我遠遠尾隨，聽他們高吭的唱喊聲激盪著林間漸沉的暮色，如拍岸的潮湧，一波疊一波的，而他們整齊晃動的背影正隨著地勢在我眼前緩緩上升。一些鳥叫驚掠飛逝。除了主要的好奇之外，我幾乎有了一種近似嚮往的心情。

當時我十六歲，騷動不安的年齡，家裡的人剛循舊俗祭祖拜天地，為我行成年禮不久。然而男子成年後又將如何呢？我是不免在想起時總有困惑的。或許就是因為這樣子的吧，那些兵，那些「外省兵」，就在這個時候，在書本所教示的夙昔的聖賢典範之外，在習見平凡的衣食名利的追求之外，給了我某些模糊的異樣感覺和某種生活意義的幻想了。我想大致上，當時我是把他們和勇氣、榮譽、正義、犧牲之類的抽象概念聯想在一起的。在年少的我想來，他們正就是穿越過書本上語焉不詳的中國近代史中那一大段戰火狂煙，在與壞人周旋中浪跡過五湖四海，並因而必然有著許多冒險傳奇故事的好漢英雄。

甚至於他們在工地附近的冰果室挑逗女孩子的姿態言語，在青澀的我看來，也自有一番漢子應有的瀟灑豪邁。

於是假日裡，我終於去了他們暫時駐紮的相思林深處的一座寺廟，並且成為他們的「小老弟」了。

他們的世界給我一種遼闊繽紛且奇異新鮮的感覺。一大群男人，口音相異，有些我甚至不容易聽懂。他們卻一起並排睡在廟側廂房的大通鋪，棉被稜角分明。吃飯時就在廟前紅磚廣場上圍蹲成一圈圈。陽光混著菜香灑照著一顆顆短髮的頭顱。好幾繩串的內衣內褲，淺淺的草灰色，有的已洗成泛白，全部靜靜垂在紅磚外的綠色菜園子旁。口令，哨聲，粗大的嗓門，有時卻又一下就安靜了。架在寢室牆角的長槍，摸起來冷冷的。我興奮地隨意走著，聽著異鄉風味的口音此起彼落地傳揚，分明地感受到他們這個世界裡的活力、豐盛，以及秩序中的互相照應。

當然我也問起在那個風雲洶湧的年代裡，他們的戰役；都是慘烈的，但我聽起來很刺激。對陣廝殺，包圍反包圍，混亂的追擊和轉進。翻山涉水，好幾個日夜接連不睡，忍飢受寒。冒著彈雨，踏著同伴的屍體跳過敵人的鐵絲網和坑道奔跑前進。把破肚而出的大小腸子塞回去之後繼續衝鋒，殺死了一班人。腿被打斷了，撿起來之後才發現是別人的。這一類的故事，我知道，他們是故意說來嚇我的。他們的敘述也常顯得凌亂破碎——在這場席捲了數億生民的長期動亂中，他們各自的遭遇又怎能拼湊出可以讓人得知一個前因後果的血淚圖？但我痴痴地聽著，彷彿那段苦難很遠。他們敘說的口氣，雖然有時夾雜著臭罵和爭議，聽起來也好像對自己的傷痛是不在意的。然而，我卻又清楚看到他們展示在我眼前的身上的各種疤痕。他們當中有幾個，甚至在腕臂或手臂鯨墨了三、兩句斬釘截鐵的口號，作為終生堅決無悔、絕不善罷甘休的誓言。因此，我還是認為，他們是什麼都不牽掛的；活著，僅只為了某些效忠的對象，為一個心目中最高的義理。

然而，他們仍也時而談起故鄉的事，一些值得記憶的美好的事，景色，物產，氣候，有時彼此還會因各自的炫耀和比較而引起面紅耳赤的爭執和戲謔。我則依然興味十足地聽著，一邊努力地搜索腦海中地理書上的知識來對照。文字裡的山河，那些平野大江草原和雪國，經由他們的敘述，似乎鮮活起來了，更令人神往。而每一次談及這些事，他們總不忘對我說：「將來帶你去我家鄉。」神情語氣都充滿了絕對的信心和希望。

入冬之後不久，他們結束了道路修築的工作。他們告訴我，他們的連隊歸建後就要移駐北部。他們給了我信箱號碼，號碼和珍重友誼等等的詞句一起寫在送我的十幾張相片的背後。他們有的還說：「很帥噢，記得要幫忙介紹個老婆。」我嘻嘻應答，也不知他們說的是真是假。

他們走了之後，我有時會不自覺地在上課時轉頭望一望圍牆外的那一大段黃土坡路，似乎感到一些失落，但開始忙著準備期末考以後，思念的情緒就漸淡了。寒假裡，我回到鄉下幫著收成耕作。寒風陌野，揮汗吃力，總還是我熟悉的堅實的日子。

有一天，放在書桌抽屜裡的那些照片，卻被父親拿著。他問我那些人是誰，口氣平淡，臉色卻帶著冷厲，好像那些照片有什麼不祥似的。我簡單地解釋，母親則趕快插嘴說：「留那些做什麼？」父親一直沒再說第二句話。我也是。我肯定地覺得事情好像有什麼不對勁；父親的態度似乎是含著敵意的。我很困惑。當時，我根本不曉得就在我出生的那一個年代發生過的一場全面性的捕殺、失蹤、酷打。

那些照片，我不知道父親後來怎麼處置了。我繼續求學念書，在偶爾路過某個營區，才記起我和他們一度相識，以及他們曾對我承諾的：「將來帶你去我家鄉。」

2

等到自己服了役，身在軍中，我才逐漸體會到，啊，諾言，還有它背後的虔誠期盼和信念，有時候，原是可以變成一個人生命中最大的嘲諷的。

將入伍前，我就開始聽到不少針對著他們而發的告誡：「老芋仔」是難「料理」的，常會刻意出一些狀況，使得像我這種大學一畢業竟然就可以爬到他們頭上指使他們的預備軍官出醜難堪，以及務須對他們虛意巴結等等。我大概能理解這一類的提醒。但不管如何，我心中仍有著那一段和他們結識的愉快記憶。況且，我毫無要去料理和指使他們的意思，而毋寧是懷著一種親近的心情，急切地想與他們分享某些堂皇的理想和希望的啊。

事實是，一切都還順遂。只除了一點是令我惶惑的：我看到了在歲月的點滴移逝中，人的拖磨，意志的消沉，信念的荒謬。

我們的部隊駐澎湖。秋來之後，我們幾乎天天都要頂著強勁的風沙走遠路，入野地，上伍教練，然後是班的、排的各種教練。爬行、衝鋒、臥倒、搜索、防禦，一遍又一遍。大家雖都戴著防風眼鏡，但不出半個小時，經常就已滿臉滿手帶著海味的的黃沙子。他們有時會嘀咕臭罵，有時甚至於獨自廢然停坐下來休息喘氣，瞥見我這個當排長的走近時才又繼續操演。我看到我屬下的三個班長和一個伍長，個個在冷風中都有一張枯褐皺縮的老臉皮。

他們的身體真的老衰了，已無我印象裡的矯健。這種日復一日的訓練對他們是難堪的。後來出野外時，如果上級不在，我因此乾脆就讓他們在旁觀看，職務由年輕的充員伍長代理。他們於是就會去附近田間擋風的咾咕石矮牆後或防風林內的散兵坑坐下來休息。一整個上午或下午，他們可以就這樣懶於移動地坐著，沒有表情，也不說話，只有不時地抽一支菸。為了減少風沙吹入而在槍管塞了棉花的長槍，擱在身旁。風和海的聲音一直在野地和木麻黃林內外吼叫，潑辣囂張。

晚上的課程也常是緊密的。擦槍免不了，政治課按期上，而碰到全面的紀律檢閱時，更是好幾項工作連接著趁夜趕。他們上課時打瞌睡的不少，但我往往裝作不見，不忍喚醒。因為，畢竟啊，其中或慷慨或嚴正的訓示和道理，他們必已聽多，已不必再一次複習了。

風仍在室外呼嘯。

入春以後，風才轉小了，四周常見的海洋開始展現她的萬種風情。假日裡，我常去海邊散步，看自然的聲色。但他們仍照樣常留在營區裡，喝喝酒，玩玩打百分或撿紅點的紙上遊戲，或是什麼也不做地在床上躺著，不然就換上便衣去樂園買一張票，並且按時服用醫官分發的一種據說用以制慾的藥。日子就這樣一天一天過去了。

我終於逐漸覺得，他們現在經常顯露在外的冷漠態度，其實大概並不是以什麼人為對象的；主要是對自己。當一個人察覺到生活某個唯一的努力目標正一天一天地渺茫，卻仍不得不讓生命繼續如此荒失時，他能再有什麼大生趣，並且對人和事認真呢？他們已經不是我年少時候心目中的他們了。二十多年來，日日不變地緊張準備著，卻仍然盼不到一個轉趨明朗的前程，所曾有過的即使再如何高貴的理想，應也已在感情和認識上都漸失意義了。困惑無奈之後的懷疑和怨懟在暗地裡孳長。

這時我也才曉得他們在部隊裡的人數為什麼幾年間就變得這麼少了。我聽他們提及當時退伍制度一實施，有一部分人因欲趁體力尚可出外另闢天地而百般設法離開的事：裝病裝瘋，故意犯上判刑，找門路住院開刀自殘。最常見的方式，竟然是逃亡。

他們還談起了我前所未聞的其他事，關於一些人的當兵因由，關於流離和撤退的經過。那段歷史原來並不全是光明光榮的。除了那些按規被徵調，以及為了維護心目中的民族存續、正義或真理而自願投身軍旅的人以外，竟然也有人是在街上、在床上或者在田裡工作時被強抓去補缺額的，有的更涉及人身的買賣。這樣的人甚或只有十三、四歲。

有關撤離的敘述，則更淒慘：各種交通孔道上，男女老幼的人潮；謠言和恐慌；軍民混雜湧動著，推擠踐踏著；哀號哭叫，槍聲和相互的叱罵。當火車、船或飛機匆匆硬行啟程，不少攀掛其外的人紛紛摔落。

他們敘說著這些故事，當我們好幾次坐在夏夜的海邊或操場喝酒的時候。他們或激昂或哀嘆的聲音，都化入了那反覆不息的濤聲裡。我安靜地聽著，心緒一直起伏。戰事，已絲毫不再令我感到刺激或傳奇了，而常只覺得恐怖——對歷史裡的種種欺罔，對堂堂詞令的玩弄，對個人在一個危難昏亂年代裡的不由自主。

我那一年的軍中生涯並不快樂。

我坐船離開澎湖時，心中仍一直記掛著他們的種種。我當然曉得，他們其實始終都是忠貞的，仍自認為是某某誰的子弟兵。他們並沒有辜負誰。但是同時，我卻也一再想起一個印象深刻的畫面——我們上劈刺課時的畫面。整連的士兵又殺又嗨地叫喊，面對著營房側面牆上的一幅極為巨大的中國地圖，圖中各省分別漆著醒目的五顏六色，地圖下則是一字排開、或站或倚、疲乏的他們——每次操練一陣之後，連長總會叫他們全部下來休息。這時我在海上，正如上劈刺課時一樣，總覺得那幅大地圖好像一頭膚色斑雜的巨獸，時時對著操練之後的他們虎視眈眈，或像是一場色彩繽紛的夢，將縈繞他們終生。

3

在那樣的夢裡，他們逐漸凋零老去。

經過了四十多年，他們應該早已無人還留在軍營內了吧。有的甚至已過世。這也是生命的必然哪。最後的那一口氣裡雖或不免含些怨憾意，能將漫長的憂患焦盼了斷，獨力把屬於自己的那一部分戰爭結束，應也算是找到個人的和平了。青春熱血終須盡，活著又能如何？

在繁華的城市，我看過他們在工地挑砂石，在凌晨時分出門掃街道，在路上寒著臉開計程車。他們也曾去熱鬧的夜市兜售過玉蘭花、包子或青天白日滿地紅旗，叫聲淹沒在歡樂男女的笑顏和燦爛的聲光後。他們有的乾脆上山當和尚，就此將槍桿抛出空門。在花蓮海邊，他們撿拾黑白兩種滑亮的石頭，將一袋一袋的國土賤賣給他們早年浴血對抗過的日本人。

橫貫公路也是他們當年退伍時拓築的。路完成了，他們便在沿線遠近不一的山間據地墾殖，與原住民中或老或少的女性來往甚或締成婚姻關係，且定居下來，給山地社會造成影響深遠的衝擊。時運好的，蘋果水梨之類的收穫使他們致了富；不濟的，蔬果歉收，年輕的妻子也跑了，留下幾個管教不來的孩子和數間空屋，一週半月下山採購一次食物，拮据孤單地度日。

走出營房門，生活方式終於能自由決定之後的日子，對他們當中的某些人而言，並不是好過的。因此他們等待著被批准再進入另一個大門，進入榮譽國民大家庭和名為忠義山莊之類地方的大門，加入數十年前就在戰火中受傷致殘而仍活到現在的人。

他們於是重新過起了全是男人的另一種集體生活：睡大通鋪，整理內務，打掃拔草，按月領取零用錢；長官參觀時，立正稍息，向右看齊；選舉時，聽命投票，不管他們是阿貓阿狗，重表一次榮譽與忠義的心跡。晨昏時候，如果身心狀況還適合，他們就去圍牆外散步，蹣跚地咳嗽走著，遲緩轉頭，當心來車，過街到數間幾乎專門做他們生意的小店內外聊天指點，張望匆匆來去的車輛人們，或者走遠一些去小山邊的忠烈祠，在樹蔭下看人運動打羽毛球。偶爾，算足一點點的錢再買次濃妝的女人，肯定一下自己的餘勇。

這些住在榮家之類的地方的人，當然是渡海過來之後不曾結婚的。或者也有可能是婚後女方又離了的。其餘的他們，據說也是大半未婚。多年前，他們有些人曾流行提著收音機，梳起油亮的頭，在大城小鎮的街巷悠然閒逛看人。現在，他們當中有的人則喜歡背起有著伸縮鏡頭卻不昂貴的照相機，偶爾約幾個同好到某個風景區拍攝合資請來的古典美人。或者，繼續去臺北的西門町送紅包捧歌星。

對他們這些人而言，正常的人生和家庭生活就這樣犧牲了。這是誰的錯？是否用時代悲劇這樣的言詞就可以概括了事呢？

早年，他們難得結婚的確是有其苦衷的：待遇低微和年齡上的限制。但未婚的最主要因素卻是，他們對於一些諸如反攻、解救等口號的絕對信仰和希望，使得他們幾乎全部存著過客的心理，對這塊土地和它的人民沒存什麼情義。他們活在營區的門內，同時也活在過去和異地裡。就真正長期廝守著這塊土地的人——包括我的父親在內——看來，他們是隨時準備離棄此地而去的，甚或仍有可能在某個必要的時候，表現出當年發生那個大規模清除事件時的那種殘暴蠻橫，因此，是不可信任的。語言的不通，更加深了這樣的隔閡和排斥。

至於他們當中那些結了婚的，也並不見得就有了個人的幸福。某個人的婚姻經驗是頗為辛酸可憐的。純粹的被騙財以外，買賣是普遍的方式，而終於娶回的妻子，有的竟然是白痴或癲癇患者。他們卻仍只能湊合著過日。

是的，就這樣湊合著過日子，在四處許許多多寂寞自苦的陰暗角落，就這樣，四十幾年也過了。

4

四十幾年過去。現在他們總算可以回去，可以探望曾經熟悉的親人和土地了。只不過是，經由的方式截然不是他們長久以來所苦苦相信和準備的那一種，並因此令人難免有些遺憾罷了。

還有，當他們重踏上故土，腕背上的那些黥墨，那些決絕表明了誓不干休與兩立的短句，是否也會令自己或別人覺得難堪或諷刺呢？

所謂時代不同，這些可能的憾意和顧慮其實都是大可不必的哪。歷史裡的譏諷事例太多了。既然戒嚴一解好像就可以泯消某部分的恩仇，那麼在大混亂的時代裡，對於所謂熱情、信仰、正義、忠奸等等，也就不必太過認真了。至少，和那些已經老死在這個異鄉的同志們比較起來，他們還是幸運的。他們應該想像，滿足於做歷史裡的泡沫或塵埃而不去加以思索的人，才可能終有快樂的機會。

至於另一類的老兵，那些在當年大勢已去時竟然又被欺騙裹脅著從此地渡海投入那塊危域的老兵，現在大概也相似地凋零老去了。什麼時候，他們才又能回到這塊他們出生的土地來？

當歷史的一些真相被逼著慢慢揭露時，滿目竟然是這樣的血淚滄桑。啊，苦難的大地生靈。

作者簡介

——陳列（1946-），本名陳瑞麟，一九四六年生於嘉義農村。淡江大學英文系畢業，曾任國中教師二年，後因政治事件繫獄四年八個月。出獄後，以〈無怨〉獲第三屆時報文學獎散文獎首獎，隔年再以〈地上歲月〉獲第四屆散文獎首獎。一九九一年以《永遠的山》獲第十四屆時報文學獎推薦獎，成為自然書寫的經典作品之一。二〇一四年以《躊躇之歌》獲臺灣文學獎散文金典獎，同年獲第一屆聯合報文學大獎。目前定居花蓮。著有《地上歲月》、《永遠的山》、《人間・印象》、《躊躇之歌》。

華文散文百年選•臺灣卷（壹）

國家圖書館出版品預行編目（CIP）資料

華文散文百年選 , 臺灣卷 . 壹 / 陳大為 , 鍾怡雯主編 . -- 初版 .
-- 臺北市 : 九歌 , 2018.09
面；　公分 . -- (華文文學百年選 ; 7)
ISBN　978-986-450-209-7 (平裝)
855　　　　　　　　　　107013053

主　　編 —— 陳大為、鍾怡雯
執行編輯 —— 張晶惠
創 辦 人 —— 蔡文甫
發 行 人 —— 蔡澤玉
出　　版 —— 九歌出版社有限公司
台北市 105 八德路 3 段 12 巷 57 弄 40 號
電話／02-25776564・傳真／02-25789205
郵政劃撥／0112295-1

九歌文學網　www.chiuko.com.tw

印　　刷 —— 晨捷印製股份有限公司
法律顧問 —— 龍躍天律師 ・ 蕭雄淋律師 ・ 董安丹律師
初　　版 —— 2018 年 9 月
初版 2 印 —— 2021 年 8 月
定　　價 —— 360 元
書　　號 —— 0109407
I S B N —— 978-986-450-209-7